UNE OMBRE PLUS PÂLE

Née en 1957, toxicologue de formation, Andrea H. Japp se lance dans l'écriture de romans policiers en 1990 avec *La Bostonienne*, qui remporte le prix du festival de Cognac en 1991. Aujourd'hui auteur d'une vingtaine de romans, elle est considérée comme l'une des « reines du crime » françaises. Elle est également auteur de nombreux recueils de nouvelles, dont *Un jour, je vous ai croisés*, de scénarios pour la télévision et de bandes dessinées.

Paru dans Le Livre de Poche :

AUTOPSIE D'UN PETIT SINGE

CONTES D'AMOUR ET DE RAGE

LA CROIX DE PERDITION

LA DAME SANS TERRE
1. Les Chemins de la bête
2. Le Souffle de la rose
3. Le Sang de grâce
4. Le Combat des ombres

DANS L'ŒIL DE L'ANGE

DANS LA TÊTE, LE VENIN

DE L'AUTRE, LE CHASSEUR

ENTRETIENS AVEC UNE TUEUSE

LA FEMELLE DE L'ESPÈCE

MONESTARIUM

LA RAISON DES FEMMES

LA SACRIFICE DU PAPILLON

SANG PREMIER

LE SILENCE DES SURVIVANTS

UN VIOLENT DÉSIR DE PAIX

ANDREA H. JAPP

Une ombre plus pâle

CALMANN-LÉVY

ISBN : 978-2-253-15827-1 – 1re publication LGF

« Le semblable ne peut dominer le semblable. »

Sun Pin, *Sun Tzu Ping Fa*
(Stratège, vers 400 avant J.-C.)

Dans la tête, le venin

Résumé

Cannes, avril 2008 : Élodie Menez, une technicienne de laboratoire, est étranglée par son ancien amant qui avait pourtant disparu de la circulation.

Paris, juin 2008 : Deux adolescents satanistes, dont l'ultime objectif est le meurtre, poursuivent leur « initiation » sur Internet grâce à l'influence d'un mentor canadien. La jeune femme est poignardée, le jeune homme assassiné avec une rare sauvagerie.

Oaxaca, Mexique, juin 2008 : Constantino Valdez, à la tête d'un réseau de pornographie pédophile, est retrouvé écorché vif et brûlé avec ses cassettes vomitives.

États-Unis, 2008 : Tous ces meurtres, commis par un certain Nathan Hunter, éveillent l'attention de Diane Silver, l'une des meilleures profileuses au monde, qui traque les tueurs en série. Il s'agit pour elle d'une affaire personnelle – sa fille, Leonor, onze ans, a été torturée et tuée.

Yves, un flic français formé par Diane aux techniques du profilage, reste l'une des rares personnes dont elle accepte l'amitié. C'est par lui qu'elle apprend le meurtre des deux adolescents français. Parallèlement, elle traque un tueur en série qui s'attaque à des prostituées à Boston, tandis que son esprit revient constamment sur l'assassinat de sa fille, survenu douze ans plus tôt. Une femme est impliquée, elle en est persuadée. Diane est déterminée à la retrouver. Tout comme Sara Heurtel est décidée à faire toute la lumière sur le meurtre de sa fille, l'adolescente sataniste, quitte à rencontrer Diane aux États-Unis.

Diane va reconstituer le puzzle et remonter jusqu'au prédateur des prédateurs : Rupert Teelaney, une des cinquante plus grosses fortunes de la planète, *alias* Nathan Hunter. Qu'il soit – lui aussi – un sociopathe dangereux importe peu à Diane.

Cette vague de meurtres perpétrés par Nathan n'avait pour but que d'attirer l'attention de la profileuse et de lui proposer une sanglante collaboration : apporter son flair et ses méthodes, en échange de la détermination et de l'argent de Rupert/Nathan. Leur première mission : éliminer le tueur de prostituées de Boston. La deuxième mission de Nathan, la plus cruciale aux yeux de Diane : retrouver la « rabatteuse » qui a conduit tant de fillettes, dont Leonor, dans les griffes de leur meurtrier.

Cimetière parisien de Bagneux,
France, juillet 2008

Rupert Teelaney, troisième du nom, avança sans hâte le long de l'allée principale ombragée de platanes centenaires. N'est-elle pas étrange, cette sensation d'infinie paix que l'on éprouve dans les beaux cimetières, là où l'existence humaine s'est arrêtée ? Faudrait-il croire que la vie n'est qu'un pointillé douloureux, agité et tourmenté entre deux états de grâce, de néant ou d'infini, selon les croyances ? On ne se sent jamais déplacé dans un cimetière. On éprouve une sorte de bienveillante familiarité avec tous ces morts inconnus dont on frôle la tombe du regard, comme s'ils nous annonçaient, avec une gentille insistance, notre inévitable futur.

Rupert – ou plutôt Nathan Hunter, aujourd'hui – s'immobilisa. Il leva son regard protégé de lunettes de soleil vers la cime des arbres, clignant des yeux sous le semis de lumière qui filtrait au travers de leurs feuilles. Une belle journée. Une des rares concédées par cet été jusque-là parcimonieux.

Diane Silver, la profileuse star du FBI, avait raison. La puissance naît dès l'instant où l'on muselle la terreur que nous inspire notre propre fin. Dès que l'on cesse de vivre en pensant à sa mort. Un salutaire ménage mental, pourtant ardu. Nathan l'admettait, il s'était trompé. Il avait provoqué en lui la peur de la mort, pensant ainsi la maîtriser, inventant des jeux létaux qui l'opposaient dans l'arène de la salle ronde et aveugle de sa maison à de redoutables serpents qu'il importait en contrebande. Une machette contre des crocs capables d'injecter un venin sans concession. Une machette pour se défendre contre une lente et terrible agonie. En réalité, il ne provoquait pas la peur. Il ne faisait que la matérialiser en lui donnant la forme d'un cobra ou d'un crotale, parce qu'elle était déjà en lui. Grâce à Diane, Nathan l'avait éradiquée. Diane n'avait plus peur, de rien, si ce n'était d'échouer dans sa tâche cruciale. Une excellente raison de demeurer en vie. Faire payer cette femme qui avait conduit Leonor, sa petite fille, vers un tueur sadique qui l'avait torturée et violée durant presque quatre heures avant de l'achever, lorsqu'elle avait cessé de l'amuser. Du coup, Nathan/Rupert avait offert de façon anonyme les magnifiques spécimens de ses vivariums au musée d'histoire naturelle de Boston.

Il soupira de bien-être. Diane lui avait tant apporté, notamment la certitude de sa puissance et la confirmation de son utilité.

Il reprit sa marche, s'orientant avec aisance dans les allées bordées de pierres tombales. Enfin, il l'aperçut, le bloc de marbre gris sombre. Nathan avait regretté le choix des parents. Certes, il était exclu qu'il intervienne, qu'il se fasse connaître. Cependant, il avait éprouvé une brève affection pour ce gentil corps aimant, confiant, un peu intéressé par l'argent, certes. C'est humain, et Angela ne disposait que d'un modeste salaire de technicienne qui ne lui permettait pas d'extravagances. Aussi, les quelques milliers d'euros qu'il lui avait offerts, sous couvert d'amour, l'avaient-ils séduite, en plus du bel Américain. Lui.

Il aurait préféré qu'Angela repose sous du marbre rose. Plutôt que ces deux petits fusains malingres qui poussaient à sa tête, semblant se demander s'ils ne devraient pas, eux aussi, s'éteindre, il aurait aimé une profusion de fleurs champêtres et de rosiers anciens. Une cascade de petites fleurs blanc rosé. Il s'agenouilla et déposa la gerbe d'arums qu'il avait apportée, balayant d'une main tendre la poussière de terre qui recouvrait la sépulture. Quelle tristesse que cette épitaphe aux lettres dorées, inévitable déclinaison de milliers d'autres en ce lieu : *À Angela Rolland, notre fille, notre sœur bien-aimée, 1969-1999.*

Nathan se recueillit quelques instants puis envoya un baiser du bout des doigts à l'épitaphe.

Il était désolé. Véritablement. Toutefois, il n'avait eu aucune autre possibilité que de tuer Angela. Une exécution dont il espérait qu'elle avait été presque indolore. Un secret qu'il n'était pas encore prêt à partager avec Diane Silver.

Il se redressa. Demain il s'envolerait pour Cannes, afin de fleurir la tombe d'Élodie Menez, une autre exécution. Une gerbe de roses rosées, cette fois. Les fleurs préférées d'Élodie. Adorable Élodie.

Le deuxième secret qu'il retenait encore, ignorant quelle serait la réaction de la profileuse et la redoutant.

Paris, France, juillet 2008

À cause de Louise, il ne croyait plus aux dragonnes. Il ne plongeait plus son regard dans leurs yeux saphir, même s'il prétendait le contraire pour rassurer sa mère, la remerciant avec effusion lorsqu'elle lui offrait les livres d'*heroic fantasy* qu'il avait dévorés, avant. Avant d'apprendre la vérité au sujet de sa sœur aînée, Louise. À cause d'elle, de sa monstruosité sanglante, il ne croyait plus que l'amour, l'honneur, le courage pouvaient sauver une gentille reine triste d'un implacable sortilège. Sa mère. Sara.

Assis en tailleur au milieu de la pièce vide que sa mère et lui avaient terminé de repeindre, Victor Heurtel, douze ans, réfléchissait. Il avait fait le bon choix. Pour sa mère. Choisir de demeurer son bébé le plus longtemps possible. Prétendre, s'il le fallait. Feindre l'enfance, sinon elle oublierait qu'elle était autre chose qu'une mère. La mère lutterait jusqu'au bout pour protéger son bébé. Elle ne se laisserait pas glisser. Elle se cramponnerait de toutes ses forces. Sans doute pas la femme. Plus tard, lorsqu'il serait fort, lorsqu'il aurait appris l'essentiel, il deviendrait son sauveur. Encore trop tôt. Encore trop petit. Encore trop faible.

Victor se sentait désorienté. Il avançait dans ses propres pensées, tel un éclaireur découvrant une terre inconnue. Il lui semblait que l'ombre qui obscurcissait son esprit pâlissait, s'effilochait par endroits, lui offrant avec brutalité des éclairs de compréhension. Avait-il, de tout temps, pu penser ainsi, sans jamais le soupçonner ? Ou alors, la révélation terrorisante avait-elle fait office de catalyseur, réunissant des processus intellectuels jusque-là désordonnés, inopérants ? La révélation. Lorsqu'il avait appris que Louise, sa sœur, projetait avec délectation de tuer leur mère, et lui ensuite. Sa mère ne devait pas savoir qu'il avait découvert la vérité. La haine de Victor envers Louise grandissait de jour en jour, à la manière d'une tumeur. La mort ne tue pas l'amour, pourquoi tuerait-elle la haine ? Louise avait voulu les massacrer, pour le bonheur de leur faire mal, de les détruire. À cause de Louise, sa mère était un peu morte en dedans, un peu plus. La mort avait avancé d'un gigantesque pas, elle qui se tenait tranquille depuis l'accident de moto qui avait coûté la vie à leur père, cinq ans plus tôt. Victor la flairait, tapie en sa mère. Pour cette raison, il devait rester enfant, éclatante preuve de la vie qui se relève, obstinée.

À cause de Louise, il ne croyait plus aux dragonnes, il ne pouvait plus plonger son regard dans leurs yeux saphir. Certes, il n'y avait jamais vraiment cru, mais l'illusion devenait parfois si tenace qu'on avait envie qu'elle vous gagne et vous emporte vers des univers où de jeunes garçons héroïques – lui, bien sûr – sauvaient de valeureuses princesses, des reines dévastées, renversaient la mort et la destruction, justement.

Victor s'en voulait de son impulsivité, là-bas, dans cette base militaire de Virginie qui abritait le FBI. Il aurait dû se taire. Il aurait dû faire semblant de ne pas reconnaître l'ovale d'un visage, la paire de lunettes de soleil rectangulaires. Nathan Hunter. À bien y réfléchir, cet homme l'avait remplacé pour sauver Sara. Cet homme avait abattu Louise d'un coup de dague en pleine gorge dans un hôtel particulier de Neuilly.

Une question hantait Victor depuis que, profitant du départ de sa mère pour le commissariat, il avait découvert les messages haineux, meurtriers, que Louise avait tenté d'effacer de son ordinateur. *Pauvre conne malfaisante, là comme ailleurs : elle était infoutue de se servir d'un ordinateur !* Des messages dans lesquels elle se repaissait à l'idée de tuer sa mère et son jeune frère. Lui. Des messages destinés à cet autre tordu de Cyril Janet. Mort lui aussi. Dépecé. Nathan Hunter, encore.

Le diable existait-il ? Sa mère affirmait que non, que le diable était une invention des hommes destinée à justifier leurs failles, leurs vices. Une commode auto-absolution, en quelque sorte. Victor n'en était plus si certain. Peut-être le diable était-il assez futé pour faire croire à son inexistence ? Certes, Victor était assez grand pour ne plus gober les fables d'un homme cornu, aux pieds terminés de sabots et affublé d'une grande queue fourchue. Du reste, une telle monstruosité aurait été inepte. Il faut bien que le diable soit très séduisant s'il compte faire des adeptes. Louise, Cyril. D'autres, que Victor ne connaissait pas mais dont il était maintenant certain qu'ils existaient, partout, autour d'eux. Louise et Cyril avaient-ils été des avatars du diable, du mal ? En ce cas, Nathan Hunter n'était-il pas une sorte d'archange terrassant la bête immonde ? Victor aurait dû feindre de ne pas le reconnaître sur cette feuille que leur tendait Yves Guéguen, le profileur français, d'autant que sa mère avait oublié leur brève rencontre à la terrasse d'un café de la rue de Rivoli.

L'e-mail de celle qu'il n'avait jamais beaucoup aimée avant, qu'il haïssait maintenant, sa sœur aînée, adressé à Cyril Janet, défila dans sa mémoire :

> Quel beau mail, cher sire. La mort est si vibrante. Quel soulagement, quel ravissement j'éprouverais à les tuer. Tous les deux. Je les hais de toutes mes fibres. Cette conne sentencieuse et son avorton de fils. Je pense que je commencerais par elle. Que je commencerai, plutôt. Bientôt. Je m'y prépare, grâce à votre précieux enseignement. Belle nuit, mon doux sire.

Lorsque Victor l'avait découvert dans la poubelle de l'ordinateur de Louise, juste avant qu'elle ne meure, il avait dû le lire et le relire encore, tant les mots lui paraissaient dénués de sens. Des hypothèses s'étaient succédé à toute vitesse dans son esprit : Louise avait recopié ce texte quelque part, ça n'était pas elle l'expéditrice, c'était une farce débile. Et puis, l'implacable vérité s'était imposée. Elle allait les tuer et elle prendrait son pied. La panique avait submergé le garçonnet et il avait fondu en larmes, se détestant d'être si petit, si faible, incapable de les protéger, sa mère et lui. Impossible d'avouer sa découverte à sa mère. Il espérait qu'elle ne l'apprendrait jamais. Impossible d'aller voir la police, qui penserait qu'il voulait nuire à sa grande sœur, ou, plus probable encore, qu'il s'agissait d'une manifestation d'agressivité assez typique d'une adolescente revancharde sur le mode « Je déteste ma mère et mon frère. Je voudrais qu'ils meurent ». Non, Louise ne souhaitait pas qu'ils meurent. Elle voulait les tuer, de ses propres mains.

Victor avait tant espéré un miracle qui les débarrasserait d'elle. Et le miracle s'était produit : Nathan Hunter. Il le revoyait assis à la terrasse de ce café de la rue de Rivoli comme si la scène s'était déroulée la veille. Grand, d'une minceur musclée, plus jeune que Sara – et quoique Victor éprouvât des difficultés à évaluer l'âge des adultes, puisque trente ans lui semblait déjà vieux –, les cheveux châtain clair, raides, coupés au carré, un beau sourire généreux, une voix grave et lente, teintée d'un très léger accent américain. Victor n'avait pu voir la couleur de ses yeux derrière les lunettes de soleil à verres rectangulaires légèrement incurvés. Bleus, sans doute. Une question ne cessait de hanter le garçon : pourquoi Nathan avait-il éprouvé le besoin de se rapprocher d'eux, de se présenter, en quelque sorte, peu de temps avant d'abattre Louise ? Il n'était resté que quelques secondes, ne leur avait adressé que quelques phrases, prenant prétexte de la lenteur du service pour se lever et disparaître. Pourquoi ?

Oui, Louise était un avatar du diable, à n'en pas douter. La même angoisse, celle qui revenait depuis des semaines, envahit le garçon. Ils étaient frère et sœur. Et s'il lui ressemblait ? Si le goût du diable était… génétique ? Il s'accrocha aux piètres arguments qu'il avait trouvés. C'était impossible. Sa mère était du côté de la lumière. Son père, Marc, avait été un être admirable. Lui-même aimait les animaux, certains de ses copains d'école. Il adorait sa mère, et son père lui manquait toujours. Il ne ressemblait pas à Louise. Pourtant, le doute ne le lâchait plus. Victor en venait à redouter une sorte de contagion. Il ne pouvait en parler à personne et surtout pas à sa mère, qui ne devait jamais apprendre à quel point Louise les avait détestés tous les deux. Mais au fond, Sara ignorait-elle la vérité ? Ce colonel, Yves Guéguen, devait avoir récupéré les messages que sa sœur n'avait pas su effacer. Avait-il expliqué la vérité à sa mère ? Sara se taisait-elle pour protéger son fils ? Se mentaient-ils l'un à l'autre pour s'épargner ? Il haïssait Louise pour cela aussi : avoir claqué derrière lui les portes de l'enfance et démoli ses certitudes. Ne subsistait plus qu'un monde d'interrogations, mouvant, effrayant.

— Je crois que tu as fait le bon choix, chéri.

Victor sursauta. Sara se tenait derrière lui, détaillant les murs. Il murmura :

— Oui, c'était le bon choix.

— En effet, et pourtant j'avais des doutes. Ce taupe est quand même assez soutenu, mais avec les trois autres murs blancs, c'est très lumineux, très…

— Paisible, prononça-t-il sans même y penser.

— C'est cela, apaisant. On s'est très bien débrouillés. On ne voit aucune marque de pinceau ou de rouleau. Presque des pros !

La satisfaction de sa mère était factice, il le sentait. Quelle importance pour l'instant ? Pour l'instant, elle s'accrochait à la vie et c'était tout ce qui comptait. Un jour, il serait grand. Un jour, elle revivrait vraiment. Il s'y emploierait. Il l'aimait tant.

— Eh bien, pour nous récompenser de nos efforts, je suis prête à accepter une brèche dans notre régime. Ça te dirait, un énorme hamburger dégoulinant de ketchup, noyé sous les frites et suivi d'une gigantesque glace ?

Il adopta une mine difficile et négocia :

— Avec un Coca géant ?

— Oh, tu es dur en affaires, sourit-elle en lui caressant les cheveux. Ça marche ! Allez, on se prépare. Le dernier est une patate !

Victor se leva d'un bond et feignit d'avoir mordu à l'hameçon. Forçant la jovialité de son ton, il cria :

— Ce sera pas moi la patate ! C'est toujours les filles qui mettent le plus de temps à se préparer, d'abord !

Sara le regarda disparaître dans sa chambre. Son sourire mourut. Elle tourna sur elle-même. En dépit de la nouvelle peinture, de la nudité de ce qui avait été la chambre de son aînée, puisque Sara s'était débarrassée de tous les meubles, de tous les objets et vêtements de Louise, refusant de les vendre ou de les donner, comme si elle craignait qu'une présence malsaine ne s'y attache encore, elle n'aimait pas cette pièce. Elle se détestait de l'espèce de superstition qui rampait en elle. Elle finissait par exécrer cet appartement pourtant douillet. Cinq ans plus tôt, Marc, son mari, était mort alors qu'ils vivaient ici. Elle repoussa la vision de ce tas de ferraille qui avait été sa moto, percutée par un chauffard sur un pont, un chauffard qui ne s'était pas arrêté, n'avait pas prévenu les secours, abandonnant Marc à l'agonie. Il était mort en arrivant à l'hôpital. Dans cette pièce, Louise avait ourdi leurs meurtres, à Victor et à elle. Son fils s'était un peu étonné de l'insistance de sa mère à faire incinérer sa sœur aînée. Sara y était allée d'arguments scientifiques et même écologiques ou ethnologiques. Tous peu recevables puisqu'elle avait fait enterrer Marc, sans même se poser la question. Sa seule véritable justification avait été une résurgence de croyances très lointaines : purifier le mal par le feu, le réduire à l'état d'atomes, lui retirer au plus vite toute forme organique. Un atome de carbone ou de phosphate n'est ni bon ni mauvais. Louise était mauvaise.

Un cri :

— Patate ! Tu vois bien que tu n'es pas encore prête.

Le sourire de Sara revint. Un réflexe.

— D'accord, mais la prochaine fois, c'est moi qui gagnerai. J'admirais notre œuvre. On est vraiment bons, tu sais. Je passe une veste et je prends mon sac.

Certes, c'était idiot de rendre un lieu responsable, coupable des blessures humaines. Pourtant, elle s'y sentait mal et était certaine que Victor partageait son malaise. Le garçonnet passait parfois de longs moments dans la chambre repeinte de sa sœur, s'asseyant à même le sol, fixant un mur, réfléchissant, elle ne savait à quoi. Lorsqu'il ignorait qu'elle l'observait, elle le sentait sur la défensive, prêt à fuir. Percevait-il quelque chose ? Elle allait vendre cet appartement. Ils seraient bien mieux ailleurs. Ils referaient leur cocon, tous les deux, débarrassés du vilain fantôme de Louise. Financièrement, elle se débrouillerait. Elle compléterait son salaire assez médiocre de chercheuse par des traductions scientifiques. L'idée de traduire de l'anglais lui fit penser à Diane Silver. Outre l'immense soulagement que la profileuse lui avait apporté dans les boyaux souterrains du Jefferson Building, à Quantico, la femme au déroutant regard l'avait marquée de façon indélébile, alors que leur rencontre n'avait duré que quelques minutes et que, de toute évidence, Sara l'avait importunée.

Était-ce parce que Sara avait osé avouer l'inadmissible devant cette femme qu'elle ne connaissait pas : elle n'avait aimé sa fille que par devoir de mère ? Une lucidité assassine. Était-ce parce que cette femme – assez odieuse, par ailleurs – lui avait apporté le seul soulagement efficace ? Sara se souvenait de ses mots comme si la profileuse venait de les prononcer :

… le ton des mails de votre fille était… comment dire… jouissif. Je n'y ai rien vu qui puisse évoquer la jalousie, le désir de vengeance, l'amour blessé ou même le manque du père. Vous n'étiez qu'un objet aux yeux de Louise. Un objet abhorré, mais un objet quand même. C'est une tendance fréquente chez les psychopathes : dépersonnaliser leurs victimes. Ce que vous faisiez ou pas n'avait aucune importance à ses yeux. Je ne pense donc vraiment pas que vous soyez responsable de son… basculement, si tant est qu'il se soit agi d'un basculement et non d'une tendance préexistante. Je ne dis pas cela pour vous apaiser, vous l'aurez compris. Là n'est pas mon rôle.

Sara avait soudain eu l'impression de parvenir à respirer de nouveau. Diane Silver l'avait retenue de justesse au bord du précipice. Elle, la mère, n'était pas à l'origine de la psychopathie de Louise.

— T'es prête, maman ?

Sara se composa aussitôt un visage détendu et rejoignit son fils dans l'entrée.

Environs de Boston, États-Unis, juillet 2008

Pieds nus, vêtu d'une ample chemise blanche de lin et d'un large pantalon assorti retenu à la taille par une cordelette, Nathan tapa son code sur le pavé numérique de la serrure électronique et pénétra dans son sanctuaire, sa salle de travail. Un écran géant relié à son ordinateur couvrait presque tout un mur. Quant à son installation informatique, peu de forces de police dans le monde pouvaient rivaliser avec elle.

Il frappa une touche du clavier. Le fond d'écran s'afficha. Comme chaque fois, une onde de bonheur le fit sourire lorsqu'il détailla la photo projetée sur le mur. Il devait avoir un an. Sa mère le serrait contre elle, riant. Il se fit la réflexion réjouissante que, en vieillissant, il lui ressemblait de plus en plus. Le même regard de myope, les mêmes cheveux très frisés, à cela près que ceux de sa mère étaient plus clairs, plus dorés.

Il s'installa devant son grand bureau de wengé, seule note sombre dans l'océan blanc de la pièce, et ouvrit sa messagerie. Il dédaigna ses comptes utilisateurs usuels, ouvrant la boîte de réception ultra-confidentielle et mieux protégée des intrusions que les ordinateurs du Pentagone. Même Diane Silver n'en possédait pas l'adresse, pour une raison très simple. En dépit de son extraordinaire intelligence, les connaissances de la profileuse en matière d'ordinateurs étaient si sommaires que Rupert redoutait qu'elle n'ouvre par mégarde une brèche dans son imprenable bastion informatique. Le message qu'il désespérait de recevoir l'attendait.

> Cher monsieur Teelaney,
>
> Mes progrès ont été laborieux, ainsi que nous nous en doutions. Toutefois, je pense que le résultat devrait vous satisfaire. J'attends donc votre appel pour vous communiquer mes avancées et recevoir vos instructions.
>
> Votre bien dévoué,
>
> Thomas Bard.

Thomas Bard, un ancien flic de Los Angeles devenu détective très privé, « conseillait » – puisque c'était ainsi qu'on le formulait – la famille Teelaney depuis près de vingt ans. Il était réputé pour sa pugnacité, son excellence et son extrême discrétion. Ces qualités lui avaient valu une clientèle exigeante et très fortunée. Rupert se souvint d'une de ses réflexions :

— Je suis un flic, monsieur Teelaney. Flic un jour, flic toujours ! Je vois donc le mal partout, je suis dressé pour cela. Du coup, je fouine. Et voyez-vous, je trouve presque toujours le mal.

Thomas avait été l'artisan ou le témoin de tant de secrets – parfois même de très vilaines magouilles – qu'il aurait pu, à lui seul, plonger la planète boursière dans le chaos. Toutefois, en homme avisé, il n'ignorait pas que son silence garantissait sa longévité et ses vertigineux honoraires. Rupert était certain que le détective connaissait la vérité au sujet de la prétendue noyade de sa mère dans la piscine familiale. Cependant, il était inutile de tenter de la lui arracher. Thomas réservait son absolue fidélité à son employeur et, à l'époque, son employeur était le père de Rupert.

Rupert décrocha le téléphone de sa ligne sécurisée et appela le détective qui répondit au bout de deux sonneries.

— Thomas, comment vous portez-vous ?

Il perçut un rire enfantin en fond.

— Monsieur Teelaney, vous me sauvez de la débâcle et de la honte. Je joue aux quilles avec ma petite fille, Sandra. Elle est beaucoup plus forte que moi et je suis en train de me faire battre à plate couture…

Rupert l'entendit s'adresser à l'enfant :

— Sandra, chérie, va voir mamy. Je dois parler avec ce monsieur. Nous reprendrons notre partie juste après. Et attention, parce que j'ai bien l'intention de gagner !

Un « Non, non, papy, c'est moi qui vais gagner » strident et ravi parvint à Rupert qui sourit, sans s'en rendre compte.

— Je rejoins mon bureau, monsieur Teelaney. Pardonnez-moi pour cette interruption.

— Je vous en prie, Thomas.

Il entendit le souffle d'effort du détective. Une porte claqua, la voix de Thomas reprit :

— Ça y est, je suis installé au calme. Vous avez donc eu mon mail ?

— En effet, et je brûle d'impatience !

— La piste est très froide. Tant d'années ont passé. D'autant qu'il était... difficile de contacter les parents, de leur demander de raviver leurs terribles souvenirs. Certains sont démolis à jamais, d'autres ont essayé avec plus ou moins de succès de se reconstruire. J'ai avancé à la manière d'une fourmi.

— C'était prévisible. Cependant, vous avez quelque chose, n'est-ce pas ?

— En effet. Je suis reparti du tout début. La presque totalité des petites filles a été enlevée dans deux squares, où elles se trouvaient en compagnie de leur nanny. Je suis allé de déception en déception. Vous vous doutez bien qu'après l'enlèvement de leur fillette, les parents en ont mortellement voulu à la jeune femme censée veiller sur elle. Une des familles a traîné son employée en justice pour négligence et complicité d'enlèvement. Ça s'est soldé par un non-lieu. Quoi qu'il en soit, les parents ont tous coupé les ponts avec ces filles. S'ajoute à cela que toutes, à l'exception d'une, étaient des étudiantes étrangères. Je suppose qu'en plus, depuis le temps, la plupart se sont mariées, ont changé de nom, bref, un casse-tête.

— Vous êtes en train de me désespérer, remarqua Rupert.

Un rire discret lui répondit d'abord, puis :

— Non, monsieur Teelaney, je suis en train de justifier ma note d'honoraires.

— Vieux renard ! plaisanta Rupert.

— Je prends cela pour un compliment. Ce sont des animaux très intelligents. Enfin, une lueur. Une seule des petites filles – Barbara – était gardée par sa mère, une certaine Debra Kaplan, que j'ai localisée. Si quelqu'un a dû revivre interminablement la scène, chaque détail ayant précédé l'enlèvement, c'est elle. À l'évidence, elle doit se tenir pour responsable de ce qui s'est passé. Pour votre information, j'ai mené une petite enquête à son sujet. Après une dépression sévère de Mme Kaplan, des années de neuroleptiques et de traitements divers et variés, le mari a demandé le divorce. Il est remarié. Debra Kaplan a, semble-t-il, trouvé un certain réconfort dans le bouddhisme. Elle a déménagé à Portland, dans le Maine. Elle s'occupe à temps partiel d'une librairie-restaurant végétarien. Je vous envoie toutes ses coordonnées par e-mail. Que dois-je faire maintenant pour vous être agréable ?

— Rien, pour l'instant. Merci, Thomas, vous êtes irremplaçable.

— Je m'y efforce, monsieur Teelaney.

D'un ton peiné, le détective ajouta :

— Que de vies brisées, n'est-ce pas ?

— Oui, et par un seul dégénéré. Au revoir et encore merci, Thomas.

— Au revoir, monsieur Teelaney. Je vais retrouver Sandra. Voyez-vous, les jeunes enfants nous lavent du monde. C'est sans doute pour cette raison qu'ils sont si précieux et que nous devons tout faire pour les protéger.

Base militaire de Quantico, États-Unis, juillet 2008

Diane Silver sortit du petit bureau qu'occupait William Folston lorsqu'il lui rendait visite à la base. Elle avait répondu de façon mécanique aux questions du psy qu'elle avait choisi, juste après avoir abattu un jeune cambrioleur défoncé, prétendument en légitime défense. Peu importait que l'enquête ait révélé que le type en question avait déjà tué une femme de soixante ans dans des circonstances similaires, puisque Diane l'ignorait au moment où elle avait tiré sur lui. Il n'en demeurait pas moins que le FBI avait voulu s'assurer de la stabilité psychologique de sa meilleure profileuse. Diane avait obtempéré, choisissant Folston, un psychiatre de Fredericksburg, d'aimable réputation, qu'elle n'aurait aucun mal à mener en bateau. Gentil William qui tentait de l'apaiser. Elle l'aimait bien, aussi ne lui ferait-elle pas le cadeau empoisonné de la vérité. Il ne saurait jamais que sa patiente avait cessé d'être une femme civilisée et respectueuse des lois lorsqu'elle avait visionné la cassette du calvaire de Leonor, sa fille de onze ans.

Elle emprunta l'ascenseur. Elle butait sur une inquiétante inconnue : et si Yves et cette Sara Heurtel s'obstinaient à retrouver l'assassin de Louise et de Cyril, qu'allait-elle faire ? Nathan/Rupert chassait pour elle. Une chasse terriblement importante. Elle devait le protéger.

Yves Guéguen, en dépit de son extrême intelligence, de la versatilité prodigieuse de son esprit, de son pragmatisme aussi, n'admettrait jamais le pas décisif que Diane venait de franchir en s'associant à Nathan Hunter/Rupert Teelaney. Aux yeux d'Yves, on était ce que l'on faisait. Elle était donc une tueuse, à l'instar de ceux qu'ils traquaient. De fait, elle était devenue une tueuse la nuit où elle avait vidé son chargeur dans le ventre du jeune cambrioleur défoncé. Elle l'avait abattu de sang-froid, sans un remords. Toutefois, elle n'avait éprouvé aucun plaisir, aucune satisfaction à le voir s'effondrer vers l'arrière, dévaler l'escalier de sa maison. Selon elle, elle demeurait donc humaine : capable de tuer un prédateur dangereux, sans en tirer aucune jouissance.

Pour Yves, la « collaboration » qu'elle venait de former avec Nathan/Rupert – une des cinquante plus grosses fortunes de la planète – serait contre nature, une impardonnable faute. Toujours selon Yves, un humain ne chasse avec un fauve que lorsqu'il l'a domestiqué, contrôlé. S'ajoutait la passion d'Yves pour la loi.

Le poing de Diane s'abattit sur son bureau, faisant rouler son crayon à papier. Elle observa sa course, ne tentant aucun mouvement pour le retenir lorsqu'il parvint au bord de la plaque de Plexiglas et bascula vers la moquette. La loi avait été prévue pour les citoyens, pas pour les tueurs en série. La loi se fracassait sur leur monstruosité. Tous ces procès durant lesquels elle avait témoigné, luttant contre la nausée, alors que tous s'acharnaient à respecter les droits civils de violeurs-tortionnaires-tueurs multirécidivistes, pour certains très satisfaits que l'on narre leurs sanglants exploits en public. Et les droits civils des victimes ? Dont celui de vivre ? Qu'avaient-ils de « civils », tous ces tordus qui prenaient leur pied en infligeant des tortures qu'il valait mieux ne jamais imaginer ? Dans leur cas, les arguments des opposants à la peine de mort exaspéraient Diane : « La peine capitale n'est pas exemplaire. » De fait, elle ne l'est pas. Toutefois, en ce qui concernait les tueurs en série, elle retirait définitivement des prédateurs du circuit et épargnait toutes les vies qu'ils auraient encore massacrées. « Une société civilisée ne se venge pas, ne punit pas de mort. » Cependant, il ne s'agissait pas de revanche.

Une balle roule vers les pieds d'un homme assis sur un banc, dans un square, entouré des cris joyeux des bambins. Il renvoie la balle à l'enfant en souriant : il vient soudain de penser à quel point il va adorer le violer et le torturer durant des heures. Et il va se filmer. Beaucoup se filment pour se repaître ensuite des hurlements de plus en plus indistincts de la masse de chair et de sang qui les a réjouis et fait bander. Selon la définition de Diane, ces êtres ne méritaient plus le qualificatif d'humains. On ne philosophe que sur la mort des hommes. On euthanasie les animaux dangereux, même lorsque leur seule faute a été d'être dressés au carnage par leur maître. La mort, simplement. Sans effusion de haine, ni désir de vengeance. Une mort clinique, rapide et sans douleur. La mort qu'avaient dû appeler de leurs prières toutes leurs victimes. Elles n'avaient pas eu cette chance.

Diane Silver abattit à nouveau son poing sur la plaque. Une douleur se propagea dans son avant-bras jusqu'au coude. Elle la sentit ricocher de nerf en nerf.

Elle avait eu raison, raison !

Yves ne serait pas d'accord. Pourtant, elle ne pouvait l'accuser d'aucune mièvrerie, d'aucune sentimentalité déplacée, d'aucune lâcheté morale. Il détestait ces types autant qu'elle. À l'instar de Diane, il jugeait que les explications psychanalytiques étaient avant tout l'unique recours des avocats. Il s'agissait d'individus dont le plaisir consistait à faire mal et à tuer, et ils resteraient ainsi. Le passé l'avait amplement prouvé. Aux yeux de Diane, les remettre en liberté – et quelle qu'en soit la raison, souvent un vice de procédure – revenait à devenir complices de leurs futures boucheries.

L'enfermement à vie, sans possibilité de remise de peine, aurait rétorqué Yves. Cher Yves. Les prisons étaient surpeuplées, les tribunaux débordés. Les hôpitaux psychiatriques fermaient les uns après les autres, faute de moyens pour les choses importantes. On remettait dans la nature des individus extrêmement dangereux, qui eux, du moins, étaient irresponsables au moment de leurs actes, si impardonnables aient-ils été. Lorsque Diane lui avait lancé que, pour ce qui était des tueurs en série en pleine possession de leurs moyens mentaux, la prison à perpétuité était un gâchis de l'argent du contribuable, il avait cru à une manifestation de son humour cynique. Il se trompait. Elle était terriblement sérieuse.

Elle avait eu raison, raison !

Mike Bard, un des deux agents du FBI chargés de l'enquête conduite par Diane au sujet de Nathan Hunter, passa une deuxième fois devant la porte close du bureau de la psychiatre. À nouveau, il ralentit l'allure, hésitant à frapper, à lui demander une entrevue. À nouveau, il recula. Merde, en plus, il ne pouvait même pas en discuter avec Gary Mannschatz, son partenaire. Bard tergiversait depuis des jours sur la conduite à tenir. D'un physique assez lourd, le grand flic d'une bonne quarantaine d'années aux cheveux poivre et sel aimait donner une trompeuse impression de lenteur. Il possédait pourtant une vive intelligence.

Que foutait Diane Silver ? Avait-elle en tête de les doubler, Gary et lui ?

Portland, États-Unis, juillet 2008

Debra Kaplan l'avait accueilli avec gentillesse, pourtant elle semblait un peu tendue. De petite taille, menue, ses cheveux bruns étaient coupés très court. Un beau regard noisette, triste mais bienveillant, éclairait le fin visage fané. Nathan s'était fait la réflexion qu'elle avait dû être belle. Avant.

Vêtue d'une robe chasuble bleu marine passée sur un tee-shirt blanc, chaussée de ballerines en toile, elle l'avait précédé dans le salon, lui proposant un thé, un jus de fruits ou une infusion avec une sorte de nervosité mal contenue. Songeant qu'elle avait besoin de temps, en dépit des deux jours qui s'étaient écoulés depuis son appel, Nathan avait accepté avec empressement. Profitant de ce qu'elle s'activait dans la cuisine, il avait détaillé l'appartement qu'elle occupait dans l'un de ces anciens immeubles industriels de brique rouge situés sur le port, que des promoteurs avisés avaient transformés en logements pour la classe moyenne. Une assez jolie réussite. Une odeur d'encens flottait dans le salon, meublé avec goût mais sans gros moyens. Du moins, un certain goût. De gros coussins ocre rouge et jaune safran ponctuaient le pourtour d'une table basse thaïlandaise en wengé. Un petit bureau chinois de bois sombre, lui aussi, était poussé dans un coin, un ordinateur portable ouvert sur son plateau. Les murs, d'un crème chaleureux et presque gourmand, avaient été peints au lait de chaux. Nathan s'était approché d'une bibliothèque faite de planches de bois retenues par des piles de briques. Les titres ne l'avaient pas surpris. Toutes les œuvres de l'actuel dalaï-lama, *Le Livre tibétain de la vie et de la mort* de Sogyal Rinpoché, *La Marche à la lumière* de Santideva et *Les Entretiens du Bouddha*, sans oublier *Les Quatorze Dalaï-Lamas* de Glenn H. Mullin et le *Bardo Thödol*[1]. Debra Kaplan était revenue chargée d'un plateau qu'elle avait déposé sur la table basse.

Elle avait d'abord parlé de choses et d'autres, d'un ton nerveux, heurté. Portland, une si jolie ville de moyenne importance, le fief des artistes, des créateurs lassés par les métropoles. Certes, l'hiver y était rigoureux, la frontière canadienne était toute proche, mais dès le printemps, c'était un enchantement. Les bistrots, les petits restaurants, la baie de Bar Harbor qui semblait recomposée, différente après chaque grande marée, s'amusant à vous surprendre par ses métamorphoses. Le débit de la femme s'était peu à peu apaisé.

Il l'avait écoutée sans l'interrompre, l'encourageant parfois d'un haussement de sourcils, d'un sourire. Elle avait besoin de ces aimables platitudes pour avancer doucement vers le pire : le souvenir.

---

1. *Le Livre tibétain des morts.*

Elle s'interrompit, enserrant sa tasse en terre cuite de ses deux mains. Son regard se perdit au loin, traversant Nathan comme s'il n'existait plus. Il attendit.

— Je… j'ai rencontré cette femme, il y a une dizaine d'années. Une éternité. Dans la salle d'attente de mon psy. Elle avait perdu un fils unique d'une maladie génétique, trois ans plus tôt. Elle était mère célibataire. En fait, elle venait pour mettre un terme à sa psychothérapie. Elle semblait… comment dire… rassérénée parce qu'elle avait opté pour une autre démarche. Je me noyais dans le désespoir et je passais toutes mes séances avec le psy à sangloter et à répéter que je ne comprenais pas. Lui-même ne pouvait me donner aucune explication… J'ai accompagné cette femme, Marissa, à des rencontres, à des conférences, et j'ai découvert le bouddhisme. Vous êtes bouddhiste, m'avez-vous dit au téléphone ?

— En effet. Depuis longtemps.

— Vous avez perdu un être cher ?

— Ma mère. Toutefois, ce deuil n'est pas à l'origine de ma conversion, adhésion, je ne sais pas quel terme convient. « Illumination » me semble adéquat.

— Oui : illumination, révélation, c'est cela, approuva Debra d'un hochement de tête. Vous comprenez, monsieur…

— Nathan.

— Nathan… Je me suis rendu compte, après trois ans de thérapie, que ce n'était pas du tout ce que je cherchais. Ça ne pouvait me mener nulle part. Ce n'est pas un reproche, mon psy a été parfait. Toutefois, il ne sentait pas vraiment où se situait l'inextricable nœud. Au fond, je ne voulais pas que l'on m'aide à faire mon deuil, comme on dit. Parce que je ne voulais pas faire mon deuil. Faire son deuil, cela signifie accepter que l'autre que vous aimiez tant, plus que vous, soit mort. Or, voyez-vous, je n'ai jamais accepté que Barbara soit morte, et je ne l'accepterai jamais. D'autant que… je suis responsable, si je l'avais mieux surveillée…

Il voulut la contredire, lui expliquer, mais elle lui intima le silence d'un geste doux de la main.

— … C'est grâce à Marissa que j'ai découvert la réincarnation, et tout est devenu clair. Comment n'y avais-je pas pensé avant ? Il faut bien que les âmes viennent de quelque part. Elles ne surgissent pas du néant. Elles sont, si je puis me permettre cette expression et ce raccourci, « recyclées », infusées dans d'autres êtres. Je ne sais pas en quoi sera réincarnée Barbara. Peut-être en garçon, ou en fille, ou en un magnifique oiseau libre… une grue cendrée. Elles portent chance. Un beau chat abyssin ou siamois dans une excellente maison… Peu importe, elle revivra. Je leur souhaite le meilleur à ces gens amoureux de leur chat, de ma petite fille sous sa nouvelle forme, qu'ils vont cajoler, qu'ils cajolent peut-être en ce moment. Car peut-être qu'elle revit déjà. (Elle étouffa un petit rire navré et avoua :) Cela étant, elle était si lumineuse que je pense qu'elle sera réincarnée en bébé. Bien sûr, j'espère qu'un signe, un jour, m'indiquera où elle se trouve. Toutefois, je sais que c'est beaucoup trop demander. Tant pis. La seule chose fondamentale, c'est qu'elle revive, qu'elle soit heureuse, qu'elle ne connaisse plus jamais la souffrance…

Ses yeux se remplirent de larmes et Nathan sut qu'elle repensait aux tortures qu'avait infligées le beau Rick à sa fillette. Comme à Leonor.

Soudain inquiète, elle demanda :

— Vous croyez à la réincarnation, n'est-ce pas ?

Bien sûr qu'il y croyait, mais certainement pas de la façon dont elle s'y accrochait, à la manière de pas mal d'Occidentaux. La réincarnation n'était pas une chance de revivre, pas une récompense mais une nouvelle épreuve. Celle de devoir revenir et souffrir encore dans une enveloppe charnelle jusqu'au moment où, toutes passions dispersées, on arrivait enfin à la dissolution dans l'infini. Néanmoins, Debra ne pouvait admettre cela. Son unique enfant, sa fille Barbara, devait revenir. Peut-être était-elle déjà à nouveau sur Terre. Elle vivait ailleurs, heureuse et paisible. Il s'agissait là du dernier rempart qui lui avait évité de glisser tout à fait dans la folie.

— Je me dis qu'un jour peut-être, à la faveur d'une analyse ou d'une régression hypnotique, elle percevra le fait qu'elle a eu une autre mère dans une vie antérieure. Une mère qui l'adorait. Moi. (Soudain tendue, elle demanda :) Vous croyez que c'est possible ?

— Tout à fait, mentit Nathan/Rupert.

Le soulagement se peignit d'abord sur le visage pâle. Puis une sorte de panique le remplaça et elle hocha la tête avec véhémence :

— Non, il ne faut pas. C'est horriblement égoïste de ma part. Je ne le veux pas, parce que si elle se souvient de moi, elle se rappellera aussi du reste… de ce tortionnaire, de ce qu'il… et je ne veux pas, cria-t-elle presque.

Un long silence s'installa. Il ignorait de quelle façon l'aider. Il se contenta de tendre la main vers elle. Elle y posa son front en soupirant, puis releva la tête.

— Mon... Euh, mon mari m'a quittée trois ans après... cette épouvante. Je l'ai détesté durant des années. Plus maintenant. Il a vraiment fait tout ce qu'il a pu pour me porter à bout de bras. Il a lutté pied à pied. C'était inutile. Je ne savais même plus qui j'étais, où j'étais. J'étais défoncé aux neuroleptiques. Une zombie. L'alcool me rend malade, sans cela, je serais devenue alcoolique en plus du reste. Saul, mon mari, a tout fait pour me soutenir. Même après son départ, il m'envoyait de l'argent. Je crois que... toute cette mort partout autour de nous, que je n'arrêtais pas de... nourrir, lui est devenue insupportable. (Son menton trembla, ses lèvres se serrèrent jusqu'à devenir blanches, elle feula :) Si ces abrutis n'avaient pas relâché Rick Ford pour vice de procédure, Barbara vivrait toujours, comme les deux autres petites filles qu'il a tuées après le non-lieu. Quinze, cria-t-elle ! Vous rendez-vous compte qu'il en a torturé et tué quinze ? Du moins celles dont les morceaux ont été retrouvés. Et puis j'ai compris grâce à Marissa qu'elle allait revivre, être réincarnée ailleurs. Ça m'a apaisée. Saul est remarié. Il a eu un petit garçon. La vie. Je suis contente pour lui. Vraiment. Ne vous méprenez pas... il n'oubliera jamais Barbara. Ça restera une plaie ouverte chez lui aussi.

— Je n'en doute pas, la rassura Rupert.

Il aimait cette femme, sa beauté de douleur. La douleur des femmes. Elle vient de la nuit des temps. Il songea que, en dépit de l'amour qu'il éprouvait pour elles, il n'aurait jamais souhaité en être une. Il était un mâle alpha, chargé de les protéger, elles et leurs petits, contre d'autres mâles dégénérés.

— Cela étant… La vie était sans doute plus… puissante, tenace en Saul qu'en moi, poursuivit-elle. Au fond, si j'avais été plus courageuse, je pense que je me serais suicidée. Vous n'imaginez pas ce que cela représente de vivre avec ces souvenirs, avec la culpabilité qui est la mienne. Mais bon… je dois être trouillarde…

Nathan songea que Diane Silver était la quintessence du courage et qu'elle ne s'était pas donné la mort, bien que flirtant avec elle. La fureur la portait, l'instinct de survie aussi. Du moins jusqu'au moment où elle aurait réglé ses comptes. Nathan/Rupert veillerait à ce qu'elle n'efface pas définitivement l'ardoise ensuite. Elle en était capable.

— Non, vous n'êtes pas lâche. Le suicide n'est pas affaire de courage. C'est juste une impérieuse envie de paix. Une envie qui domine tout le reste. Ça n'était sans doute pas votre cas.

— Vous croyez ?

— Oui, et je vais vous le prouver.

— Comment ?

— Vous êtes restée alors que vous n'en aviez plus aucun désir. Pourquoi ? Parce que vous saviez que votre rôle n'était pas terminé, qu'il fallait encore faire une chose pour Barbara. Enfin… vous ne le saviez pas, mais vous le sentiez. Ce jour est arrivé.

D'un ton calme, sans inquiétude, elle s'enquit :

— Qui êtes-vous au juste ? Un détective privé, m'avez-vous dit au téléphone.

— C'est cela. Une sorte de détective très privé. La fillette de ma… cliente est aussi tombée entre les pattes de Rick Ford. Avant son arrestation. Avant qu'il ne soit libéré et abattu plus tard par ce dealer. Un bienfaiteur de l'humanité. Elle est certaine que Ford n'opérait pas seul, qu'il s'était adjoint les services d'une rabatteuse…

Debra Kaplan le fixait, les yeux grands ouverts, une main plaquée sur la bouche. Durant un moment, il redouta qu'elle ne s'évanouisse. Au lieu de cela, elle murmura d'une voix précipitée :

— Une femme… Bien sûr… Barbara n'aurait jamais suivi un homme… je l'avais tellement mise en garde… Votre cliente, c'est Diane Silver, n'est-ce pas ? Cette psychiatre qui est devenue profileuse ? Après… après l'enterrement de Barbara, j'ai passé toutes mes heures à rechercher le moindre détail du procès, tout ce que je pouvais trouver. J'ai vu l'enregistrement de l'audience. La cassette vidéo que tenait le Dr Silver. Celle du martyre de sa fille. Je me suis demandé comment une mère pouvait visionner une telle monstruosité. Moi, je n'ai pas eu le courage. Saul non plus. Ensuite, bien plus longtemps après, j'ai compris. Elle voulait lui faire la peau. Un être normal ne peut pas tuer sans excellentes raisons. Elle s'est servie de cette cassette pour cimenter sa haine, la rendre indestructible, imperméable à la pitié. J'ai énormément d'admiration pour cette femme. C'est elle, n'est-ce pas ?

— Je ne suis pas autorisé à vous le révéler.

— C'est elle !

Debra fondit en larmes, bafouillant :

— Mon Dieu… Qu'elle parvienne au bout de sa mission, elle a la force, je l'ai vu sur l'enregistrement du procès. Qu'elle fasse arrêter cette rabatteuse pour nous tous, tous les parents démolis…

Oh ! Elle ne la fera pas arrêter. Elle va la tuer et elle a raison, rectifia pour lui Rupert en expliquant :

— C'est son but.

— Dieu la garde et l'aide.

— J'ai besoin de vous, Debra. De vos souvenirs. Cette affaire remonte à plus de douze ans. À l'époque, on croyait qu'il n'y avait qu'un tordu : Rick Ford. On le croit toujours, hormis ma cliente.

— Quoi, quoi… Dites-moi, tout ce que je peux, je le ferai, s'énerva la femme.

— Il est clair que tout cela est très confidentiel. Je ne suis pas de la police et ma cliente n'a aucune autorité juridique. Elle ne peut pas relancer l'enquête.

Un voile givra les jolis iris noisette qui le fixaient.

— Pas un mot et à personne. Je veux que cette femme soit condamnée, au maximum. Je le veux pour le repos de Barbara et son bonheur dans sa nouvelle vie. Je veux que le jour où, peut-être, elle découvrira qu'elle a eu une autre maman, elle en soit fière, qu'elle sache que cette maman antérieure a tout fait, jusqu'au bout, pour elle. Je veux que cette salope soit jugée et, si elle pouvait mourir en sachant pourquoi elle meurt, j'en serais heureuse.

Comptez sur moi et surtout sur Diane, promit Nathan intérieurement avant de préciser :

— Cinq des petites filles ou jeunes filles massacrées fréquentaient le même square après l'école. Dont Barbara. Ma cliente est certaine, pour différentes raisons, que c'est là que la rabatteuse opérait. Vous étiez femme au foyer. Vous accompagniez votre fille au square et ma cliente pense que vous avez dû voir quelque chose, sans y attacher d'importance sur l'instant, ni même après.

Selon elle, la rabatteuse est une femme dont… disons l'allure était de nature à inspirer confiance à une fillette, par ailleurs mise en garde par ses parents sur les dangers classiques. Je n'en sais pas plus. Je vous en supplie, Debra, réfléchissez. Vous êtes mon unique chance de remonter jusqu'à elle. Les autres parents employaient des filles au pair, dont ils ont perdu la trace depuis longtemps.

Elle le regardait droit dans les yeux, une larme hésitant au pli de ses paupières.

— Réfléchissez de toutes vos forces, je vous en conjure, insista Rupert. L'enquête classique n'a rien donné. Et maintenant, c'est trop loin. Il ne reste que vous.

Elle ferma les yeux. Il vit les mouvements rapides de ses globes oculaires sous les paupières fines, comme si elle avait plongé dans un sommeil paradoxal. Il se tut, attendant, osant à peine respirer. Il regarda les joues se creuser de concentration, le fin réseau des rides de peau sèche. Il détailla les cernes gris-mauve qui maquillaient le dessous de ses yeux, héritage d'un chagrin trop lourd qu'elle ne savait comment disperser. Pourtant, son souffle devenait puissant alors qu'il avait été presque imperceptible jusque-là. Grâce à Diane, Debra retrouvait l'envie de la lutte. C'est elle qui nous porte lorsque tout le reste n'est plus que cendres. Elle allait se battre pour sa fille morte, afin qu'elle puisse être réincarnée en grande paix.

Un murmure, à peine audible, la crispation d'un front pâle :

— Non… non… je la connaissais… pas celle-là… non… Et si… non…

Il attendit. Le temps est si étrange. La plupart des heures qui passent n'ont aucune signification, ne revêtent aucune importance. Pourtant, on se démène le plus souvent pour leur en trouver une, quitte à la forger. Afin de justifier notre propre existence. Et puis, soudain, en quelques secondes, en une minuscule minute, l'univers bascule.

Debra ouvrit les yeux et le fixa sans le voir. Elle cria :

— La nanny ! C'était une Anglaise, du moins à son accent. Charmante. Un peu désuète avec son uniforme. Certaines de ces filles y tiennent. Ça les rend plus professionnelles et ça flatte leurs employeurs. Un signe extérieur de richesse. Vous savez, cette cape en feutrine bleu marine avec les attaches croisées au milieu de la poitrine. Une coiffe et une blouse blanches. Elle s'occupait des petits Simmons. Trois garçons, nés à environ un an d'écart les uns des autres. Des petits garnements, pas méchants du tout mais très turbulents, qui cherchaient toujours une bêtise à faire et terrorisaient les filles avec leurs inventions. Le genre à vous donner envie d'une cure de multivitamines, vous voyez ? Elle s'en sortait très bien, avec beaucoup de calme.

— Son nom ? demanda Rupert en tentant de juguler l'excitation de sa voix.

— Je ne l'ai jamais su. On les appelle « nanny », ça fait aussi partie du signe extérieur de richesse. Vous croyez que c'est elle ? (Elle hurla presque :) Est-ce que c'est elle ? J'ai parlé avec cette femme. Je l'ai trouvée sympathique. Est-ce que c'est elle qui a conduit Barbara vers ce monstre ?

Il fallait qu'il la calme, il avait encore besoin d'elle.

— Je ne sais pas, Debra. Cependant, je vais trouver. Je vous le garantis. Grâce à vous et à la piste Simmons. Continuez. Tout ce dont vous vous souvenez.

— Euh… je n'ai pas vraiment beaucoup discuté avec elle. Vous savez, ces échanges de femmes avec enfants. Il y a une gastro-entérite qui court, les bêtises du moment, les recettes pour leur faire avaler des légumes, la meilleure école maternelle ou primaire, les centres d'éveil parascolaires, ce genre de choses.

— Portait-elle une bague ? Une bague de fiançailles ?

Debra ne réfléchit qu'une seconde.

— Ça me revient. Comment savez-vous cela ? Diane Silver ? Mais je ne l'ai jamais vue au square. Pourtant, j'y accompagnais Barbara presque tous les jours. Comment aurait-elle appris pour la bague ? Il y avait sa nanny, une Néerlandaise pas futée mais adorable qui s'occupait de… comment s'appelait-elle, cette ravissante petite fille aux yeux bleus ?

— Leonor.

— Leonor. C'est cela. La bague… La nanny anglaise, celle des Simmons, portait une bague de fiançailles dont pas mal de patronnes auraient pu être jalouses. Un solitaire d'une eau magnifique, large comme l'ongle de mon petit doigt. Une fortune.

Il songea que Diane avait l'esprit le plus puissant qu'il ait jamais rencontré, et cette certitude lui fit un plaisir fou. Il l'avait admirablement choisie.

— Je vois. Pourquoi avez-vous pensé à elle, Debra ?

Elle hésita, puis :

— J'ai été surprise, et séduite, je dois dire, par l'intérêt qu'elle manifestait pour les fillettes. Enfin, elle avait la charge de trois petits garçons qu'il fallait surveiller comme le lait sur le feu, et elle prenait le temps de parler, de jouer avec des enfants qui n'étaient pas sous sa responsabilité. J'ai pensé qu'elle les adorait et qu'elle regrettait de ne pas avoir au moins une gamine dans le lot Simmons. C'est plus calme, une fille. C'est plus coquet aussi, en général.

Soudain, son visage changea, se crispa. Rupert y lut une haine farouche, meurtrière :

— SALOPE ! hurla-t-elle. Si c'est elle… qu'elle crève… Elle n'arrêtait pas de répéter à Barbara qu'elle était jolie, charmante… Barbara trouvait cette dame si gentille… Moi aussi… Elle était en train de l'amadouer pour s'assurer qu'elle la suivrait durant un moment d'inattention de ma part. C'est exactement ce qui s'est passé. La petite camionnette du marchand de glaces est arrivée… (Sa voix tremblait tant qu'elle dut s'interrompre.) Euh… Barbara m'a suppliée. J'ai cédé et je suis allée lui acheter un cornet… À mon retour, ma fille avait disparu… Je me déteste depuis des années. Je n'aurais jamais dû la laisser seule, pas une seconde… Je veux qu'elle crève, je veux qu'elle CRÈVE !

— Si c'est bien elle, je vous en donne ma parole, elle paiera. Quant à vous, je sais qu'il est inutile de vous le répéter, mais vous n'êtes coupable de rien. Ces tordus sont terriblement organisés. Un jour ou l'autre, ils auraient trouvé le moyen d'attirer Barbara.

Il se leva, contourna la table basse et s'agenouilla à ses côtés. Il la serra contre lui en frère. Il étouffa ses sanglots contre son épaule, caressant les cheveux qui avaient dû être magnifiques et n'étaient plus maintenant que de la paille sèche. Il aimait cette femme. Il aimait Diane. Il avait tant aimé sa mère.

Elle pleura longuement. Enfin, elle soupira et déclara, le visage toujours enfoui dans son épaule :

— Attendez.

Elle le repoussa avec douceur et le fixa avec une intensité presque insoutenable.

— Je me souviens… Elle était assez petite, pas très jolie mais avenante, une brune à peau mate. Ça me revient parce que, sur le coup, cela m'avait étonnée… on a toujours en tête ce cliché de l'Anglaise aux yeux bleus, grande, les cheveux blonds et la peau très pâle…

— Pas mal de Britanniques d'origine écossaise, galloise, irlandaise sont bruns à peau mate.

— Je sais, mais c'est comme : les Italiens sont frisés et font plein de gestes avec les mains lorsqu'ils parlent, les Allemands sont baraqués et blonds, les Françaises sont rousses et ont les attaches fines, les Espagnoles ont un tempérament fougueux et les pieds minces… ce genre d'âneries…

— Des âneries bien utiles dans notre cas, rétorqua Nathan d'un ton ami.

Il se leva et la considéra un instant avant de répéter :

— Debra, grâce à vous, elle va payer.

Elle lui jeta un immense regard perdu et hocha la tête.

— Je vous tiendrai au courant, je vous le promets. N'oubliez pas : vous ne me connaissez pas, je ne suis jamais venu.

— Vous pouvez compter sur moi. Jusqu'à mon dernier souffle. Pourquoi nuirais-je à la seule personne qui m'ait permis de revivre un peu ? L'attente… l'attente est tellement plus supportable que le néant. J'attends qu'elle paie.

Environs de Bel Vista,
États-Unis, juillet 2008

Deux agents de maintenance de la compagnie des eaux garèrent leur camion, alourdi d'une mini-pelleteuse, sur le bas-côté du chemin de campagne qui menait à une jolie ferme isolée, restaurée avec goût, nichée derrière un rideau d'arbres à une centaine de mètres de là. Une fuite avait été signalée par quelques habitants de la ville voisine, surpris de la baisse du débit dans leurs habitations.

L'un des deux agents, Alan, vitupéra :

— J'te dis que c'est encore un de ces camions hors gabarit, Roger ! Ils en ont rien à foutre que le chemin goudronné leur soit interdit. Ça leur fait gagner une bonne demi-heure de trajet. Ils sont trop lourds et ils écrasent les canalisations ! À la fin, ça pète, normal !

— Ouais. J'sais pas. Tout ce que je souhaite, c'est que la fuite soit pas sous le bitume. Sinon, on n'a pas terminé et les gens vont gueuler parce qu'on sera forcés de condamner le passage le temps qu'on répare !

— Ben qu'ils gueulent, Roger, qu'ils gueulent, ça les défoulera. En plus, s'il passe un véhicule par jour sur le chemin, c'est le grand maximum.

Désignant le grand cottage qu'on apercevait au travers du rideau de feuillus, Roger lança à son collègue :

— La baraque, là-bas, elle a l'air fermée. Sans doute une maison de week-end.

— Ben, j'espère que le sous-sol n'est pas complètement inondé. Ses proprios seraient encore capables de nous coller un procès pour infiltrations et dégât des eaux ! Bon, Roger, on commence par le plus facile : on suit la boue. Normalement, le sol doit être complètement détrempé au niveau de la fuite. Ça limitera les tests.

— Sauf qu'avec la pente, elle a pu se produire plus haut et l'eau a pu couler jusqu'à la maison.

— Ouais, ben, faut bien attaquer le problème par un bout. Allez, on prend les pelles et le détecteur.

Ils se rapprochèrent du cottage, entouré d'un jardinet que la sécheresse des derniers jours avait malmené.

Le ventre appuyé contre la barrière de bois blanc, Alan commenta :

— Si c'est pas malheureux ! Les trois quarts des fleurs ont cramé. Quelle idée de coller des hortensias si on les arrose pas régulièrement ! Enfin, je sais pas, mais quand on a une maison de vacances, on prévoit un arrosage automatique ! D'autant que ça à l'air vachement bien entretenu, à part ça.

Roger, que le sort des plantes intéressait très moyennement, ne répondit pas et longea la barrière.

Il cria de l'arrière de la maison :

— Eh, Alan, viens voir un peu… c'est une vraie piscine contre le mur.

Son collègue le rejoignit à la hâte. Profitant d'une cuvette naturelle, l'eau s'était accumulée à l'aplomb du mur de pierres apparentes.

— Eh merde ! souffla Alan. Dans ce cas, c'était pas un camion. Si la fuite s'est produite dans le jardin, ça dépend quand même de nous, et si l'eau a ruisselé de plus haut, ça dépend aussi de nous. Attends… c'est quoi ce bruit ? On dirait qu'on parle.

— Y a personne…

— Ben ouais, mais on dirait quand même que des gens parlent, là, dessous, insista Alan.

Ils écoutèrent. Des rires fusèrent soudain.

— Merde, on dirait qu'une télé est allumée, suggéra Roger.

— Ouais, t'as raison.

— Euh, qu'est-ce qu'on fait ? La maison a l'air bouclée, mais une télé marche !

— En cas d'urgence, on peut intervenir dans un jardin privé. Or, y a urgence. Ensuite, on verra avec l'administratif. C'est leur boulot de prévenir le proprio.

Ils enjambèrent la barrière et se rapprochèrent de la mare.

— À tous les coups, le sous-sol de la baraque est inondé, remarqua Roger en détaillant un soupirail bas qui avait été bouché par une planche de bois partiellement rongée.

— L'arrivée du compteur est ici, précisa Alan en désignant une plaque de ciment d'un geste de menton. On commence par là ?

— Ouais.

Ils soulevèrent la plaque. L'eau avait envahi le regard jusqu'au niveau du sol.

Après un soupir exaspéré, Alan plongea le bras pour suivre la direction des tuyaux et grommela.

— Ça part bien en direction du soupirail. L'arrivée doit être dans le sous-sol.

— Reste à savoir si la fuite s'est produite avant le compteur ou après, parce que si c'est après, on coupe l'eau et on s'en lave les mains.

Roger pouffa, assez satisfait de son involontaire jeu de mots que son collègue ne parut pas comprendre. Un peu déçu, il proposa :

— Allez, on teste à l'aplomb du mur. Ensuite, on avise.

Alan ouvrit la petite mallette qu'il portait en bandoulière et en tira la canne d'écoute munie de capteurs acoustiques qu'il planta dans le sol détrempé. Il surveilla quelques instants le petit écran à cristaux liquides et déclara :

— Je crois que c'est plus haut. Pas de beaucoup. Vers le compteur. J'enregistre quand même la mesure pour comparer. Bon, on localise, on creuse d'abord à la pelle. S'il faut la pelleteuse, on demandera le feu vert au central, vu que c'est une propriété privée. Faudrait quand même s'assurer que c'est pas non plus complètement inondé à l'intérieur, histoire de prévenir l'abonné.

— Je m'en occupe. Va tester vers le regard.

Roger s'accroupit et poussa de toutes ses forces sur la planche de bois qui occultait le soupirail. Elle résista un moment, puis tomba vers l'intérieur. Les voix se firent encore plus nettes. Le volume de la télé avait été pas mal poussé. Roger récupéra la lampe torche halogène pendue à sa ceinture. Il balaya du faisceau ce qui semblait être une cave, distinguant quelques formes vagues, sans doute le poste de télévision posé sur une table, plus loin une masse qui évoquait un réfrigérateur. Un hurlement lui échappa lorsque les yeux noirs d'un machin vivant se rivèrent sur son visage. Un rat ! Il se redressa avec brusquerie, manquant s'affaler dans l'eau, et tenta de frapper l'animal à l'aide de sa pelle. Alan s'était porté à son secours et visait aussi le rongeur. Gênés par l'eau, par la peur irrationnelle qu'inspirent souvent ces bêtes pourtant assez inoffensives, ils le manquèrent, lui permettant de décamper à toute vitesse.

— Salaud ! Je déteste ces bestioles, s'exclama Roger d'une voix heurtée. Attends, il m'a pris par surprise, là. C'était quoi, le truc qu'il avait dans la gueule ? Je suis sûr qu'il avait un truc.

Alan, blême, la mallette du détecteur ouverte sur son ventre, fixait le « truc » abandonné par le rat dans sa fuite. Deux phalanges d'un doigt indiscutablement humain.

Une effroyable odeur de décomposition avait saisi à la gorge les trois flics du département de police de Boston, lorsque la porte munie d'un cadenas – en plus de son verrou –, qui condamnait l'escalier descendant vers la cave, avait cédé sous les assauts du bélier.

Contrairement à ce qu'avaient redouté les gars de la compagnie des eaux, l'eau avait à peine suinté dans la cave, abandonnant une ombre humide dans la terre battue du sol, au pied du mur. En revanche, le spectacle qui les attendait avait donné des haut-le-cœur à la jeune recrue que les deux autres traînaient partout derrière eux pour la former. Melissa Farmer découvrait son premier « grouillant », ainsi que les flics du Boston PD avaient baptisé les corps en décomposition, qu'ils fussent ou non infestés d'asticots. C'est une chose que de regarder des cadavres sur des photos ou des enregistrements pédagogiques diffusés pendant les cours, une autre de les voir « en vrai », de les sentir, de songer soudain que ces gens ont été des êtres véritables, de se demander pourquoi ils sont arrivés là. Les yeux écarquillés, une main plaquée sur le nez et la bouche, tentative inepte pour se protéger de l'odeur pestilentielle, Melissa restait figée à trois mètres de la grille derrière laquelle était avachi le corps. Une tache sombre entourait sa tête. Probablement du sang séché.

— Eh, Mel, la rabroua Mitch Baltard, un de ses partenaires. On se bouge, là ! Éteins cette foutue télé qui gueule. On fait les premières constatations pour remonter à l'air frais en attendant le légiste et les gars du labo.

— Je viens de les prévenir. Ils arrivent, annonça Teresa Sanchez en dévalant l'escalier de bois qui menait au rez-de-chaussée. (Elle tourna sur elle-même, marmonnant :) Bordel !

La salle, aux murs peints de blanc cassé, mesurait une dizaine de mètres de long sur environ six mètres de large. Des tapis un peu défraîchis dissimulaient en partie le sol de terre battue. Faisant face au poste de télévision qui trônait au milieu de la pièce, deux vastes cages avaient été aménagées contre l'un des murs. Vastes et assez confortables. Une moquette bleue en dissimulait le sol. Des lits d'une personne recouverts de couettes bleu et mauve, une chaise, un petit bureau, poussé contre le seul mur, au-dessus duquel était scellée une étagère sur laquelle s'alignaient quelques livres les meublaient, à l'identique ou presque. Deux ours en peluche étaient assis côte à côte sur l'étagère de la cellule située le plus à droite de Teresa. Des rideaux beiges à fleurs bleutées étaient pendus à l'intérieur des parois faites d'épais barreaux. On devait pouvoir les tirer, peut-être à la nuit. Autre similitude, les chaînes qui passaient derrière l'un des barreaux des cages et retenaient de l'autre côté un poignet et une cheville de presque squelette. Des deux amas de vêtements féminins souillés d'humeurs émergeaient des os dénudés par endroits, des visages auxquels se plaquait un épiderme noirci, de longues chevelures, des orbites vidées de leurs globes oculaires, sans doute dévorés par les rats. Dans chaque prison étaient posés à même la moquette une assiette décorée d'un duvet de moisissure verdâtre, un gobelet et une cuiller. Seules différences : dans la cellule de gauche, l'assiette avait été fracassée, la pointe d'un éclat tranchant de porcelaine était laquée de rouge sombre et une large nappe marron foncé avait teinté la moquette bleue sous le presque squelette. Le corps de l'homme en décomposition avancée gisait sur le sol de la cellule de droite, celle des nounours.

— Je hais les affaires de tordus, observa Teresa.

— C'est ça, tu crois ? murmura Mel, à peine audible.

— À ton avis, quelqu'un qui a fait installer des cellules pour « séjour de longue durée », dans lesquelles on retrouve des presque squelettes menottés aux grilles, c'est un individu équilibré ?

— On ouvre ? demanda Mitch Baltard en désignant le réfrigérateur situé sous la descente d'escalier et posé sur une plaque de ciment d'une dizaine de centimètres de hauteur, débordant à peine de son pourtour, sans doute destinée à le protéger de l'humidité.

— Ben, même si tout est pourri, ça peut pas être pire que ce qu'on renifle en ce moment, rétorqua Teresa d'un ton las.

Mel et elle se rapprochèrent de leur collègue qui, bras tendu, se reculant autant qu'il le pouvait, ouvrit doucement la porte d'une main gantée de latex. Trois pots de confiture, un pot de beurre de cacahuètes entamé et un sachet de café étaient alignés dans l'un des casiers de rangement de la porte. Dans le bac à légumes étaient stockés un pot de moutarde et un flacon de ketchup. Sur l'étagère du dessus, quatre bouteilles de Coca light, intactes, se serraient l'une contre l'autre. Aucune denrée rapidement périssable. Le compartiment congélateur était vide.

Mitch fit claquer la porte et déclara :

— Bon, on a tout vu, non ? On peut remonter pour attendre les autres.

— Je suis assez d'accord.

— Ça va, Mel ? demanda le grand flic à sa jeune coéquipière, livide jusqu'aux lèvres.

— Ouais, ouais. L'air me fera du bien.

— T'es pas la seule, avoua Teresa.

— C'est quoi, le nom du propriétaire de la baraque ? s'enquit Mitch lorsqu'ils furent dehors, respirant à pleins poumons.

— Un certain John Ward, et je te parie une bière qu'on ne le retrouvera pas, à moins qu'y s'agisse du mec qui sent pas la violette, dit Teresa en désignant le sol de l'index.

— Vous en pensez quoi ? demanda Mel d'une voix atone.

— Pour l'instant rien, si ce n'est qu'y a trois macchabées, dont deux pas récents, bouclés dans des cellules verrouillées, conclut Mitch en regardant Teresa qui lui apporta son soutien d'un hochement de tête.

Paris, France, juillet 2008

La journée avait été maussade. Pourtant Yves Guéguen n'avait pas dérogé à la règle de leur promenade quotidienne le long des berges de la Seine. Sa petite chienne Silver, un bouledogue français, le faisait rire, une prouesse en ce moment. Elle avançait en trottinant, raide et conquérante, son moignon de queue dressé, fixant d'un air mauvais tous les chiens qui avaient l'outrecuidance de tourner la tête sur son passage, prête à en découdre, sans distinction de taille ni de poids. Une teigne. Mais une teigne marrante et débordante d'amour pour son maître. Il lui avait donné le nom de Diane en raison de l'affection et de l'admiration qu'il éprouvait pour la profileuse qui l'avait formé deux ans auparavant au profilage criminel dans les boyaux du Jefferson Building. Après une période de prudence, pour ne pas dire de méfiance, Diane lui avait offert les clefs d'un monde monstrueux. Du moins celles qu'elle possédait. Sans doute avait-il été terriblement influencé par sa vision des choses et des tordus sanguinaires qu'ils poursuivaient. Toutefois, même si la conception du monde de

Diane était implacable, elle était logique, efficace, son unique but étant de protéger.

« Je me fous des circonstances atténuantes dans le cas de ces types. Ils sont capables d'en pondre au kilomètre. Et même lorsqu'ils en ont de véritables, ça ne justifie pas que des innocents meurent parce qu'ils ont eu la malchance de croiser leur chemin. N'oublie jamais que ces individus savent exploiter la moindre faille du système judiciaire, et Dieu sait qu'il en a, puisqu'il n'a pas été prévu pour eux. Sans oublier la psychanalyse de bazar dans laquelle ils pataugent, pour les plus intelligents, avec délices. D'ailleurs, ce sont les seules armes de leurs avocats, qui se raccrochent à ce qu'ils peuvent… »

Installé à son bureau, fixant le fond d'écran – une famille de dauphins s'ébattant dans des eaux d'un bleu si parfait qu'il avait dû être retouché –, Yves Guéguen réfléchissait. À ses pieds, étalée de tout son long, les postérieurs étirés vers l'arrière à la manière d'une grenouille, Silver ronflait avec un enthousiasme à réveiller tout l'immeuble.

Que fichait Diane ? Pourquoi ce brutal éloignement, semé de brefs e-mails dont la banalité devenait inquiétante ? Yves avait fini par la cerner un peu. Diane ne faisait jamais rien sans raison précise. D'un autre, Yves aurait éventuellement pensé que le meurtre du tueur de prostituées à Boston le frustrait d'une arrestation spectaculaire, d'une éclatante réussite et d'un surcroît de notoriété. Diane était au-dessus de ce genre de raisonnement minable. Elle avait dû applaudir des deux mains.

Ce Stephen Grady descendu, d'autres filles ne seraient pas étranglées. C'était tout ce qui importait aux yeux de la psychiatre.

Pourtant, elle biaisait, Yves le sentait. Il se pencha, gratouilla le ventre tendre de la petite chienne qui s'étira de bonheur dans une cascade de raclements de gorge, et décida de pousser la profileuse dans ses retranchements.

Auparavant, il relut leur dernier échange d'e-mails, qui remontait à l'avant-veille.

Bonjour, ma Diane, comment vas-tu ?

Où en es-tu de l'enquête au sujet de Nathan Hunter ? Bouche cousue, ce qui implique que je ne cafterai pas auprès de mes petits camarades des forces de police, tu le sais. Lesdits camarades ne semblent pas avancer d'un pouce. À leur décharge, leur certitude qu'Hunter a quitté le territoire français et qu'ils n'ont donc aucune chance de lui mettre la main dessus.

Quant à Sara Heurtel, elle me fuit comme si j'avais la peste, s'appliquant à ne pas répondre à mes messages téléphoniques. Je peux difficilement lui en vouloir puisque je suis l'odieux personnage par qui la vérité sur sa fille lui a pété au visage. Cela étant, je suis certain qu'elle connaît ce mec – Hunter – d'ailleurs que d'une terrasse de café.

Allez, fends-toi d'un petit mail. Donne de tes nouvelles. Explique tes avancées.

Silver t'envoie une grosse léchouille, je me contenterai d'un baiser.

Yves.

La réponse lui était parvenue le lendemain soir, faussement détendue, bavarde, ce qui ne ressemblait pas à Diane.

Cher Yves,

Rien de très nouveau de mon côté. Enfin, si. Une affaire plus que macabre qui vient de me tomber dessus et que certains journalistes – lorsqu'ils en sauront plus – ne manqueront pas de baptiser « Le cottage de l'enfer » ou toute autre métaphore de sobriété similaire. La cave de la ferme en question – située dans la campagne bostonienne, le genre très isolée – a été aménagée en prison de femmes. Deux cages dans lesquelles on a retrouvé deux presque squelettes, plus un sujet masculin en décomposition avancée…

Yves sauta une bonne page de descriptions minutieuses et reprit sa lecture au dernier paragraphe :

… Je suis plongée dans cette affaire jusqu'au cou. Des trucs me troublent, pour l'instant insaisissables, mais je vais trouver ! J'ai donc un peu laissé de côté l'affaire Hunter, d'autant que je ne suis pas du tout convaincue qu'il soit l'« exécuteur » du tueur de prostituées de Boston. Je te l'ai dit et répété, je n'ai jamais connu de tueurs en série « altruistes », même si c'est ce que certains tentent de faire croire ou de *se* faire croire. Dans le cas précis du tueur de prostituées, j'ai le sentiment que nous sommes confrontés à un imitateur de Hunter, et cerner son profil ne va pas être de la tarte. Je n'ai pas trop envie de tout mélanger en ce moment et je préfère me consacrer aux séquestrations suivies de meurtres dans le cottage. Bien sûr, si je dégotte quelque chose au sujet de Nathan Hunter, tu seras mon premier confident.

Je t'embrasse, prends soin de toi. Des gratouillis derrière les oreilles de mon homonyme.

Diane.

Yves soupira d'énervement. Elle noyait le poisson. Il ne croyait pas à la thèse de l'imitateur, et pour une excellente raison : les *copy cats* sont surtout un ressort cinématographique. L'écrasante majorité des tueurs en série souhaite laisser sa signature personnelle. De surcroît, ils créent une mise en scène de nature à les satisfaire, eux. Celle d'un autre a rarement cette capacité. Diane le savait aussi bien que lui. Alors pourquoi cette dérobade ? Craignait-elle de se planter, d'être confrontée à trop forte partie en la personne de Nathan Hunter ? Dans ce cas, Bob Pliskin, le secrétaire du directeur de la base de Quantico qui vouait à la profileuse une haine pathologique, ne la raterait pas. Y avait-il une autre raison, bien plus trouble, à son comportement ? Le fameux « altruisme » d'Hunter, qui, de fait et à leur connaissance, n'avait jusque-là massacré que des tueurs ou futurs tueurs et des pédophiles violents ? Diane avait-elle décidé de retarder la traque, d'offrir à Nathan Hunter le temps de poursuivre son méticuleux « ménage » ? Non. Non, pas Diane. Elle ne commettrait pas cette colossale erreur. Elle était la plus forte dans leur domaine. Elle n'ignorait pas que, même si Hunter ne s'en prenait qu'à d'impitoyables prédateurs, il était également l'un d'eux.

Il hésita, saisissant puis effaçant différentes phrases d'introduction :

Qu'est-ce que tu ne veux surtout pas révéler ?...

Arrête de me prendre pour un demeuré...

Ne me dis pas que tu as commis la connerie de...

Enfin, il opta pour :

Diane, et si tu arrêtais de me balader ? Je te rappelle que c'est toi qui m'as formé. Pourquoi tartines-tu sur cette affaire du cottage, jusqu'à me décrire l'ameublement des cellules, alors qu'elle ne me concerne qu'en raison de mon intérêt et de mon affection pour toi ? Que retiens-tu au sujet de Nathan Hunter ? Pliskin la fouine aurait-il monté un autre coup foireux pour te faire plonger ?

Réponds-moi en amie, je t'en prie, je suis inquiet.

Je t'embrasse fort.

Yves.

Il cliqua sèchement sur « Envoi ».

Il se leva et se dirigea vers la cuisine. Silver lui emboîta aussitôt le pas, trottinant à ses côtés, dans l'espoir que, peut-être, une petite douceur récompenserait sa fidélité.

Yves Guéguen composa ce qu'il avait baptisé son plateau-dîner de gala. Il récupéra le sachet de pain de mie posé au-dessus du réfrigérateur, en songeant pour la millième fois qu'il s'agissait d'une invention que devraient louer les célibataires – ou les divorcés de longue durée, tel lui –, tout comme le beurre tendre à tartiner qui évitait de massacrer la tranche. « On fait ce qu'on peut avec ce qu'on a », répétait sa mère en souriant. Il ne se passait pas une journée sans qu'il ne pense à elle, aimant fantôme dont la présence le réconfortait.

Il confectionna un sandwich thon au naturel, mayonnaise en tube et feuilles de laitue et un autre jambon-beurre, et se servit une bière. Silver fut récompensée de sa sagesse par un petit morceau de couenne : elle n'avait pas quémandé en grattant la jambe de son pantalon.

Il repassa dans le salon-salle à manger qui lui servait surtout de bureau et posa le plateau sur la table basse. Il n'aimait pas cette table en marbre, aux pieds en tubes métalliques, et dont la fausse austérité l'avait un jour séduit dans une brocante. Il préférait de beaucoup l'épais plateau de bois de celle de Sara Heurtel.

Sara. Il se défendait depuis leur retour des États-Unis, peut-être même avant, de l'attirance qu'il ressentait pour elle. « Attirance » était l'euphémisme assez inoffensif qu'il avait choisi en remplacement de « sentiment amoureux ». Son malaise en présence de Sara, qu'il avait d'abord mis au compte d'une réaction d'homme face à une mère dévastée par sa propre fille, n'avait d'autre explication. Il l'admettait : Sara lui évoquait une Diane moins dure, moins efficace aussi. Mais on ne pouvait éprouver de sentiment amoureux pour Diane parce qu'elle le refusait, de toute sa volonté et de toutes ses forces. Diane n'était plus qu'un parfait et redoutable intellect, exclusivement concentrée sur la traque. Pas Sara. Sara était un être de chair, de sang, d'intelligence, qui s'efforçait de survivre par amour pour un petit garçon.

Et puis, Sara était le sidérant contraire de Lise, l'ex-femme d'Yves, à l'exception de la couleur des yeux, peut-être.

Lise. Pauvre demoiselle en détresse dominée par un père despotique et violent. Le chevalier Yves avait volé à son secours. En réalité, c'était une garce d'une rare inventivité, d'une sournoiserie peu commune et d'une ténacité digne d'éloges. Sans doute l'avait-elle trompé. Toutefois, s'il avait eu des soupçons à plusieurs reprises, aucune preuve n'était jamais venue les confirmer. À force de petites mines, de larmes, de reproches et – il se l'avouait – de récompenses horizontales lorsqu'il avait été gentil et obéissant, elle était parvenue à le séparer de tous. Une stratégie vieille comme le monde, toujours aussi efficace, cependant. Diviser pour régner en maître absolu. Yves s'était fâché avec son père, son frère et sa sœur, ses cousins, son oncle et sa tante, son meilleur ami, bref tous ceux qu'il aimait vraiment, tous ceux qui l'aimaient vraiment. Seule sa mère avait résisté au travail de sape de Lise, très probablement parce qu'elle avait compris la nature de sa belle-fille et le but de son entreprise de démolition. Isoler Yves pour le dominer. Sa mère répétait : « Ce n'est pas à un vieux singe qu'on apprend à faire la grimace. » Mon Dieu, il avait adoré ses expressions, une pour chaque occasion. Elle n'allait certainement pas laisser son fils aux griffes d'une garce manipulatrice, incapable d'aimer quiconque hormis elle-même. Au lieu de cela, elle avait fait profil bas, digérant les affronts sans mot dire, sans toutefois lâcher un pouce de terrain. Yves avait pris l'habitude de l'appeler en cachette de Lise. Sa plus grande honte, encore aujourd'hui. Il avait rejoint la légion des hommes qui cèdent pour avoir la paix. Une petite lâcheté, banale, une lâcheté quand même. Surtout vis-à-vis de sa mère qui n'avait jamais cédé devant rien ni personne lorsqu'elle était certaine de son bon droit.

Étrangement, la conclusion de cette colossale erreur, de cette parodie de mariage, n'était pas venue de lui. Lise avait jeté son dévolu sur une victime bien plus séduisante financièrement et socialement. Elle avait demandé le divorce au prétexte qu'elle était trop malheureuse, mal aimée, et que son mari faisait passer tout le monde avant elle, notamment sa mère.

Assez avec Lise. Il n'y pensait que très occasionnellement.

Sara était-elle encore capable d'aimer un être autre que Victor ? La capacité à l'amour est un don qui s'endort parfois mais ne s'éteint jamais. Les êtres qui savent aimer aimeront toujours, même lorsqu'ils concentrent leur trop-plein d'amour sur un chien ou un chat.

Il aimait Diane sans en être jamais tombé amoureux. Elle avait servi de réceptacle à cet amour qu'il contenait depuis si longtemps et dont il ne savait que faire. Peut-être l'aimait-elle un peu. Sans doute. À sa manière.

Toutefois, inutile de se leurrer, il était en train de tomber amoureux de Sara, terriblement, et il l'aimait depuis qu'il l'avait vue se redresser, prête à le frapper, alors qu'il la menait vers la réalité de sa fille Louise. Une éternité plus tôt.

Environs de Boston, États-Unis, août 2008

Un étrange regain d'énergie envahit Diane Silver lorsque, au volant de sa petite citadine de location, elle longea l'interminable mur d'enceinte, de deux mètres cinquante de hauteur, surmonté d'une dissuasive guirlande de barbelés. Elle s'arrêta quelques minutes plus tard devant l'imposante grille en fer forgé blanc qui protégeait l'accès du paradis sur terre recréé par Rupert Teelaney. Un paradis situé à une centaine de kilomètres de Boston à vol d'oiseau. Un paradis qui s'étendait sur près de quatre cents hectares d'une nature luxuriante, surveillée avec un soin jaloux.

Elle enfonça la touche de l'Interphone. Aussitôt, l'œil de cyclope de la caméra de surveillance scellée en haut du pilier se braqua sur elle.

Une voix d'homme lui parvint. La voix était devenue presque aimable depuis sa dernière visite, car il était hors de question qu'elle rencontre Rupert ailleurs que dans son sanctuaire protégé de tous :

— Docteur Silver ? Bienvenue. Une voiture vient vous chercher.

Moins de trois minutes plus tard, un petit véhicule électrique apparut. Elle reconnut le chauffeur de sa première visite. Il sauta à terre, la salua d'un petit signe de main et ouvrit la grille à l'aide d'une télécommande. Il lui lança :

— Je ne vous explique pas la procédure…

— Inutile, je connais. Je gare ma voiture polluante sur le parking.

Elle roula vers les splendides massifs de rhododendrons qui ombrageaient les quelques emplacements réservés aux visiteurs.

Ils discutèrent de la pluie et du beau temps pendant que le petit véhicule remontait sans hâte la large allée forestière vers la maison. Comme la première fois qu'elle l'avait soudain vue apparaître, la vaste demeure procura une surprise admirative à Diane. Une gigantesque nef ultramoderne d'un étage, toute de bois et de verre, se dressait au bout du parc, remarquable réalisation architecturale dont une partie du toit avait été substituée par de larges panneaux photovoltaïques. Rupert avait veillé au moindre détail pour que la demeure soit un parfait modèle d'écologie. La propriété était autonome en matière de production électrique. Énergies alternatives, uniquement, même si un générateur conventionnel était prévu en cas de problème. Toute l'eau provenait de la récupération pluviale. Pour éviter les gaspillages, le maître des lieux avait fait installer un système automatique d'arrosage goutte-à-goutte, auquel il devait l'insolente verdeur de l'immense parc qui entourait sa maison.

Diane tourna la tête vers la gauche, vers un bosquet touffu, situé à une bonne centaine de mètres. Derrière avait été creusée une piscine naturelle. Trois bassins avec différentes couches de sable, de gravier et des plantes aquatiques recyclaient l'eau en permanence. Dans cette piscine, lors de sa première visite, elle avait enfin compris que Rupert Teelaney, troisième du nom, n'était autre que Nathan Hunter, le tueur qu'elle recherchait entre la France, les États-Unis et le Mexique. Étrangement, elle n'en avait conçu aucune crainte, certaine que s'il avait voulu la tuer, elle aussi, il en aurait déjà eu mille fois l'occasion depuis son arrivée.

Le véhicule se gara devant l'entrée principale de la maison, une large paroi de verre. Aussitôt, Rupert apparut, bras grands ouverts, dévalant les marches à sa rencontre, un sourire heureux, presque enfantin, découvrant ses dents. Elle se fit la réflexion qu'il était décidément un magnifique spécimen du genre mâle de l'espèce. Il était grand, d'une belle minceur, d'une évidente masculinité contrastant avec ses cheveux très frisés qui évoquaient un chérubin du XIXe siècle, châtain plutôt clair, les yeux bleus pétillant derrière ses lunettes de vue. À son habitude, il était habillé de lin blanc. Il la serra contre lui. Le contact ne révulsa pas Diane, tant il était dépourvu de sensualité. L'embrassade d'un frère ou d'un vieil ami. Pourtant, même les effleurements conventionnels et sociaux la rebutaient maintenant. Elle évitait autant que possible de serrer une main, de frôler une jambe ou un bras par inadvertance. Il lui semblait que sa bulle – cet espace que nous maintenons autour de nous, ce territoire très personnel et presque inconscient que seuls peuvent envahir les êtres qui nous sont proches – avait crû de façon disproportionnée, se gonflant peu à peu pour la séparer de façon presque hermétique du reste du monde.

— Diane, je suis si heureux de vous revoir ! s'exclama-t-il. Venez, venez… tant de choses à vous raconter… Mon chef s'est surpassé dès que je lui ai annoncé votre visite…

Écologiste, bouddhiste et végétarien, Rupert avait proposé un pont d'or à un cuisinier français qui avait séjourné trois ans dans une lamaserie. En dépit de sa tendresse pour la viande, les sucres rapides et tout ce que l'on pouvait décemment faire frire, Diane reconnaissait le talent et l'inventivité culinaire du presque lama.

Elle le suivit. Lorsqu'ils traversèrent le vestibule meublé de blanc, lorsqu'elle retrouva l'écrasante blancheur, l'ameublement minimaliste, la nudité des murs, blancs eux aussi, une sensation déroutante envahit Diane. Elle eut le sentiment de rentrer chez elle, alors même que jamais elle n'aurait opté pour une telle décoration, à la fois luxueuse et monacale.

Il la précéda dans l'immense salon, dont deux des murs n'étaient que verre. Elle éprouva une sorte de soulagement à la vue des trois canapés en lin blanc à assise profonde qui entouraient une large table basse en béton cru. Aujourd'hui, une arrogante gerbe d'arums s'épanouissait dans le vase posé en son centre. Sur son plateau étaient alignés un haut verre de cristal et une bouteille de whisky, sans oublier un cendrier et un plat fait d'une épaisse feuille d'ardoise. S'y serraient de petits toasts de couleurs vives, seule note bariolée et presque discordante dans cette symphonie de blancs.

Le regard de Diane balaya les hautes bibliothèques en chêne lasuré de blanc qui couvraient un mur et se posa sur le bronze intimidant et attristant, celui de la femme à genoux, nue, une main masquant ses yeux, l'autre protégeant son sexe. La mère de Rupert.

C'était ici, assise dans l'un des canapés, quelques semaines plus tôt – une éternité semblait-il –, qu'elle avait compris que son destin allait se nouer. Cet instant précis où toute une vie bascule. Elle avait choisi son camp, tout en sachant que le choix serait définitif. Si elle voulait être honnête envers elle-même, elle avait décidé d'abandonner Yves Guéguen sur l'autre rive.

Elle avait eu raison. Raison.

Elle esquissa un sourire en désignant le verre :

— Puisque je déteste décevoir, je me sers. Vous m'accompagnez ?

— Mon jus de fruits arrive.

José, le jeune homme qui assurait le service, entra, posa le verre de Rupert rempli d'un liquide d'un vif orangé qui parut affligeant à Diane, et disparut sans un bruit.

Diane avala une longue gorgée de whisky avec une moue de satisfaction. Elle examina l'étiquette et commenta :

— Hum… Tomatin trente ans d'âge… je ne connaissais pas, un vrai nectar. Combien ? Deux cents, trois cents dollars la bouteille ?

— Je n'en ai pas la moindre idée, répondit-il, amusé. Il faudrait demander à Nancy, ma gouvernante. Elle s'occupe de toutes les commandes de la maison.

Diane alluma une cigarette et s'enquit d'une voix dont elle s'efforça de gommer la tension :

— Alors ?

Il la fixa, son visage changeant de façon subtile et pourtant sidérante. Elle se fit la réflexion qu'il avait soudain l'air très jeune et très dangereux.

— J'ai une piste qui semble sérieuse… La mère d'une petite victime, une Debra Kaplan…

— Sa fille se nommait Barbara. Elle fait partie des trois gamines que Rick Ford a massacrées après son non-lieu… Elle avait huit ans, l'interrompit-elle.

— C'est cela. Après l'école, Debra accompagnait sa fille tous les jours au square. Enfin, lorsqu'il faisait doux. Une dingue des tourniquets et des balançoires…

— Leonor aussi.

— Elle s'est souvenue de cette Anglaise, le genre nanny déguisée en nanny professionnelle. Il paraît que ça flatte les patrons…

— Le chauffeur en livrée aussi. Ça fait riche et vieil argent, alors que les trois quarts des gens du coin où je vivais étaient d'anciens *golden boys* qui s'en étaient mis plein les poches en quelques années et ne savaient pas tenir leurs couverts correctement. Peu importe, continuez, je vous prie…

— La fille, une brune à peau mate, travaillait pour la famille Simmons. Selon Debra, elle était très… affectueuse avec Barbara, avec les autres fillettes aussi.

— Vous avez contacté les Simmons ?

— Ils sont à Saint-Martin. Ils rentrent dans trois jours. Diane… elle portait un énorme solitaire en bague de fiançailles.

— La bague est sans importance. Le fait que je l'ai imaginée est une coïncidence. Je vous l'ai expliqué : mon esprit m'offre des symboles. À moi de les décrypter.

Ce n'est pas la bague qui a rassuré Leonor et les autres petites filles. C'est l'uniforme de nanny, qui évoque celui d'une infirmière, bref une gentille dame qui protège, qui soigne, qui fait du bien. D'autant qu'elle avançait ses pions avec son entreprise de charme auprès des fillettes. « Affectueuse », avez-vous dit…

Elle termina son verre avec lenteur, le reposa avec délicatesse sur la table basse et joignit les mains en prière en avançant le torse vers lui. Il songea qu'il ne l'avait jamais vue ainsi. Elle semblait avoir été sculptée dans un bloc de haine et de fureur. Pourtant, elle déclara de son éternelle voix calme, basse, presque essoufflée :

— Je refuse de penser dès maintenant qu'il s'agit bien d'elle. Trois jours avant le retour des Simmons… ce serait interminable.

— Je n'ai trouvé aucune trace de votre jeune fille au pair néerlandaise, celle qui s'occupait de Leonor au moment de…

Le regard bleu pâle se riva à celui de Nathan quelques instants puis se perdit par-delà le mur de verre.

— Vera. Je l'ai frappée. J'ai cru que j'allais la tuer. Peut-être qu'une partie de moi savait qu'il était déjà trop tard pour Leonor. J'avais besoin d'un coupable à portée de main. C'est tombé sur Vera, à ceci près que je sais maintenant que si j'avais été la personne qui surveillait ma fille, ils se seraient quand même débrouillés pour l'enlever.

— La preuve : Debra Kaplan, renchérit Nathan.

— En effet. Ce sont des prédateurs : ils sont à l'affût de la moindre opportunité, de la plus petite faille. Dans le cas de Vera, la brèche en question était un étudiant néerlandais en arts plastiques. Quelques secondes d'inattention pendant qu'elle discutait de son pays avec ce gars et Leonor n'était plus là. Au lieu de m'appeler aussitôt et de prévenir la police pendant que la piste était encore chaude…

— Ce qui n'aurait sans doute rien changé à l'issue si j'en juge par les autres fillettes, l'interrompit-il avec gentillesse.

— Quoi qu'il en soit, cette gourde a passé une partie de l'après-midi à chercher ma fille, aidée par l'étudiant. Elle était dans un état épouvantable lorsqu'elle est rentrée. Moi aussi. Je lui suis tombée dessus. La police a bien sûr enquêté dans ce sens. Ils sont très vite parvenus à la certitude que ni elle ni l'étudiant n'avaient rien à voir dans l'enlèvement. Vera est rentrée aux Pays-Bas. Quelques mois plus tard, j'ai reçu une lettre de sa mère m'expliquant que sa fille avait fait une dépression nerveuse et que, après une tentative de suicide, elle avait décidé de prendre la route et de partir en Inde. C'était une belle lettre, de mère à mère. Elle y évoquait Leonor avec beaucoup de chagrin. J'ignore ce qu'est devenue Vera. J'espère de tout cœur qu'elle s'est remise.

Diane se servit une autre généreuse rasade de Tomatin, contempla le liquide ambré en s'humectant les lèvres de la langue avant de poursuivre :

— Le solitaire était sans doute une rétribution offerte par Rick Ford. Quinze fillettes… Ça vaut bien ça, non ?

— Debra a précisé qu'il avait dû coûter une fortune. Ford avait tant d'argent que cela ?

— Du moins avait-il celui dont il avait besoin, à l'instar de pas mal de ces tordus. Leur vie est centrée sur la prédation. C'est la seule chose qui les intéresse. Il leur faut donc du temps, c'est-à-dire de l'argent.

— À ce que j'ai lu, il n'avait ni fortune personnelle ni emploi.

Elle lui jeta un regard surpris et avala une gorgée avant de demander :

— Vous croyez que lorsqu'on est capable des monstruosités d'un Ford, on s'arrête à des trafics juteux ? La came, des duplications de cassettes de tortures, de viols et de meurtres bien réels, vendues en *snuff movies*, et même des « prêts » de petites victimes. Ça rapporte un fric fou. Je vous rappelle que, dans certains endroits, on vend clandestinement des dépucelages aux enchères. Inutile de préciser que les... pucelles et puceaux ont entre quatre et huit ans.

— Feu le señor Valdez avait, en effet, un fonds de commerce très lucratif. Étrange, non, de la part d'un psychopathe, d'offrir une magnifique bague de fiançailles à sa rabatteuse ?

— Futé, au contraire. Ford était assez intelligent et surtout très rusé. Il avait besoin de cette fille. Il est tombé juste. Il lui a offert LE symbole qu'elle voulait plus que tout. (Elle s'interrompit, sembla hésiter, puis :) Nathan... Merci, du fond du cœur. Parlons d'autre chose, voulez-vous ? Il faut que j'accepte l'attente. C'est épuisant, l'attente. Ça lamine.

L'attente avait paru préférable à Debra. Il hocha la tête en signe d'acquiescement.

— Pardonnez ma naïveté… comment une femme… peut-elle faire ça à d'autres femmes, à des enfants, à des petites filles ? Enfin…

Reconnaissante que sa question lui permette de revenir à quelque chose de plus général, à son métier, de dépersonnaliser cette fille qu'elle haïssait plus que tout, Diane exhala une longue bouffée de fumée et haussa légèrement les sourcils avant de déclarer :

— Ah, nous y revoilà ! Le mythe de la mère qui serait en chaque femme. Une redoutable escroquerie. Une fable à dormir debout. Assez apaisante, toutefois, je l'admets. Nous avons tous tant besoin d'amour et d'apaisement que nous sommes prêts à les inventer. Et pourtant, il y a des mères qui torturent et tabassent leurs enfants à mort. D'autres qui les prostituent sans états d'âme. D'autres qui balancent un bébé sur le carrelage de la salle de bains dans un mouvement d'humeur ou qui le laissent crever de faim parce qu'elles ont quelque chose de plus intéressant à faire.

— C'est dingue… je sais tout cela et pourtant…

— Pourtant, vous n'arrivez pas à l'admettre, alors que l'on admet sans difficulté que certains sujets masculins sont des tueurs sadiques jouissifs. Il est vrai qu'il en existe beaucoup plus que des femmes, d'autant que les femmes sont plus sournoises, plus « domestiques », si je puis dire. Elles s'attaquent aux proches [1], si possible sans défense, à ceux qui ne peuvent rien dire, des bébés – comme cette infirmière texane qui en a tué une

1. Marybeth Tinning, par exemple, qui a tué ses neuf enfants en bas âge sans que son entourage la soupçonne.

vingtaine dans des services pédiatriques [1] – ou même des adultes qui ne comprennent pas qu'ils sont devenus leur victime, des personnes âgées, surtout.

— Oui, mais… collaborer avec un tueur en série… ? Elles ont peur, elles sont sous leur coupe… hypnotisées, je ne sais pas ? insista Rupert.

— Vous plaisantez ? Je ne nie pas que le cas puisse exister, même si je ne l'ai jamais rencontré. En effet, si on étudie les différentes affaires jugées, on parvient à des profils radicalement différents. Le couple Neelley [2], par exemple. Il est apparu lors du procès que c'était elle qui était à l'origine de la plupart de leurs meurtres. C'était elle l'élément dominant du couple. Elle avait dix-huit ans au moment des faits. Elle était plutôt menue, lui, baraqué. Attention, je ne suis pas du tout en train de suggérer qu'elle l'a contraint à torturer, à violer et à tuer. Cela étant, elle prenait son pied au moins autant que lui. Il y a aussi les Gallego [3] et Ian Brady et Myra Hindley. Ceux-là enregistraient les hurlements de leurs victimes et se les passaient lorsqu'ils faisaient l'amour [4]. La compagne de Fourniret en France…

— Mais alors…

---

1. Genene Jones, condamnée à perpétuité en 1982.

2. Alvin et Judith Neelley. Ils ont été accusés d'une quinzaine de meurtres particulièrement odieux. Judith Neelley a été condamnée à la peine de mort.

3. Gerald et Charlene Gallego. Charlene servait d'appât pour attirer des jeunes femmes.

4. Les détails sur ces tueurs en série sont tirés de Stéphane Bourgoin, *Serial Killers*, Paris, Le Livre de Poche, 1995. Le couple a été condamné à la prison à perpétuité en 1966.

— Il existe, selon moi, plusieurs typologies. Certaines me semblent majoritaires. La psychopathe que le meurtre et les tortures des victimes érotisent. Il lui faut donc un partenaire sexuel pour partager « les bons moments ». Celle qui est un tueur sadique mais qui n'a pas la force physique de s'attaquer à autre chose qu'à des enfants ou à des personnes âgées. Elle s'associe alors un comparse masculin. C'est probablement le cas Neelley. Et enfin, les perverses non tueuses qui détestent les autres femmes de façon viscérale. Elles les rabattent vers le tueur. Leur satisfaction, leur sensation de pouvoir ne naît pas directement du meurtre mais plutôt du fait qu'ELLES seront épargnées, pas les autres, leurs rivales. Je suis presque certaine qu'il s'agit du profil de la rabatteuse de Leonor... D'où le solitaire, la bague de fiançailles, LE symbole. Elle a été choisie, élue, et toutes ses rivales ont été massacrées.

Diane écrasa le mégot de sa cigarette fumée jusqu'au filtre. Elle récupéra un toast rond, couvert d'une couche de caviar d'un gris soyeux et décoré d'une noisette de crème fraîche.

— Vous mangez des œufs de poisson ?

— Non. Je les ai fait préparer pour vous, sourit-il.

— C'est gentil. J'adore ça. Mes moyens ne me permettent plus d'en acheter.

— Vous le regrettez ?

Elle le dévisagea en enfournant le toast avec un évident plaisir.

— Ce serait une perte de temps et d'énergie, assura-t-elle, le toast avalé. D'ailleurs, je ne regrette rien.

— Pas même d'avoir été incapable de sauver Leonor ?

Il ne mettait aucune méchanceté, aucune perfidie dans sa remarque. La question n'était pas non plus destinée à justifier leur improbable et pourtant solide collaboration. Aussi y répondit-elle sans hésiter :

— Il ne s'agit pas de regret, mais d'autodétestation, Rupert.

— Diane… N'importe quelle femme, n'importe quel homme aussi, civilisé, obéissant aux lois, se serait retrouvé pris au même piège que vous : attendre et espérer.

— Je ne suis pas n'importe quelle femme. Je suis la mère de Leonor. Je lui devais tout. J'ai été lamentable, minable, inapte. Je suis coupable de ne pas l'avoir sauvée. Je me hais, c'est normal.

Il préféra baisser les yeux sous l'intensité du regard glacé, bleu très pâle, souligné d'un trait de khôl noir. Par affection.

— Pourquoi pensez-vous que cette rabatteuse ait ce profil ? reprit-il après un silence. Enfin… une femme adulte ne peut pas se sentir en rivalité avec une fillette de huit ou de onze ans…

— Vous plaisantez ? Les rivalités peuvent commencer de façon encore plus précoce. Il s'agit, le plus souvent, d'une projection. Dans le cas des femmes, l'adulte s'imagine vieillissante, ayant perdu son pouvoir de séduction, alors que la petite fille a grandi, est au faîte de sa beauté, de son attrait. (Elle serra les lèvres et déclara d'un ton calme :) De surcroît, n'oubliez jamais que les psychopathes intelligents sont très organisés. Souvenez-vous d'Albert Fish, dans les années trente, dont on pense qu'il a violé, torturé et tué plus d'une centaine d'enfants. Des tortures que le rapport de police a parfois passées sous silence tant elles étaient monstrueuses, d'autant que Fish était cannibale. Il a lui-même avoué qu'il enlevait surtout des enfants noirs parce qu'il savait qu'à l'époque les flics les rechercheraient moins activement que des petits Blancs. Organisé, structuré, n'est-ce pas ? ajouta-t-elle dans un sourire mauvais.

Fronçant les sourcils en fixant la bouteille de whisky, elle demanda soudain :

— Il est remarquable, mais je pense que je vais arrêter là. Je préférerais déguster l'un de vos excellents crus de Bourgogne. Rouge, si je n'abuse pas.

Rupert se leva aussitôt et se dirigea vers l'Interphone scellé au mur pour passer la commande de son invitée.

— José, pourriez-vous servir un… gevrey-chambertin au Dr Silver, je vous prie ?

— Immédiatement, monsieur.

Rupert Teelaney se tourna vers Diane, attendant peut-être une explication qu'elle décida de lui offrir.

— Ma semi-cure de désintoxication en matière d'alcool et de neuroleptiques sera de courte durée, ne vous méprenez pas. Le temps d'en terminer. On se saoule beaucoup moins vite au vin, surtout lorsqu'on possède mon entraînement. Il est hors de question que je sois… déficiente lorsque vous m'appellerez. Je veux être en pleine possession de mes moyens. Grâce à de multiples répétitions, je connais précisément la dose d'alcool et de somnifères que je ne dois pas dépasser.

Il la considéra comme si elle était l'élément le plus précieux de l'univers. Au demeurant, il n'était pas loin de le croire.

— Diane… vous êtes une perfection, murmura-t-il.

— Non, je suis une totale imperfection. Cela étant, ma force est de connaître mes défauts et de savoir y remédier.

Ils s'interrompirent le temps que José verse le beau liquide chaleureux et carmin dans un verre renflé. Une fois le jeune homme sorti, Diane reprit :

— Pour en revenir à cette… organisation meurtrière, Leonor, ainsi que je vous l'ai dit, était méfiante. J'y avais veillé. Pas assez, cependant. Je l'avais mise en garde contre les « messieurs ». J'avais, moi aussi, commis l'erreur classique de penser qu'une femme… passons. Leonor a peut-être suivi durant quelques dizaines de mètres une gentille nanny, surtout si elle lui avait promis de… lui faire découvrir des oisillons dans un nid, ou un chaton… elle adorait les animaux, une fleur étrange. Un truc de ce genre… Cela étant, elle a dû avoir des doutes assez vite…

Diane ferma les paupières et il se demanda si elle « voyait » la scène. Elle lui avait expliqué à maintes reprises qu'il ne s'agissait en rien d'une sorte de pouvoir de médium. Son cerveau agençait les informations éparses.

— Elles sont arrivées à la sortie du square, qui était assez étendu et donnait à l'est sur une petite rue résidentielle et peu fréquentée. Au demeurant, le deuxième square dans lequel Ford opérait présente la même topographie. Peu importe. À ce moment-là, Leonor a commencé à renâcler, à vouloir lâcher la main de la femme… Mme Kaplan a décrit une nanny menue. Elle n'aurait pas pu venir à bout d'une jeune adulte, surtout affolée… en revanche, des gamines de sept à treize ans… De mignonnes petites filles bien élevées qui obéissent aux adultes. Rick Ford devait être garé dans la rue. La rabatteuse a juste eu à maintenir Leonor et les autres durant quelques instants, à les pousser vers la rue, à les empêcher de crier. Il a fait le reste. Sans doute le jeune âge des victimes correspondait-il au fantasme de Ford. Toutefois, avouez qu'en termes de résistance, un enfant… c'est le rêve.

Il ne s'étonnait plus de ses formulations, souvent choquantes. L'extrême intelligence de Diane ne tolérait aucune atténuation. Quant à « politiquement correct », elle ne savait pas l'épeler. Ne lui avait-elle pas un jour balancé : « J'emmerde les humanistes de supérette ! Leur fille n'a pas été découpée au scalpel et brûlée au chalumeau durant quatre heures. C'est facile de philosopher sur le bien et le mal lorsque tout va bien, que vos enfants gambadent autour de vous et que la pire chose qui leur soit arrivée, c'est de se casser la figure d'une planche à roulettes ou de se faire griffer par le chat de la maison ! »

— Je vois. Je comprends. Le profil ? Pourquoi une perverse non tueuse en rivalité avec de futures femmes ?

— Je peux ? s'enquit la profileuse en désignant le plateau d'ardoise gris anthracite sur lequel reposaient les toasts au caviar.

— Je vous en prie, ils ont vraiment été préparés pour vous.

— C'est ravissant ce rouge et ce gris, poursuivit-elle en récupérant un petit blini.

— Purée de tomate et purée de caviar avec un zeste de citron.

Elle l'avala avec gourmandise et s'essuya les doigts sur une petite serviette en lin blanc. Il songea qu'elle était sans doute folle. Une folle magnifique et survivante. Elle alluma une cigarette en précisant d'un ton léger :

— Les cigarettes ne font pas partie de ma semi-abstinence. La nicotine aide à penser vite, à l'instar de pas mal d'alcaloïdes. Le profil… (Elle sourit et lança :) Je vous propose un petit jeu.

Rupert s'exclama aussitôt, heureux :

— Vous me testez ?

— On peut voir ça de cette façon.

— Génial ! On y va.

Elle récupéra au pied du canapé son sac à dos en cuir fauve qui la suivait partout, et en tira une enveloppe cartonnée en précisant :

— Elles ne me quittent plus depuis… notre première rencontre. Preuve que je vous fais confiance. Il s'agit de ma cure de désintoxication secrète. Dès que je sens que ma volonté mollit, je les regarde. Un véritable électrochoc.

Elle aligna des photos sur la table basse. Quinze. Des photos de fillettes souriantes. Les petites victimes de Rick Ford et de sa rabatteuse.

— Elles ont entre huit et treize ans. (Elle posa son index sur l'une d'elles, une ravissante fillette, aux longs cheveux blond-roux frisés, aux yeux bleu pâle.) Leonor. (Le doigt passa sur un autre cliché, une petite fille brune, jolie comme un cœur elle aussi, aux yeux noisette étirés en amande, au sourire coquin.) Barbara Kaplan. Il y en a des blondes, des brunes, des rousses, des cheveux frisés ou raides, des yeux bleus, verts, ou marron, des peaux pâles ou mates. Cependant, elles ont une caractéristique commune. Laquelle ?

Il se pencha et scruta les photos, les tirant vers lui, les repoussant. Il hésita :

— Elles sont mignonnes ?

— Non. Elles sont toutes très, très jolies ! Belles, très belles, et, à cet âge, on sait qu'elles ont toutes les chances de le rester. Certaines sont déjà des femmes miniatures, insista Diane en désignant deux des portraits. Là, il s'agit d'Ann Bedford, la plus âgée des victimes, treize ans. On distingue un peu de fard sur ses paupières. Ann ne venait certainement pas faire de la balançoire au square mais rencontrer une de ses copines. Sans surveillance, donc. L'enquête a révélé que ses parents n'étaient pas au courant. Quoi qu'il en soit, le pied pour Rick Ford. Elles se prennent pour des femmes. Manque de chance, elles ne savent rien des dangers qui menacent les femmes. Bien sûr, dans son cas, le bobard de la nanny a dû être très différent de celui qui a séduit Leonor, qui était encore un bébé à onze ans, par ma faute.

— Quel genre ?

— Romantique, c'est ce qui marche le mieux à cet âge. La rabatteuse a dû lui raconter qu'un garçon très beau, plus âgé bien sûr, soupirait d'amour après elle mais qu'il était timide, très. Il l'attendait dans la petite rue située à l'est. Rupert… Certains enfants sont moches, sans attrait et bêtes, ne nous leurrons pas. Cette salope n'a rabattu vers le beau Rick que de très jolies petites ou jeunes filles. C'est ce qui me fait dire qu'elle était en rivalité avec elles.

— Elle était plus que quelconque physiquement, Debra Kaplan l'a signalé.

— Vous auriez dû me le dire plus tôt, le rembarra-t-elle. Ça m'aurait évité une démonstration.

— Enfin… je n'ai pas pensé que ça pouvait être important, tenta-t-il de se défendre.

— Descendez de votre planète, Rupert ! Pour nombre de femmes, c'est la seule chose qui compte. Vous croyez que des filles commencent la chirurgie esthétique à vingt ans pour quoi ? Devenir plus intelligentes ? Non ! Pour être plus belles, pas à leurs yeux mais à ceux des autres. Pour plaire ! Cette fille est moche. Elle déteste les bouts de femmes qui vont devenir des beautés. Elle épargne celles qui sont aussi peu jolies qu'elle. Ce ne sont pas des rivales. Bien sûr, comme tous les psychopathes, elle se trouvera nombre d'excellentes excuses a posteriori. À les entendre, les psychopathes ne sont jamais responsables. Ce sont toujours les autres, n'importe qui, qui les ont poussés à faire le mal.

— Merde ! Diane… j'ai tant de choses à apprendre…

— Vous croyez quoi ? Que je savais tout cela avant le calvaire de ma fille ?

Elle termina son verre d'excellent vin et acquiesça lorsque Rupert lui proposa de le remplir. Il consulta sa montre :

— Le déjeuner sera servi dans dix minutes.

— Chouette ! Je meurs de faim.

— Diane… je peux vous poser une question… très indiscrète ?

Elle le fixa et répondit d'un ton d'étonnement ironique :

— Pourquoi ? Il y a encore quelque chose que vos détectives privés ignorent de moi, à part la couleur du slip que je porte aujourd'hui ? Il est en coton blanc. Comment je baise ? Je ne baise plus. Ça ne me manque pas. Au demeurant, je n'ai jamais été très portée sur le sexe. Les choses de l'esprit me fascinent beaucoup plus. Ma carrière de pute toxicomane, après le meurtre de Leonor ? Vous devez la connaître mieux que moi, puisque je ne me souviens pas de grand-chose, j'étais trop défoncée. Si, de ce type, assez gentil, le jour où j'ai décidé d'en terminer avec les passes et la came. Il était obèse… on s'en fout. Il était bien élevé et propre.

— Je sais cela. Votre dépression…

— Oh, je vous arrête tout de suite… la brillantissime psychanalyste des stars du sport, de la finance, de la télé et des magazines n'a pas plongé dans la dépression. Elle a plongé en enfer. Il existe, vous savez, puisque c'est nous qui le sécrétons. Peu importe. Encore une fois, on s'en fout. Je me suis shootée avec n'importe quoi, n'importe quelle merde qui traînait dans les rues. Vous savez, la cocaïne qui est en fait de la soude mélangée à de la farine, ce genre de truc. J'aurais dû claquer dix fois. C'était mon but : mourir. Je n'y suis pas arrivée. Il semble que j'ai la vie chevillée au corps. Pourtant, elle ne m'intéresse plus du tout. Votre question déplacée ?

— Le père de Leonor… aucune trace. Comment…

— Il n'y a pas de père de Leonor, l'interrompit-elle d'un ton sec. Il y a eu un spermatozoïde plus performant que les autres. Je ne trouvais pas de géniteur… « adéquat » parmi mes rares amants. Je m'en suis remise à un catalogue et à une clinique d'insémination artificielle très privée et très discrète. Beaucoup de femmes, lorsqu'elles tombent enceintes, en savent moins que ce que j'avais appris sur le père de mon futur bébé. Caractéristiques physiques, boulot, hobby, engagements philosophiques, etc. Les donneurs sont triés sur le volet. Pas de maladies sexuellement transmissibles, pas de casier judiciaire, vous savez même s'ils ont du diabète ou du cholestérol ou une prédisposition à la calvitie. Après tout, c'est pour cela que vous payez. J'ai choisi un donneur qui me ressemblait physiquement, excellente situation, citoyen parfait, pilote amateur d'avion. Et j'ai eu le bébé le plus magnifique du monde. Et surtout, Rupert, épargnez-moi le couplet sur l'amour ! On fait un enfant avec un homme ou une femme parce qu'on l'adore. Deux ans, cinq ans plus tard, on le/la hait et on voudrait qu'il ou elle n'ait jamais existé. Certains parents en arrivent même à en vouloir à l'enfant de ressembler à l'autre. Je nous ai épargné tout cela, à ma fille et à moi. Ça valait largement cinq mille dollars.

— Et qu'avez-vous expliqué à votre fille ? Elle a dû s'inquiéter de son père, non ?

— Bien sûr. Je lui ai raconté le plus beau des mensonges. Son père était un être exceptionnel, pilote d'essai. Il s'est crashé en héros dans un avion prototype.

— N'est-ce pas terriblement dévastateur, le mensonge ?

— Oh, Rupert ! Soyez lucide. Très déplaisant, la lucidité, mais c'est la preuve la plus incontestable d'intelligence. La plupart des choses qui nous apaisent sont de jolis mensonges. Vous voulez voir la réalité en face, crue ? Le commun des mortels se tire une balle dans la tête ou se tranche les veines. Dieu n'existe pas, la chance n'existe pas, on finira tous bouffés par les vers. Ta mère n'a pas pu faire autrement que d'avoir un gosse et elle n'en avait aucune envie. Ta femme ne t'aime pas, elle reste avec toi parce qu'elle n'a pas les moyens financiers de te quitter. Tes gosses ne t'aiment pas, ils attendent l'héritage. Ton patron t'exploite, il n'a rien à foutre de tes problèmes. Ton meilleur ami est sympa avec toi parce qu'il saute ta femme ou qu'il reluque ton boulot et te savonne la planche. Certes, il existe pas mal de belles exceptions. À part ça, le mensonge, le beau mensonge est une forme de compassion, de générosité. Comme de certifier à une adorable fillette qu'elle n'est pas la conséquence d'une seringue de sperme qu'on a enfoncée dans le vagin de sa mère, mais qu'elle est née d'un héros, un aviateur, qui a adoré sa petite fille, trop jeune pour se souvenir de lui. Nous sommes nos légendes et nos souffrances, Rupert. Nous nous construisons, nous nous défendons grâce ou à cause d'elles.

— Oh, je sais cela. Je me suis construit grâce à ma mère et à sa noyade dans la piscine familiale. Elle m'adorait, vous savez ? Ils l'ont tuée. Mon père et ma grand-mère l'ont tuée. Elle voulait demander le divorce. Il la violait, la tabassait. Mon père. Ma mère voulait m'emmener avec elle. Jamais ils ne lui auraient permis d'embarquer l'héritier mâle. Surtout, elle savait trop de choses sur eux, sur l'empire Teelaney. Il fallait qu'elle se taise. J'étais trop petit à l'époque. Cependant, je suis certain qu'ils l'ont camée de force et balancée dans l'eau. Elle ne m'aurait jamais laissé avec ces deux ordures.

Diane songea qu'il s'agissait peut-être aussi d'une légende. Le conte que le petit Rupert s'était forgé d'une mère suraimante, dans le seul but de survivre. Peut-être sa mère, ancienne toxicomane alcoolique, avait-elle replongé toute seule dans la drogue, oubliant son fils du même coup. Quelle importance puisque le mensonge était plus vivable que la réalité ? Nous sommes nos légendes, celles que nous nous sommes créées pour oublier la douleur continuelle de nos plaies suintantes et bien réelles. Les psys les plus pertinents, les plus au fait des récentes découvertes de neurophysiologie et des processus de mémorisation appellent cela la « réalité recomposée ». Qu'a-t-on besoin de la vraie vérité, sauf lorsqu'elle peut soigner mieux que la légende ? Quel besoin a-t-on de savoir que le grand-père mort en héros sur les plages du Débarquement s'était en fait planqué dans une ferme de Normandie pendant que tous ses camarades se faisaient descendre ? Ça donne de la force, un héros. Un lâche, ça fait honte, ça lamine, comme si ses gènes étaient passés en vous. Savoir que l'on n'est pas l'enfant du père magnifique que l'on a adoré, mais le résultat d'une vague rencontre ? Pour quoi faire ? Arrêter avec ce besoin de déballer les poubelles de la mémoire. Le plus souvent, ça pue, les poubelles. Le secret a du bon lorsqu'il protège des lames acérées et impitoyables de la vérité.

Diane se souvint de cette patiente qui la consultait lorsqu'elle était une des psychiatres très en vogue de New York. Avant. Avant Leonor. « Consulter » était du reste un bien grand mot. Virginia Willow, richissime héritière de cinquante ans, avait surtout envie de papoter avec une praticienne dont elle savait qu'elle était liée par le secret médical, une professionnelle à qui sa redoutable armée d'avocats pourrait casser les reins en cas d'indiscrétion. Trois fois par semaine, elle se payait une confidente haut de gamme. Virginia avait épousé un bel hidalgo de vingt ans son cadet. Un gigolo qui savait payer de sa personne et y mettre les formes. L'héritière ressemblait à une petite guenon, en dépit d'une intelligence des plus incisives. Elle avait un jour lancé :

— Selon vous... qu'est-ce qui blesse le plus : être cocue ou savoir que l'on est cocue ? La seule différence, c'est la connaissance que vous en avez. L'acte, quant à lui, reste le même. Roberto ne me quittera jamais. C'est moi qui ai l'argent et l'argent reste toujours beau et jeune, surtout pour des hommes tels que mon mari. En revanche, si je cherche, si j'apprends qu'il me trompe, il va falloir que j'agisse. Pourquoi ? Parce qu'aux yeux des autres, je ne serai plus une femme aveugle et amoureuse – ce qui est pardonnable –, mais une pauvre conne bafouée – ce qui ne l'est plus. Il faudra donc que je divorce et que je m'en trouve un autre, qui me trompera à son tour. Je vous assure qu'il ne s'agit aucunement de lâcheté de ma part, mais de logique. Mon besoin de vérité est bien moins impérieux que mon besoin de confort. La vie est si courte, Diane... La vérité consume tout sur son passage. Je n'ai pas envie d'être lucide. J'ai envie d'être heureuse. Lucidité et bonheur sont, en général, antinomiques, il faut en être conscient.

Diane avait voulu savoir, voir la vérité. Sur une cassette VHS. Une vérité qui avait duré trois heures et cinquante-six minutes. Celles du calvaire de sa fille. Et la vérité avait tout consumé. Diane y avait laissé sa santé mentale, son goût de vivre, sa compassion et tout le reste, à l'exclusion de son intelligence, parce qu'il s'agissait de sa seule arme. Elle avait accepté de devenir chasseur parce qu'il s'agissait de l'unique justification à sa survie.

Prédatrice de prédateurs. Elle les détestait. Qu'ils crèvent. Tous !

Paris, France, août 2008

Une voix d'homme assez jeune, courtoise, très professionnelle s'enquit :

— Madame Heurtel ? Madame Sara Heurtel ?

— Oui.

— Bonjour, madame. Je suis Sébastien Lucchini, de l'agence immobilière Immo 75-15. J'ai appris que vous cherchiez un appartement, avec un prêt-relais, le temps que le vôtre se vende. Un trois pièces ou quatre pièces, dans une rue paisible, avec si possible un balcon et une cave, c'est bien cela ?

— Euh, oui, mais…

— Une affaire en or, vraiment, une affaire vient de rentrer… Elle ne restera pas longtemps, je vous préviens tout de suite.

— Je n'ai jamais contacté votre agence… Enfin, je ne crois pas…

— Nous faisons partie d'un gros réseau. J'ai votre dossier informatique sous les yeux.

— Pardon, suis-je bête ! Et donc, cet appartement… ?

— Est situé dans le quinzième, une petite rue calme qui donne sur la rue du Commerce, deux-trois minutes à pied du métro, immeuble refait à neuf il y a deux ans, donc pour l'instant des charges plus que raisonnables, un grand quatre pièces, troisième étage avec ascenseur, une cave, un beau balcon, très lumineux. L'appartement a été, lui aussi, refait à neuf par les anciens propriétaires. Bon, est-ce que vous aimerez le carrelage de la salle de bains ? Je ne sais pas… les goûts, n'est-ce pas… Cependant, tout est nickel, assez sobre, de bon goût, quoi. Il est facilement quinze pour cent en dessous du prix du marché. Si vous vendez bien le vôtre situé dans le quartier Odéon, il vous restera encore de l'argent après l'achat de celui-ci.

— A priori, ça paraît intéressant.

— Ça l'est, croyez-moi. Vous allez penser qu'il s'agit d'un argument bidon de vendeur, mais je vous assure que si je n'avais pas acheté l'année dernière, j'aurais sauté sur l'occasion ! Pour la petite histoire, le propriétaire a accepté une offre de boulot à l'étranger, du genre qu'on ne refuse pas. Il a tâté le terrain là-bas, pendant un mois. Il est ravi et le couple doit donc vendre au plus vite. La dame voulait prendre un congé parental pour s'occuper de leur bébé, ça tombait à pic. Ils ont la petite trentaine tous les deux, c'est le moment de foncer, de voir ailleurs et tout ça !

Elle sentit à son ton que lui aussi avait la petite trentaine et qu'il regrettait de ne pas avoir « foncé, vu ailleurs et tout ça ». Au fond, ce fut davantage le léger dépit qu'elle sentit dans sa voix que le baratin commercial qui la décida, en dépit du fait que tout lui semblait un peu précipité.

— Écoutez, c'est un peu rapide. Je n'ai même pas mis mon appartement en vente, je…

— Ah, j'ai toutes les caractéristiques sur mon fichier informatique. C'est un bien très négociable. Certes, c'est un peu loin de mon fief du XVe, mais si vous le mettez dans mon agence, je vous promets de le vendre rapidement.

— Vraiment ?

— Tout à fait ! Idéal pour un riche célibataire, un couple sans enfant, et même avec un, profil un peu branché, un peu intello, jolie adresse. J'ai des clients qui recherchent ce type de produit, si le prix que vous en demandez n'est pas déraisonnable. Vous savez, l'immobilier, surtout à Paris, est surévalué en ce moment. La bulle peut se dégonfler d'un moment à l'autre. En revanche, c'est la période idéale pour vendre.

— Bon… Ça me semble rassurant. Je peux passer en début d'après-midi.

— C'est parfait. Quatorze heures trente, ça vous va ?

— D'accord. Je viendrai avec mon fils.

Il lui communiqua l'adresse et son numéro de portable.

Lorsqu'elle raccrocha, Sara eut un peu le sentiment d'être dépassée par les événements. D'accord, elle avait rendu visite à deux agences immobilières, expliqué ce qu'elle cherchait. Elle était décidée à vendre son appartement, à déménager, à reconstruire un nid ailleurs. Pourtant, tout cela était encore assez théorique. Elle l'avait à peine évoqué avec Victor, et même si elle faisait partie de ces parents qui considèrent que ce sont les adultes qui tranchent, elle voulait que ce nouveau départ soit une envie commune. Victor avait approuvé l'idée d'un enthousiaste : « Ah ouais, top ! » Elle avait tenu à souligner que ce projet allait impliquer qu'il change d'école, se fasse d'autres petits camarades, même s'il pourrait toujours revoir ses actuels amis. Une ombre étrange était passée dans le regard du petit garçon, trop fugace pour que sa mère puisse y déchiffrer la tristesse, ou au contraire le soulagement. Il avait rétorqué d'un ton paisible :

— Bof, de toute façon, un jour ou l'autre, on perd de vue ses copains d'école, non ? Toi, tu n'en as plus.

— C'est juste. Le pire, c'est que j'ai même oublié le nom de famille de ma bonne copine en première et en terminale ! Mince, comment elle s'appelait, déjà ? Une blonde, adorable... Excellente élève. Une fausse effacée, tu vois ?

— C'est quoi, « effacé » ?

— Le genre très bien élevé, qui ne répond jamais avec insolence, qui rougit facilement et qui baisse les yeux, mais que tu ne feras pas changer d'avis même si tu la secoues comme un prunier. Une fille super. Elle se prénommait Cécile... Ça, j'en suis certaine... Bon, ce n'est pas grave. Figure-toi que j'ai vu ma première pièce de théâtre grâce à elle. Enfin, je veux dire, en dehors des sorties pédagogiques du lycée. Cécile avait plu à mamy, un miracle ! Elle détestait toutes mes amies. Tu la connais. C'était au théâtre de l'Odéon. Ah, quelle magie... *Crime et châtiment*, de Dostoïevski. J'étais clouée sur mon siège...

Et si l'appartement leur plaisait à tous les deux, que ferait-elle ? Elle n'avait même pas contacté son banquier pour le prêt-relais.

Elle réprima un sourire lorsqu'ils pénétrèrent dans le grand salon. Deux des murs avaient été peints de taupe, juste un peu plus clair que celui que Victor et elle avaient choisi pour l'ancienne chambre de Louise. La cuisine américaine, chaleureuse et fonctionnelle, avec son comptoir en béton teinté, ses meubles en bois peints d'un gris pâle, l'avait séduite par son côté à la fois sobre et très magazine de décoration. L'appartement était plus grand que celui qu'elle possédait, la rue, en effet, était calme, et le balcon agréable. Les deux chambres donnaient sur une cour intérieure, de taille assez modeste, mais plantée d'un haut tilleul et égayée de parterres de fleurs. Deux bancs de bois patinés par les intempéries devaient accueillir les bavardages de soirs d'été. Un petit hangar servait à remiser les vélos des propriétaires et des locataires.

Ce détail parut séduire immédiatement Victor qui s'exclama :

— Ouais, cool, je vais pouvoir avoir un vélo !

Sara préféra ne pas le décevoir. Pas de vélo à Paris. Trop dangereux. Elle ne tolérait plus la moindre idée d'une menace sur son fils. Ils en discuteraient plus tard. D'un autre côté, même si le garçonnet était sage et raisonnable, il était débordant de vie et n'avait que douze ans. Elle ne pouvait pas non plus le mettre dans du coton, devenir une de ces mères poules hystériques qui s'affolent à la perspective d'un genou écorché.

Sébastien précisa :

— Aucun problème avec le plomb et autre, les propriétaires ont fait réaliser du bon boulot. Pas d'amiante dans l'immeuble, je vous communiquerai tous les rapports. L'installation électrique a été refaite à neuf. Nickel, je vous dis !

Commentant la nudité des lieux, Sara demanda :

— Il n'y a plus aucun meuble. Ils ont déjà déménagé ?

— Oui. Ils sont pressés. C'est d'ailleurs pour ça qu'il s'agit d'une affaire. Ça ne restera pas trois jours en agence. Une affaire !

C'en était une, elle avait vérifié les prix au mètre carré sur Internet avant de venir.

— Ils laissent les bibliothèques ? s'enquit-elle en désignant le mur du salon tapissé d'étagères en hêtre brut.

— Tout à fait. Elles ont été faites sur mesure, elles sont scellées et ça ferait des trous affreux si on les enlevait.

— Ça coûte une petite fortune, ce genre de meubles sur mesure, commenta-t-elle.

— Je n'ai pas eu le sentiment qu'ils avaient des problèmes d'argent. Franchement, ce sont des gens sympas. À mon avis, ils gagnent plus que très bien leur vie. La dame est spécialiste des produits financiers éthiques. Vous savez, le genre bien élevé et gentil qui ne la ramène pas… Je peux vous dire que j'en vois des sévères dans mon métier. Le pire, c'est certains nouveaux riches qui se la jouent mais qui négocient comme des chiens pour mille euros. La grande classe, quoi !

— Je m'en doute !

S'adressant à son fils, elle demanda :

— Qu'est-ce que tu en penses ?

Il s'exclama d'un ton ravi :

— Méga-cool, maman. On va être super bien.

Avant même qu'elle ne sache ce qu'elle allait dire, elle lança :

— Bon, nous le prenons et je vous confie la vente du mien.

— Fantastique ! On repasse à l'agence et on signe le compromis ?

— Ça marche.

Sébastien Lucchini continua à lui vanter tous les avantages de cette « affaire » pendant qu'ils rejoignaient à pied l'agence située à trois rues de là. Sara l'écoutait à peine, répondant par monosyllabes, perdue dans la contemplation de Victor qui progressait en sautillant dix mètres devant eux.

— Il est adorable, votre fils.

— Oui.

Justement, Sara commençait à trouver Victor trop adorable et accommodant. Une sorte de doute, vague, l'avait envahie durant la visite de l'appartement. Victor avait paru assez peu intéressé. Il avait balayé d'un regard rapide les deux pièces dont l'une allait devenir sa chambre. Et si la seule chose qui comptait pour lui était de quitter leur ancien appartement, celui dans lequel avait vécu sa sœur ? Si, au fond, l'unique désir de la mère et du fils était commun : se débarrasser de toutes les traces – du moins matérielles – de Louise ? L'appréhension la fit soupirer. C'était impossible ! Il *fallait* que ce soit impossible ! Dans le cas contraire, cela signifierait que Victor savait, ou se doutait, de la dérive malfaisante et sanguinaire de sa sœur et Sara ne le voulait pas, pour rien au monde. Comment un petit garçon pourrait-il résister à cette vérité alors que sa mère se laissait glisser en dedans d'elle dès qu'elle s'autorisait à repenser à Louise ?

Elle tenta de se rassurer. Non, Victor n'avait eu aucun moyen d'apprendre cette horreur, puisque Sara ne l'avait découverte que contrainte et forcée, à cause d'Yves Guéguen.

Il fallait qu'elle appelle le profileur. Il fallait qu'elle le voie. Il fallait qu'elle agisse à nouveau pour cesser de subir.

Oui, mais si… si Victor avait senti quelque chose ? Elle ne devait, à aucun prix, le laisser cohabiter seul avec une telle monstruosité. La notion du temps, de ce temps qui passe et parfois répare un peu, permet aux adultes d'atténuer tant de douleurs. Cependant, le temps s'écoule de façon si différente dans l'esprit d'un enfant.

Fredericksburg, États-Unis, août 2008

Diane Silver, absorbée dans ses pensées, referma la porte de sa maison derrière elle. Elle poussa les deux verrous et enclencha la fonction « présence » du système d'alarme qui lui permettait d'aller et de venir, si toutefois elle ne commettait pas l'erreur d'ouvrir une fenêtre ou une porte sans l'avoir désactivée avant.

D'un geste automatique, elle balança sur le canapé son sac à dos, épuisé par une bonne dizaine d'années de compagnonnage. Le bruit d'un choc sourd l'étonna. Elle tourna la tête. Mince, lors de son récent ménage de fond, elle avait déplacé tous les sièges du salon. Le sac venait de tomber sur le plancher.

La profileuse avait pour habitude ou obligation de nettoyer sa maison de fond en comble à la fin de chaque enquête. Sa dernière crise obsessionnelle remontait au meurtre du tueur de prostituées à Boston. Elle bougeait les meubles, fleurissait le salon, jetait les vieux périodiques qui s'entassaient en piles dans les coins, modifiait la disposition des pièces, à l'exception de son bureau, et pour une raison cruciale : rien ne pourrait jamais la décider à descendre le poster tendu sur l'un de ses murs. Ranger l'extérieur pour purifier, ordonner l'intérieur. Une manie nécessaire à sa survie, jusqu'au jour où elle déciderait d'y mettre un terme. Il lui fallait ensuite des jours pour s'habituer au nouvel agencement de l'espace, acquérir d'autres réflexes.

Sans même ôter sa veste ni s'installer, elle repoussa le papier sulfurisé qui enveloppait l'impressionnant sandwich qu'elle venait de s'offrir au delicatessen du centre commercial situé non loin de chez elle. Blanc de dinde, julienne de crudités, pousses de lentilles – l'argument santé –, fines tranches de bacon rissolé, le tout noyé sous une épaisse couche de mayonnaise et prisonnier d'un gros pain rond.

S'appliquer à mâcher, à savourer, puis déglutir. Ne pas penser, ne pas analyser, ne pas déduire. Pour l'instant. Manger. Proscrire le mélange des genres. Zapper dans sa tête d'une pensée à une autre : un redoutable travers expliquant qu'on finissait par mal comprendre, par mal trouver. La périlleuse déviation intellectuelle de notre époque de surstimulation : manger en écoutant de la musique, en regardant la télé, en rédigeant ses e-mails et en consultant Internet, tout en discutant avec le voisin. Il serait intéressant de savoir combien d'informations ont été perdues, mal interprétées, mal stockées dans le processus. Combien, utilisables, vont persister ? Au bout du compte, combien de temps a été gâché quand on croyait en gagner ? Diane avait formé Yves Guéguen à cette discipline de l'esprit : attribuer toute sa concentration à une seule chose à la fois. Yves… elle n'allait pas pouvoir continuer beaucoup plus longtemps à le balader. Ne pas penser. Manger.

Diane chiffonna le papier, en regrettant de ne pas avoir acheté une part de cheese-cake nappé d'une crème au citron. Elle passa dans la cuisine, lieu qui n'avait à ses yeux d'autre intérêt que celui de pouvoir y jeter ses emballages de sandwichs, de s'y laver les mains et de préparer le café fort du matin. Les placards étaient aussi vides que le réfrigérateur qui ne devait contenir qu'une bouteille de lait, et peut-être une vieille plaquette de chocolat achetée dans un rare moment d'euphorie. Elle ne se souvenait pas avoir jamais convié quiconque chez elle depuis dix ans, date à laquelle elle avait été engagée comme profileuse par le FBI. Au demeurant, elle déclinait toutes les invitations, sauf celles d'Yves Guéguen du temps où elle l'avait formé, deux ans plus tôt. Il était presque impossible de résister à l'enthousiasme contagieux du grand flic français. Autre avantage aux yeux de Diane : il cuisinait fort bien.

Elle enleva enfin sa veste, la jeta sur la rambarde de l'escalier, récupéra son sac et gravit les marches qui menaient au premier étage. Tout au bout du couloir, son bureau. Elle tourna la molette du lourd cadenas à combinaison qui en défendait la porte.

La pièce semblait de taille modeste tant l'amoncellement d'ouvrages, les murs tapissés de bibliothèques et de casiers à dossiers en réduisaient l'espace.

Sur le mur situé en face de la planche montée sur tréteaux qui lui servait de table de travail s'étalait le poster. Leonor. Elle devait avoir sept ou huit ans sur cette photo que Diane avait fait agrandir et déflouter. L'enfant tenait à la main une énorme marguerite orange. Elle souriait, coquine, la tête inclinée sur le côté.

Diane alluma son ordinateur. Incertaine de la suite, elle enfonça la touche d'économie d'écran. Sa phrase fétiche sinua avec paresse sur l'écran : « L'enfer est ici et maintenant. »

Elle étala sur la planche de son bureau les photos de scène de crime prises par les labos à la sortie de Bel Vista, dans la cave, au rez-de-chaussée et au premier étage d'une ferme isolée, les rapports du légiste, de la police. Elle plaça devant elle, lames d'un consternant tarot, les reconstructions faciales des deux quasi-squelettes réalisées par logiciel. Le spécialiste avait précisé en grosses lettres rouges qu'il s'agissait d'une « projection informatique basée sur les probabilités déduites du physique caucasien et de l'estimation de l'âge des victimes », puisque les deux femmes étaient de race blanche. En d'autres termes, une approximation dont l'expérience prouvait qu'elle était assez fiable, du moins en ce qui concernait les caractéristiques majeures du visage et si l'on excluait toute intervention de chirurgie réparatrice ou esthétique. Diane détailla l'ensemble, bien que le connaissant déjà par cœur. Elle n'y cherchait rien de particulier, se contentant de le digérer, de le métaboliser.

Elle patienta, levant parfois les yeux vers le poster, vers le petit visage parfait, les cheveux longs, frisés et blond-roux si semblables aux siens, les yeux de la même nuance : d'un bleu très pâle. Une bouffée d'amour insoutenable lui fit monter les larmes aux yeux. De belles larmes. Les vilaines, celles de la souffrance, viendraient plus tard.

Attendre, et ne faire qu'attendre. Un processus, toujours le même, allait s'opérer. Le grand regard clair de son ange allait la mener derrière les remparts secrets de son esprit, là où elle ne parvenait pas à pénétrer seule. Des verrous, enfouis au plus profond de ses neurones, allaient sauter. Pour un temps. Ils se refermeraient ensuite. Il ne s'agissait en rien d'un don de médium. Diane n'avait d'ailleurs jamais rencontré d'êtres dotés de véritables pouvoirs surnaturels, en dépit des multiples expériences du Bureau dans ce sens. En revanche, elle était convaincue que certains sujets possédaient des intelligences « pénétrantes », hypersensibles, capables de « voir », là où les autres devenaient aveugles. Des esprits libérés de la pesanteur de l'évident et du probable, lesquels – s'ils conduisent souvent à la vérité – se trompent parfois.

Les pétales de la marguerite orange parurent frémir, se rejoindre pour se fondre les uns aux autres. Le bureau plongea dans la pénombre. Diane expira bouche ouverte et ferma les yeux. Elle se laissa couler avec lenteur dans son cerveau, très profond, quelque part, elle ne savait où. Toutes les lames du jeu mortel s'agençaient pour former une histoire. Son esprit avait classé, comparé, synthétisé toutes les données.

Elle le voyait, de dos, comme toujours. C'était un homme de taille moyenne, voire assez petit. Le légiste avait mentionné un coup porté à l'arrière du crâne : « *L'os occipital est enfoncé sur une surface assez étendue, au niveau de la protubérance externe. L'important fracas osseux suggère un coup d'une extrême violence, peut-être même plusieurs, assénés au même endroit. Nous sommes en présence d'une embarrure avec enfoncement et détachement du fracas et de lésions cranio-encéphaliques massives… L'hématome sous-dural qui s'est formé consécutivement à l'impact étant de couleur rouge porto, on peut conclure en première analyse qu'il remonte à une à deux semaines. Cela correspondrait au moment estimé de la mort (vraisemblablement il y a une dizaine de jours si l'on prend en compte les conditions environnementales et la corpulence de la victime), comme en témoignent les phlyctènes aux parties déclives, le gonflement du pénis et du scrotum, la tendance au détachement des poils...* » Un coup porté assez bas, donc, suggérant un agresseur d'une taille inférieure à celle de sa victime – qui mesurait un mètre quatre-vingt-deux –, sans quoi le fracas osseux aurait été localisé plus haut. La fracture du crâne, laquelle s'était accompagnée d'une hémorragie assez importante comme en témoignait la largeur de la tache retrouvée sur la moquette, était à l'origine du décès de l'homme.

Elle le voyait de dos. Ses mains s'envolaient, soulignaient : il était en train d'expliquer quelque chose à celui qu'il allait abattre. Tenter d'abattre. Il n'était pas certain d'y parvenir. Sans cela, il n'aurait pas eu besoin de le convaincre de pénétrer dans la cellule. Hésitait-il encore, se savait-il d'une force très inférieure à l'autre homme ? Ou alors souhaitait-il le voir souffrir et agoniser en se contentant de l'assommer avant de refermer la porte de barreaux ? Non. En ce cas, il n'aurait pas frappé si fort : selon le légiste la mort avait été rapide. Il était faible et la crainte transpirait dans son attitude. Il ne s'agissait pas d'un meurtre jouissif, mais d'un meurtre par obligation. Dicté par la peur ? Pourquoi ? Le plus grand des deux hommes, la victime, hochait la tête. Il avançait d'un pas, d'un autre. Il était enfin presque dans la cage. Il tournait la tête, la baissant légèrement, et détaillait quelque chose que Diane ne voyait pas, sans doute le squelette de la plus jeune des femmes, celle de la cellule de droite, une blonde, morte bien avant lui. « ... *L'encéphale des deux sujets féminins est totalement liquéfié, les tissus mous et les viscères se sont dégradés, ne demeurent dans les deux cas que les ligaments et tendons ainsi que l'utérus... Il est difficile de préciser le délai écoulé depuis la mort, d'autant que l'on note une activité de ravageurs. Toutefois des larves cylindro-coniques entourées de poils, de toute évidence du genre* Dermestes, *ont été retrouvées sur les deux cadavres, leurs géniteurs ayant été attirés par la transformation adipocireuse. Le laboratoire d'entomologie confirmera. La présence de ces insectes peut laisser penser que la mort des deux femmes remonte à trois à six mois si l'on prend en compte la saison...* » Le plus petit, l'agresseur, plongeait la main dans la poche de sa veste et en tirait d'un mouvement vif un objet en métal rouillé : « ... *des particules de rouille ont été retrouvées dans la plaie...* » Il l'abattait de toutes ses forces à l'arrière du crâne de l'autre qui s'écroulait. Rapidement, il poussait sa victime pour refermer la porte de la cellule.

Le cerveau de Diane se demanda vaguement s'il allait être arraché de la scène, revenir au réel, mais son regard intérieur bascula vers le bas, vers une autre époque.

Elle le voyait à nouveau de dos, le plus petit. Une de ses mains s'envolait encore, Diane ne distinguait pas la seconde mais son bras plié vers l'avant indiquait qu'il portait quelque chose. Il s'adressait à la personne qui se trouvait dans la cellule. La femme apparaissait. Il s'agissait de la plus âgée, assez grande, châtaine : « … *Le sujet de la cellule de gauche est une femme, mesurant environ 1,72 m, âgée de 40 à 55 ans, estimation rendue possible puisque le corps du pubis présente une texture moyenne, que la surface symphysaire est de contour rectiligne et que la trame du tissu osseux compact est grisée et très dense. Enfin, l'extrémité inférieure de la symphyse est bien développée, ce qui exclut un sujet plus jeune ou plus âgé… L'analyse dentaire devrait confirmer et affiner ces estimations… Si l'on se fie à la longueur des racines capillaires de ce sujet qui avait l'habitude de colorer ses cheveux en châtain, sa couleur naturelle, sans doute pour dissimuler ses cheveux gris, et en partant du principe qu'un cheveu pousse d'environ un centimètre par mois, la femme n'avait pas renouvelé sa coloration depuis onze mois… Le cadavre retrouvé dans l'autre cellule, à droite, est celui d'une femme adulte dite jeune, âgée de moins de vingt-cinq ans, comme en témoigne la texture fine du corps du pubis, le contour ondulé de la surface symphysaire, l'absence de trame dans le tissu osseux compact. Elle mesurait environ 1,60 m…* » La prisonnière hésitait, puis soupirait et hochait la tête en signe d'acquiescement. Elle se rapprochait des barreaux et s'asseyait à même la moquette, à hauteur de la chaîne. Les mouvements de la main de l'homme s'accéléraient, il s'impatientait. La femme s'entravait elle-même une cheville et un poignet. L'homme déverrouillait la porte et pénétrait dans la cellule. Il posait non loin de la captive une assiette remplie de nourriture, un gobelet et une cuiller. Il reculait de quelques pas, attendant qu'elle mange.

Elle engouffrait le repas et repoussait de son pied libre l'assiette vide sur laquelle elle avait posé les deux autres ustensiles. L'homme les récupérait et ressortait. Il bouclait à nouveau la porte de barreaux et lui tendait une clef. Elle se libérait de ses chaînes et, après une hésitation, lui rendait la clef à travers la grille. Elle savait d'expérience qu'il ne la nourrirait plus dans le cas contraire. L'enchaînait-il également pour les séances de viol ? Sans doute. Il n'était pas de taille à maîtriser une grande femme, dont la force serait vraisemblablement décuplée par la terreur et la haine. Que s'était-il passé ensuite ? Qu'est-ce qui avait changé ? Il s'était lassé de son jouet. Néanmoins, il n'allait pas l'achever, ça n'aurait pas été drôle. Il ne voulait pas mettre un terme brutal à son jeu. Il préférait imaginer son agonie. Leur agonie à toutes deux, puisqu'elles étaient mortes à peu de temps d'intervalle. Pourquoi ? Parce que la plus âgée avait soudain compris. L'autre, sa voisine de cauchemar, avait dû espérer jusqu'au bout. Elle avait eu tort. L'espoir, un des pires poisons de l'esprit, selon Diane. Un jour, ce jour, l'homme avait déposé les assiettes et les gobelets sans un mot. Il était aussitôt ressorti, bouclant la cellule derrière lui. Il n'avait pas tendu la clef des entraves. Il avait allumé la télé et était parti, sans un regard, sans un mot. Ce jeu avec elles commençait à l'ennuyer. Peut-être la plus jeune s'était-elle mise à pleurer, à crier. Peu lui importait. Étant entendu l'isolement du grand cottage, desservi par un chemin de campagne que de rares voitures empruntaient, protégé derrière un rideau d'arbres, et le volume sonore de la télé, personne n'aurait pu les entendre. Personne ne les aurait découvertes si une canalisation d'eau ne s'était rompue.

Le regard intérieur de Diane détailla la femme la plus âgée. Elle se demanda pourquoi elle ne voyait pas l'autre, alors que le logiciel avait encore plus finement reconstitué son visage : une blonde aux yeux bleus. Sans doute parce qu'elle aurait agi comme la femme châtaine, parce qu'elle se sentait plus proche d'elle. Le joli visage un peu ridé, aux yeux noisette, au nez fin, aux pommettes saillantes se tendait. Elle serrait les lèvres, regardant alternativement l'assiette fumante, la télévision, la cave, l'escalier qui montait vers le rez-de-chaussée. Ses sourcils se fronçaient, elle fermait les yeux. Soudain, elle tournait brutalement la tête vers l'autre cage, criait, intimant peut-être à la deuxième captive l'ordre de cesser ses plaintes. Elle disait quelque chose, puis soupirait. Diane voyait son visage se détendre et un sourire désespéré étirer ses lèvres. Elle venait de prendre sa décision. Elle récupérait l'assiette, mangeait avec lenteur, vidait son gobelet et inclinait la tête. D'un geste sec, elle cassait l'assiette de porcelaine contre les barreaux. Un large éclat effilé tombait sur ses genoux. Elle le ramassait, le contemplait quelques instants et se tranchait les veines des chevilles puis des poignets avec application. Elle se viderait plus vite. « *… le sang séché sur l'éclat d'assiette correspond à celui de la victime… nous avons retrouvé ses empreintes fermement imprimées sur la porcelaine de l'éclat d'assiette, le pouce au-dessus, les quatre autres doigts en dessous. Nous avons également retrouvé une autre empreinte n'appartenant ni à la deuxième femme, ni à la victime masculine. À la quantité estimée de sang* *qui imbibait la moquette, on peut affirmer qu'elle est morte d'exsanguination…* » Diane vit la femme secouer la tête en signe de dénégation, peut-être en réponse à une supplique de sa voisine de calvaire.

La lumière sembla renaître autour de Diane, elle quittait les tréfonds de son esprit. Comme chaque fois après ces étranges voyages, une peine en coup de poing la fit suffoquer. Leonor la laissait, terriblement seule et en vie. Elle bafouilla :

— Dors, mon petit ange. Maman va bien. Je t'aime tant…

Elle lutta contre l'épuisement qui la clouait sur son fauteuil et se dirigea vers un des casiers muraux de son bureau. Elle en extirpa une bouteille de Glenmorangie et but une longue gorgée au goulot. Elle hésita, faisant tourner le reste du tentant liquide ambré au fond de la bouteille. Elle la reboucha d'un geste hargneux et la rangea dans son casier, essuyant, sans même s'en rendre compte, les larmes qui dévalaient sur ses joues.

Base militaire de Quantico, États-Unis, août 2008

Bob Pliskin, secrétaire et exécuteur des basses œuvres d'Edmond Casney Jr., le directeur de la base militaire de Quantico, referma le dossier jaune pâle qui contenait quelques sorties d'imprimantes ainsi que les photos de Stephen Grady, vingt-huit ans, alors qu'il en paraissait à peine vingt. On lui aurait offert le paradis sans confession, au petit Grady, tant il semblait timide, effacé, avec ses allures d'adolescent fluet et pas trop futé. Du moins sur le cliché pris avant qu'il ne tombe entre les pattes d'un prédateur autrement plus redoutable que lui. Il avait été retrouvé dans une chambre de motel pouilleux de Roxbury, non loin de Boston, égorgé, partiellement écorché, son meurtrier ayant, de toute évidence, renoncé à peaufiner le travail faute de temps. Les empreintes ADN et génétiques avaient prouvé que le gentil garçon qui vivait de petits boulots offerts par la paroisse Saint-Andrew n'était autre que le tueur qui avait étranglé cinq tapineuses dans les environs de Boston. Les cordages qui entravaient la sixième avaient été retrouvés tranchés non loin du cadavre de Grady. Elle n'avait échappé que de justesse à la mort. Toutefois, Bob Pliskin s'en foutait. Une seule chose le préoccupait : l'indécision dans laquelle il se trouvait.

Marquait-il un point contre le Dr Diane Silver, ou pas ? L'aversion qu'il éprouvait pour la psychiatre-profileuse ne le lâchait qu'occasionnellement. Bob Pliskin avait été jusqu'à faire mener une enquête très confidentielle à son sujet, enquête qui avait révélé que, outre ses abus de neuroleptiques et son tabagisme, Diane finissait chaque soirée ivre. Pliskin n'ignorait pas la cause de ses toxicomanies diverses et variées. Sa fille Leonor. Le calvaire de sa fille. Cependant, de cela non plus il n'avait rien à faire, sauf si cela pouvait l'aider à faire la peau de Silver.

Celui que Diane qualifiait de sociopathe à tendances paranoïdes jeta un regard à sa montre. Qu'on ne s'avise pas d'être en retard à l'une de ses convocations ! Il soupira de satisfaction. Son rendez-vous avait encore cinq bonnes minutes pour frapper à la porte de son spacieux bureau.

De fait, la personnalité de Pliskin justifiait amplement le diagnostic de Diane. Bien intégré à son environnement, insoupçonnable, autoritaire, cohérent, convaincant dans ses raisonnements les plus déviants, psychorigide, Pliskin était certain d'avoir raison en tout. Certes, il était assez intelligent pour percevoir les avis divergents des autres, le fait que la plupart le détestaient, mais ils se trompaient. Ils le détestaient parce qu'ils étaient jaloux de lui. Au fond, cette conviction flattait assez Pliskin : il leur inspirait de la crainte et en cela ils n'avaient pas tort. Sauf elle. Sauf cette Silver qu'il ne parvenait pas à impressionner et qui mettait un point d'honneur à le ridiculiser en public.

Il allait lui casser les reins, de façon définitive. Et sournoise, puisque ce pauvre Edmond, bien que ne portant pas la psychiatre dans son cœur, n'avait qu'une appréhension : la perdre et, du même coup, passer à côté de ses incontestables succès en matière de traque de tueurs. Il s'opposerait donc au savonnage de planche qu'avait en tête son secrétaire. La chasse aux tueurs en série n'était pas la priorité de Pliskin. La seule chose primordiale à ses yeux était d'écraser Silver. Il prouverait ainsi à tous qu'il était le plus fort.

Dans cet ordre d'idées, le meurtre du tueur de putes à Boston le servait-il ? Les déductions de Silver concernant son physique, son occupation s'étaient révélées exactes. Toutefois, ce n'était pas grâce à elle qu'il avait été retiré du circuit. Et puis sa mise à mort – Grady assis entravé sur une chaise, bâillonné de Scotch gris pour étouffer ses hurlements, écorché avec un couteau de chasse – évoquait de façon troublante les autres meurtres internationaux, commis par un certain Nathan Hunter, sur lesquels la psy enquêtait. Un *copy cat* inspiré par une indiscrétion policière ? Dans ce cas, Bob se ferait un plaisir de la coller sur le dos de Diane. S'agissait-il, au contraire, du même meurtrier, celui des deux jeunes Français, de Stanley Armstrong à New York, de Constantino Valdez au Mexique ? Pourquoi ce type aurait-il souhaité intervenir dans une enquête de Diane ? Pour qu'elle s'« intéresse » à lui ? En d'autres termes, Silver était dangereuse dans la mesure où elle potentialisait les pulsions meurtrières. Était-ce assez vraisemblable pour la discréditer ? Le doute minait

Pliskin. En effet, si jamais il la ratait, elle ne ferait pas de quartier. Il aurait adoré assister à la longue agonie professionnelle de Diane. À son agonie tout court, d'ailleurs. Cela étant, elle appartenait à cette catégorie de fauves qu'il faut abattre très vite et par surprise.

Bob Pliskin, parce qu'il s'aimait infiniment, refusa d'aller au bout de son raisonnement. Pourquoi faut-il les abattre par surprise et rapidement ? Parce qu'ils sont plus puissants que leur chasseur.

Quant à Gary Mannschatz et à Mike Bard, qu'en penser ? Alliés ou ennemis ? Pliskin ne les avait affectés à Diane Silver qu'en raison de l'aversion avouée de Mike pour les psys. Cette garce de Silver était-elle parvenue à les retourner en sa faveur ? Avait-il commis une grave erreur stratégique ? Mannschatz et Bard étaient des bons. Les flics détestent les échecs. Si les deux agents pensaient que Silver pouvait leur permettre de coincer leurs proies malfaisantes, ils risquaient de devenir des partenaires de poids pour la profileuse. Une très mauvaise affaire pour Pliskin. Il jugula la mauvaise humeur qui le saisissait. Il possédait une carte importante et il comptait bien la jouer.

Un cognement contre la porte de son bureau. Il consulta à nouveau sa montre : quinze heures moins une minute. Il se rengorgea. Personne n'osait se présenter en retard devant lui, sauf cette conne de Silver. Décidément, il la détestait.

Il rouvrit le dossier, prétendant s'absorber dans la lecture assidue des différentes pièces, et jeta un « oui » à la fois las et un peu agacé.

Mike Bard pénétra dans le bureau. Pliskin lui adressa un sourire et lança :

— Mike, Mike, asseyez-vous, je vous en prie.

Le grand flic baraqué se laissa choir dans le fauteuil qui faisait face à Pliskin. Son regard exercé avait fait le tour de la pièce en une seconde. Tout y sentait l'autosatisfaction, dans le moindre détail, notamment la multitude de photos gratifiantes, de diplômes et autres citations qui couvraient un mur du sol au plafond. Pliskin qui tendait le cou pour qu'on le distingue derrière Clinton, puis Bush. Pliskin en short en compagnie de Casney Jr. Pliskin discutant avec le sénateur Murray, le beau-père de Casney auquel ce dernier devait sa nomination à Quantico, un filou aux bonnes manières qui s'en était mis plein les poches grâce à des délits d'initiés. Pliskin, l'air héroïque, descendant d'un hélicoptère militaire, alors qu'il devait à peine savoir changer un fusible. Toutefois, Mike Bard était un vieux de la vieille : il n'ignorait pas que le secrétaire était un être dangereux. Pour preuve tous ceux qu'il était parvenu à évincer, voire à faire virer, et qui ne s'en étaient pas même rendu compte. Il sourit donc au petit blondinet poupin en demandant :

— Vous désiriez me voir, monsieur ?

— En effet. Avant tout, comment se porte votre fils ? La famille, c'est fondamental. C'est ce qui permet de tenir debout.

Tu n'as pas de famille et tu n'as rien à foutre de mon fils. Qu'est-ce que tu mijotes ? Encore et toujours un coup bas ?

— J'apprécie votre intérêt, monsieur. Vous savez… avec ce genre de pathologie, c'est un peu au jour le jour…

Bob Pliskin feignit l'affliction :

— Mike… je sais la fortune que coûtent ces… institutions privées qui s'occupent des autistes. Les salaires de flic, même de super-flics du FBI, n'ont rien de mirobolant. D'autant que… enfin, vous êtes seul à assumer cette… énorme charge…

Vas-y, pauvre nul ! Arrives-en là où tu veux en arriver. De toute façon, rien de bon ne peut sortir de ton cerveau. Tout est vil en toi.

Moïra. L'adorable oiseau qui avait illuminé la vie de Mike. Sa femme. Son amour. Sans doute sa nervosité, ses éclats soudains de joie ou de mélancolie auraient-ils dû alerter Mike sur sa fragilité nerveuse. Il s'était rassuré en songeant que les artistes sont souvent excessifs. Elle était illustratrice de littérature enfantine. Assez célèbre. Elle dessinait des mondes si charmants, si délicieux, si baroques qu'on aurait tout donné pour y vivre. Et puis, elle avait rencontré une ordure de psy qui avait insinué qu'il ne croyait pas à ces histoires de chromosomes, qu'il n'y avait pas de gène de l'autisme, et qu'il demeurait certain que la maladie résultait d'une mauvaise relation mère-enfant dès la période *in utero*. Moïra avait commencé à glisser. C'était sa faute, ce petit garçon qui se tassait dès qu'on l'approchait, qui couinait comme une pauvre bête affolée ou qui se mettait à vociférer sans raison. C'était sa faute si son fils vivait un cauchemar, bouclé dans une bulle dont rien ne pourrait le faire sortir. Mike avait eu beau tenter de la raisonner, la forcer à consulter quelqu'un d'autre, à lire les sites Internet, bref tout ce qui prouvait que l'on avait culpabilisé à tort des légions de mères, que l'autisme était une défectuosité génétique, rien n'y avait fait. Le venin injecté par ce type était en elle et poursuivait ses ravages. Un jour, un soir, Mike avait découvert le joli corps mince flottant dans la baignoire, baignant dans une eau rouge. Il avait foncé chez le psy. Il l'avait tiré hors de chez lui et tabassé à s'en pulvériser les phalanges. Il se souvenait de ses derniers mots, alors que l'autre sombrait dans l'inconscience :

— Tu portes plainte, connard, et je te bousille les deux jambes de façon définitive. Ma femme est morte à cause de toi. Rappelle-toi : tu ne dois qu'à son amour des êtres et des choses le fait d'être encore en vie. Ne me donne pas l'excuse que je cherche !

Il était rentré chez lui, les mains en sang et enflées à le faire crier de douleur, mais il s'en foutait. Ensuite, il n'avait pas dessaoulé pendant trois jours, regardant comme dans un cauchemar les gars du coroner enlever le tendre corps de Moïra enveloppé d'un drap blanc, allongé sur une civière.

Au fond, avec le recul, il admettait maintenant que l'insistance de ce vieil abruti n'avait été que le catalyseur de la dérive de Moïra.

Si Pliskin tentait de se servir d'elle, il allait se planter. Moïra n'appartenait qu'à Mike qui, parfois, les soirs trop glissants, acceptait de la partager un peu avec Gary Mannschatz, parce que Gary était le seul à comprendre au point de se taire et d'écouter toujours la même histoire. Gary avait épousé deux ans plus tôt une Kim, une jeune femme adorable, ravissante, d'origine vietnamienne, une fleuriste. Enfin, une « artiste florale », comme il le disait avec insistance. Gary répétait : « Elle ne saura jamais rien de ce que je fais. Je suis agent du FBI, c'est tout. Elle ne saura jamais rien de la merde que nous balayons. Je veux qu'elle reste toujours au milieu de sa boutique qui sent si bon, avec toutes ces couleurs magnifiques, toutes ces fleurs dont j'oublie les noms. Avant, je jouais à Tarzan. J'avoue, j'ai pris mon pied à me la péter, genre héros de la guerre contre le crime. Maintenant, je me bagarre pour elle et les enfants qu'on aura. Je me coltine tous ces tordus pour que la chose la plus effrayante à laquelle elle doive faire face ce soit une invasion de pucerons ou un client hystérique, et ça ne manque pas… Ça bousille tout, les pucerons, notamment les orchidées. Une vraie plaie. Et tu sais pourquoi ? Parce que quand je m'endors contre elle, quand elle me raconte ses journées, les arrangements et les bouquets qu'elle a réalisés, un client qui a piqué une crise parce qu'il ne pouvait pas avoir des pivoines blanches en février pour le mariage de sa fille, l'autre qui veut des arums dans son jardin mais non toxiques parce que son chat bouffe les plantes, je me dis que la vie est normale, qu'elle est chouette. »

Mike Bard attendit, les mains posées sur les accoudoirs du fauteuil. Ce « cher Bob », comme l'avait baptisé Diane Silver dont l'insolence illimitée amusait le grand flic, cherchait le meilleur angle d'attaque.

— Mike… nous sommes… ce que j'appelle de vieux soldats tous les deux…

Ah ouais ? Ça ne fait pourtant que quatre ans que tu nous pourris la vie, songea Bard. *Tu grenouillais dans le milieu politique avant, non ? Qu'est-ce que tu sais du métier de flic ?*

— Oui, monsieur.

— Surtout, soyez assuré que dès qu'une possibilité de promotion survient, je vous la réserve… Vos états de service et puis votre… épreuve de père…

Mike Bard se tendit. Pliskin préparait donc un coup encore plus foireux qu'il ne l'avait d'abord imaginé.

— J'apprécie beaucoup, monsieur.

— Oh, c'est le moins que je puisse faire. Concernant le boulot, maintenant… Comment aborder cela… J'ai l'impression, et ça m'ennuie de vous le dire, que Gary est en train de se faire récupérer par Diane Silver. C'est une… bonne professionnelle, je ne reviendrai pas là-dessus. Cela étant, c'est aussi une manipulatrice patentée. Dans le cas de ce tueur dépeceur, je crois qu'elle pédale, qu'elle ne sait plus par quel bout prendre l'enquête. Je ne voudrais surtout pas qu'elle vous colle un échec sur le dos, et elle en est capable. Enfin, surtout à vous, Mike… Bon, Gary… ainsi que je vous le dis… accorde un peu trop foi à ce qu'elle peut raconter. Or, vous et moi savons que les psys ont surtout l'art de couper les cheveux en quatre et de tirer la couverture à eux. C'est VOUS qui vous plantez, mais c'est EUX qui réussissent. Un peu comme les avocats de la défense envers leur client : nous avons gagné, vous avez perdu.

Pliskin accompagna sa comparaison d'une moue entendue. Le visage impavide, Mike Bard hocha de la tête d'un air pénétré. En une seule tirade, Pliskin la fouine venait de taper partout où il pensait pouvoir faire mouche en utilisant l'animosité notoire de Mike Bard pour les psys, et la crainte de l'échec éprouvée par tous les flics. Surtout, il semait le doute, tentait de séparer Mike de Gary. Une tactique classique. Bien. Mike allait aussitôt en discuter avec son partenaire. Pour l'instant, il devait calmer la fouine et s'en débarrasser, du moins jusqu'à la prochaine fois. L'air sévère et secoué, il déclara :

— Merci de me prévenir, monsieur. Je serai vigilant. Si quelque chose dérapait, je vous préviendrais aussitôt.

Il perçut la satisfaction de l'autre qui tenta sans grand succès de rester de marbre :

— Bravo, Mike. Je n'en attendais pas moins d'un excellent élément tel que vous. On se serre les coudes tous les deux. Après tout, ce qui compte, c'est protéger de la façon la plus efficace les futures victimes. C'est notre mission et notre devoir.

Sauf que la seule chose qui t'intéresse, c'est le pouvoir, ton pouvoir. D'ailleurs, tu n'as pas mentionné une seule fois les cadavres de la ferme de Bel Vista, parce que tu ne penses pas que cette affaire pourra te servir contre Diane Silver.

Bel Vista, États-Unis, août 2008

Attendant que Joe ait terminé de peser les poignées de clous et de vis de son client – un vieux gars plié par l'arthrose, qui paraissait centenaire – sur une antique balance à plateaux, Gary Mannschatz détailla la boutique, avec une sorte de gourmandise gamine. Cela faisait bien longtemps qu'il n'était pas entré dans une si belle quincaillerie. L'entassement, l'amoncellement d'outils, de fournitures pour le jardinage, de tuyaux, de joints, d'ampoules électriques, de soufflets de cheminée, de gants de ménage ou réservés aux gros travaux, de pièges à souris et à mulots, de trucs et de machins dont il ignorait le nom et la fonction le ravissait. Une véritable caverne d'Ali Baba. Il aurait pu passer la journée à fureter dans les allées tout en longueur, à inventorier le contenu des étagères de bois qui n'avait pas dû être rangées depuis des lustres.

Après deux ou trois remarques sur le temps, le manque de pluie, le récent match des Red Sox, le client sortit et Joe se consacra de nouveau à l'agent du FBI. Il posa son regard sombre et vif sur Gary. Celui-ci se fit la réflexion qu'il ressemblait à l'un des mulots nerveux que ses pièges promettaient d'éliminer.

— Oui, monsieur Ward. Celui du cottage.

— Vous pourriez m'en donner une description, Joe ?

— Holà ! C'est que j'ai pas dû le voir plus de deux fois et en coup de vent. Ils sont toujours pressés, les citadins, on se demande bien pourquoi.

— Il était citadin ? releva Gary.

— Ben, j'sais pas au juste. Mais comme il était toujours pressé, j'me suis dit qu'il habitait la grande ville. Vous savez, on n'en revient pas de ce qui s'est passé dans cette maison. Dieu du ciel, trois cadavres ! Dites-moi... c'est des cadavres... comment dire... gentils ou pas gentils ? Enfin... des morts naturelles ? Pas des meurtres, quoi ?

— On l'ignore encore, mentit Gary.

Le FBI était parvenu à retenir le maximum d'informations afin d'éviter la ruée des médias de tout le pays, qui compliquerait la tâche des enquêteurs. Cependant, et Gary n'en doutait pas, cette trêve serait de très courte durée. Aussi fallait-il recueillir le maximum d'informations avant. Ensuite, les habitants de Bel Vista seraient harcelés par les journalistes. Certains, pour se faire mousser, passer à la télé, ou simplement pour ne pas décevoir, inventeraient, enjoliveraient leurs témoignages qui deviendraient alors inutilisables.

— Et il ressemblait à quoi ? insista l'agent du FBI.

Joe plissa les paupières et serra la bouche de concentration.

— Bof... Un peu à tout le monde. Il était blanc, ça, c'est sûr. J'dirais, comme ça, pas très grand... Enfin, pas un nain non plus. Pas très gros.

— Il était plutôt blond ou plutôt brun ?

— Pas brun. Entre les deux, peut-être.

Le découragement gagnait Gary Mannschatz. Le même gag s'était produit dans les trois boutiques qu'il avait visitées, où le fameux John Ward était censé avoir fait de petites emplettes. Mannschatz le savait d'expérience : rares sont les individus dotés d'un sens de l'observation objectif, ce qui explique qu'il faille considérer les descriptions avec la plus grande circonspection, même, ou surtout, lorsqu'elles sont péremptoires. La mémoire se réarrange sans que nous en ayons conscience. Au fil du temps, elle emprunte à nos émotions, à d'autres situations pour produire des souvenirs qui n'ont plus qu'un lointain rapport avec la réalité.

Embêté parce qu'il percevait la déception du superflic, Joe lâcha, tout content de lui :

— Ah si… Un détail me revient : il était très poli. Et « monsieur » par-ci et « monsieur » par-là, et « je vous remercie »… Tout, quoi.

L'unique constante des quatre témoignages des commerçants et de la secrétaire de mairie qui avait brièvement discuté au téléphone avec celui qui se faisait appeler John Ward. Il était très « poli ». À part cela, il était de taille et de poids moyens, châtain ou blond, couleur des yeux indéfinissable, âgé de quarante à soixante ans. Bref, plusieurs dizaines de millions d'Américains pouvaient correspondre à cette description.

Base militaire de Quantico, États-Unis, août 2008

Diane Silver écrasa son mégot dans un soupir agacé. Erika Lu, une des meilleures légistes du pays, ne quittait son antre que contrainte et forcée. Au demeurant, Diane était certaine que, moins elle voyait de vivants, mieux elle se portait, et la psychiatre ne lui donnait pas complètement tort. La jeune femme partageait un point commun avec elle : elle était aux premières loges pour constater ce que des humains peuvent faire subir à leurs congénères.

Un étrange personnage qu'Erika, une très jolie fille aussi, née d'une mère d'origine allemande et d'un père chinois. Rien ne semblait pouvoir troubler son attitude polie, détachée. Diane la côtoyait depuis presque dix ans. Pourtant, rien dans les remarques précises et toujours professionnelles de la jeune femme ne lui avait permis de déduire si elle était mariée, divorcée, avec ou sans enfant. Non que ces détails eussent une quelconque importance aux yeux de la psychiatre. Nombreux étaient les messieurs séduits par les yeux étirés en amande, d'une couleur indéfinissable, un gris intense pailleté d'or, la longue silhouette mince, le visage fin aux méplats bien dessinés, le petit nez charmant. Diane avait enregistré les signaux admiratifs qu'ils envoyaient à la légiste lors de réunions ou de déjeuners. De deux choses l'une : Erika prétendait ne pas les percevoir, ou, de fait, ne les voyait pas. Une réponse précise à cette question ne revêtait pas non plus le moindre intérêt pour Diane. Cependant, Erika Lu était l'une des rares personnes pour laquelle elle se sentît une admiration professionnelle certaine, peut-être aussi un peu d'estime. De plus, il s'agissait d'un spécimen intrigant.

Diane Silver se décida donc à entreprendre un périple qui ne la tentait guère : sortir de son bureau et rejoindre la morgue située juste en dessous. À ses yeux, une épreuve, puisqu'il lui fallait longer l'un des couloirs souterrains et aveugles du Jefferson Building pour parvenir jusqu'à un ascenseur ou l'escalier de secours, puis emprunter un autre couloir en sens inverse. Faute d'intérêt pour la chose, Diane n'était jamais parvenue à s'orienter dans ce dédale de couloirs, ponctué de portes de bureaux ou de laboratoires toutes semblables. D'interminables boyaux qui débouchaient soudain sur une salle d'entraînement au tir, ou de projection, ou encore de réunion, évoquant à Diane un paquet de viscères, parcouru par le ronronnement anesthésiant de l'air conditionné.

Elle enfonça le bouton du vidéophone de la porte rébarbative en acier brossé qui protégeait l'univers d'Erika Lu. Rien, pas une question. Un claquement et la porte s'entrouvrit, lui livrant passage. Erika avait le regard fixé sur l'écran géant de son ordinateur, sur lequel s'étalaient des photos monstrueuses et pourtant si banales. Sous sa blouse ample, l'Eurasienne évoquait un animal fragile. Or Diane l'avait vue tirant à elle seule des cadavres d'un chariot sur la table en Inox de la salle d'autopsie, indice d'une jolie force physique. Sans se tourner vers la visiteuse, la légiste lança :

— Diane… vous acceptez de sortir de votre tanière ?

— J'y suis bien forcée puisque je savais que vous ne quitteriez pas la vôtre !

Erika fit pivoter son fauteuil et lui offrit un visage souriant.

— Pas faux ! À ma décharge, je suis débordée, même si je me doute que c'est également votre cas.

— Surtout en ce moment. J'ai épluché les rapports d'autopsie de nos trois cadavres anonymes de Bel Vista, sans oublier les rapports de police, le relevé des lieux, les photos de scène de crime. Je viens de recevoir les empreintes ADN et les comparaisons des différentes empreintes digitales. Rien n'est répertorié dans l'IAFIS [1] ni dans le CODIS [2]. J'ai formé des hypothèses et je voudrais les confronter avec les vôtres.

Erika lui adressa un sourire amusé :

— Vous êtes… descendue dans votre esprit ? C'est ainsi que vous procédez, n'est-ce pas ?

— Oui.

— Ça me fascine assez. J'avoue que je suis trop… scientifique, peut-être psychorigide, aussi… je suis perdue, sans les faits.

---

1. L'Integrated Automated Fingerprint Identification System stocke et compare les empreintes digitales.

2. Le Combined DNA Index System stocke les empreintes génétiques de criminels et permet de les comparer avec un ADN retrouvé sur une scène de crime.

— C'est ce que vous croyez.

— Pardon ?

— Nos expériences communes m'ont prouvé que vous étiez parfaitement capable de dépasser les faits, sans les bafouer pour autant. Vous savez extrapoler à partir d'eux, sans vous égarer dans des fables, et c'est justement ce dont j'ai besoin aujourd'hui.

Erika feignit l'effroi :

— Mon Dieu… Diane, un compliment… venant de vous ! Quelle journée !

Franchement amusée, Diane feignit à son tour la stupéfaction :

— Mon Dieu… Erika… de la légèreté… venant de vous !

— Un point partout, conclut la légiste en pouffant. Vous savez… je peux être drôle… Pas ici, toutefois.

— On y va ?

— On y va.

— Je vais vous résumer ce que j'ai compris. Vous rectifiez si je me trompe. Je commence par le plus simple.

— Ça marche.

— Il y avait différents types d'empreintes digitales dans la cave. Outre des empreintes un peu effacées, mêlées à d'autres et plus sporadiques, on a retrouvé celles des deux femmes dans les cellules ; nulle part ailleurs. Celles de l'homme abattu ont été relevées partout, sauf dans le réfrigérateur ou sur ses parois, et celles d'un autre homme constellaient toutes les surfaces, même le réfrigérateur en question, et les bouteilles de soda qu'il contenait. On sait qu'il s'agit d'un homme grâce à son empreinte ADN.

— On le sait grâce à un Y-STR réalisé sur son ADN après amplification et on a retrouvé son sperme. On y reviendra, continuez…

— D'accord. Je vous avoue que j'ai été étonnée par la netteté des empreintes digitales des deux femmes, celles que les gars du labo ont relevées sur les barreaux, les meubles et les livres de l'étagère. Si ça se trouve, elles sont mortes depuis plus de six mois.

— C'est une erreur classique de croire que les empreintes se dégradent rapidement. Bien sûr, elles finissent souvent effacées par les contacts répétés d'autres mains, ou par le ménage, ce genre de choses. Toutefois, elles peuvent persister longtemps… surtout dans un réfrigérateur. Il existe même des cas d'école ahurissants : dans l'eau, par exemple. Je me souviens de cette affaire, assez ancienne, d'un type qui avait abattu sa victime avec une arme à feu. Il avait balancé l'arme dans le réservoir des toilettes. Plusieurs années plus tard, on a retrouvé le revolver. Les empreintes de la crosse avaient été effacées mais il en subsistait une, utilisable, sur le barillet. Le meurtrier a été condamné grâce à ça. C'est un cas extrême, et on pense qu'il est dû au fait que la sueur du type en question était très salée et qu'elle a, en quelque sorte, joué le rôle de fixatif [1].

— Ahurissant, en effet. Donc, dans notre affaire, seul le sujet masculin manquant nourrissait les femmes. L'autre devait se contenter de leur rendre « visite » dans leurs cellules. Du sperme à l'état desséché appartenant aux deux hommes a été retrouvé sur la moquette, non loin des chaînes, dans les deux cages. C'est confirmé

1. George Ross qui tua un policier en 1951.

par l'antigène spécifique de la prostate qu'on peut retrouver, je crois, des années après l'éjaculation.

— C'est cela. L'ADN est encore plus résistant.

— Ils les violaient alors qu'elles étaient entravées. A priori, sans préservatif.

Impassible, Erika Lu se contenta de hocher la tête en signe d'acquiescement.

— Venons-en maintenant à l'ADN. Aucune des deux femmes n'a de lien de parenté avec les trois autres. C'est dans le cas des deux hommes que ça se complique. Avec l'empreinte génétique, on est certain à 99 % qu'il s'agissait du père et du fils. C'est encore conforté par les Y-STR dont je ne sais pas trop ce que c'est.

— Ce sont les Short Tandem Repeats qui ne proviennent que du chromosome Y, strictement masculin. Dans notre cas, les deux sujets sont de la même lignée masculine, normal, puisqu'il s'agit du père et du fils. En revanche, ils appartiennent à une lignée féminine différente, comme en témoigne l'ADN mitochondrial qui, lui, ne vient que de la mère.

Le regard de Diane se perdit derrière la légiste ; elle déclara d'une voix neutre :

— On se retrouve donc avec un schéma criminel peu habituel : une association père-fils pour séquestrer, violer, puis laisser mourir deux femmes qui se trouvaient là depuis un bon moment, si j'en juge par l'aménagement des cages et la longueur des racines capillaires de la femme la plus âgée.

— Laisser mourir ? C'est la question que je me posais, hésita la légiste.

— Selon moi, l'une d'entre elles, la plus âgée, s'est suicidée lorsqu'elle a compris qu'ils allaient les laisser crever de faim et de soif, ou alors, elle a saisi sa chance pour… en finir, grâce à l'assiette. L'autre a dû croire jusqu'au bout que leurs geôliers allaient revenir.

— C'est une hypothèse, mais c'est cohérent avec la tache de sang sous le corps de la première et le rapport de l'anatomopathologiste qui a réalisé l'examen des corps. Pas de blessure par balle. Ça paraît certain puisqu'on n'a pas retrouvé de projectile ni de fracas osseux. Blessure mortelle à l'arme blanche, c'est peu probable, puisqu'il n'y avait aucune éraflure osseuse et pas de sang dans la cellule de la plus jeune victime, à moins d'imaginer qu'elle ait été tuée ailleurs, ramenée dans sa cage et entravée à nouveau, ce dont je doute. Noyade ou strangulation plus qu'hypothétiques, avec les précautions nécessaires dans ces derniers cas, étant donné l'état de décomposition très avancé des corps. (La légiste marqua une pause et déclara avec compassion :) Mon Dieu… je vous plains, Diane. Moi, voyez-vous, je reçois des corps inoffensifs. Je leur rends hommage et je fais tout ce qui est en mon pouvoir pour les aider. Je n'ai pas à imaginer leur terreur. D'ailleurs, je m'applique à l'éviter. Je dois comprendre comment et pourquoi ils sont morts. C'est un blindage nécessaire dans notre métier. J'arrive le plus souvent à ne pas penser, pas toujours… que ce corps parfait, cette boîte crânienne qui a abrité l'ordinateur le plus puissant de la Terre, cet être humain qui a été aimé et qui a aimé, va finir découpé puis suturé telle une vieille poupée de chiffon.

— Erika, chère Erika, à chacune son métier. Vous faites le vôtre admirablement, continuez. Laissez-moi la terreur. Je vis avec elle depuis très longtemps.

Diane n'en crut pas ses yeux. Une ombre liquéfia soudain le beau regard gris pailleté d'or.

— Et si on se faisait un dîner de filles, un de ces soirs ? Nous habitons toutes les deux Fredericksburg. Vous voyez le genre, on discute, on papote, on cancane et on ne parle surtout pas de boulot. Pliskin ! On le garde dans le collimateur. C'est un inépuisable sujet, jubilatoire aussi. Le genre de type sur lequel il est fondé de déverser tout son fiel. Ils ne sont pas si fréquents que ça. On imagine toutes les perversions sexuelles, *beurk*, dont il pourrait être coupable. En plus, il doit être radin au point de piquer le pourboire laissé sur la nappe par ses voisins de table au resto.

— Je vois que vous êtes, vous aussi, une de ses fans, pouffa Silver. Avec grand plaisir pour un dîner, d'autant que je suis partante tous les jours pour taper sur cher Bob. Faites gaffe, je vais vous relancer.

— Pas la peine, je suis déjà en train de chercher une date !

Base militaire de Quantico, États-Unis, août 2008

— Si on en croit le permis de conduire retrouvé dans la poche arrière de son pantalon, la victime…

Diane interrompit Bard avec brusquerie :

— Il ne s'agit pas d'une victime, mais à tout le moins d'un violeur qui a séquestré des esclaves pour sa détente sexuelle. On ne sait pas si ces types les torturaient en plus du reste. C'est très probable. Le terme de victime me semble donc abusif. Indécent.

— Juste. Ah, j'oubliais : le tronçon de doigt lâché par le rat est bien le sien.

— Ça paraissait évident. Les véritables victimes avaient déjà été attaquées par les rongeurs et les nécrophages divers et variés. Il ne restait plus grand-chose à dévorer. Ce nouvel en-cas a dû leur paraître providentiel.

— Vous avez un humour de légiste, commenta l'agent du FBI.

— Je n'ai pas le sentiment qu'Erika fasse dans l'humour macabre.

— Ni dans l'humour tout court, d'ailleurs.

— Au demeurant, il ne s'agissait pas d'humour dans mon cas. Je n'en ai rien à faire que ce tordu se soit fait bouffer par des rats. Lui est mort très vite et il n'a sans doute pas vu le coup venir. Ce qui m'importe bien plus, c'est la durée de l'agonie de la jeune femme. Celle de l'autre aussi. Quelques minutes sont parfois interminables.

Il sut qu'elle pensait à cette cassette de trois heures et cinquante-six minutes, et changea de sujet :

— Donc, le gars serait un certain John Bernard Ward, 31 ans, né à Montello, un petit bled non loin de Brockton, dans l'État du Massachusetts. C'est le propriétaire de la maison.

Diane savait tout cela depuis le début de l'enquête.

— Et ?

— Et ? Le seul John Bernard Ward né dans la bourgade en question est décédé dans un accident de voiture, à l'âge de vingt-huit ans, il y a quarante-deux ans.

Diane alluma une cigarette sans lui demander si la fumée le gênait. Au demeurant, Mike Bard s'en foutait. Pas vraiment, d'ailleurs. Ancien gros fumeur, il ressentait toujours un pincement d'envie lorsqu'il humait l'odorante fumée. La courtoisie de la psy l'étonna lorsqu'elle tourna la tête sur le côté pour la souffler sans la lui envoyer au visage.

— Ne vous leurrez pas. Cher Bob est en train d'entasser les dénonciations au sujet de mon tabagisme antiréglementaire.

— Des dénonciations ? répéta Bard, incrédule.

— Oh, mais oui ! Il y aura toujours des gens qui veulent faire plaisir à Pliskin, parce qu'ils le craignent ou parce qu'ils en attendent une rétribution. D'ailleurs, il encourage vivement la délation. Les vices humains forment le terreau de prédilection de cher Bob. Il s'y épanouit et y prolifère. Mais revenons-en à des choses plus intéressantes : Ward. J'espère que cette fausse identité ne vous surprend pas.

— Pas vraiment. Bon, c'est dommage… Ça nous aurait facilité les choses qu'il garde son nom.

Diane accueillit ce regret d'un mince sourire.

— Mike, certains de ces types sont très organisés lorsqu'ils sont intelligents. D'ailleurs, ils prennent aussi leur pied en planifiant le moindre détail de ce qu'ils vont infliger à leurs victimes. Nos deux Ward – appelons-les ainsi à défaut d'un autre nom et puisqu'ils sont père et fils – font partie de cette catégorie. L'aménagement de la cave et des cages en est la preuve…

Elle s'interrompit soudain, sa dernière phrase repassant dans son esprit sans qu'elle sache pourquoi.

Sur le qui-vive, Bard lança :

— Vous venez de penser à quelque chose, non ?

— Pas vraiment… ou alors c'est parti… Ça va revenir. Mon cerveau et moi-même cohabitons en général, avec parfois de courtes périodes de séparation. Il travaille d'un côté, moi de l'autre. Peu importe. Ils ont donc emprunté de fausses identités. C'est très cher, mais ça s'achète assez facilement lorsqu'on a un bon contact. Justement… Ils avaient… enfin, lui, le père, a toujours de l'argent. Pas mal. Le cottage est très joliment restauré. Si j'en juge par les photos du rez-de-chaussée et du premier étage, les meubles Arts and Crafts, les tapis, les tableaux accrochés aux murs, le matériel hi-fi, la cuisine digne d'un magazine de décoration, bref tout, la maison doit valoir un joli paquet de dollars.

— Surtout que le coin est assez prisé, parce que préservé et proche de Boston. Pas mal de citadins friqués ont acheté. Ça a fait monter les prix.

— Hum… ils sont, étaient, structurés, intelligents, malins, donc. C'est pour cette raison que je suis certaine que les femmes étaient du coin, pas très loin. Avec ce profil et même si on ne chasse jamais juste à proximité de sa tanière, on ne se trimbale pas non plus avec des victimes kidnappées sur cinq cents kilomètres, au risque d'un problème inattendu. De toute façon, en général, les tueurs et/ou les violeurs en série ne s'éloignent pas trop des lieux qu'ils connaissent, ça les rassure. Ils maîtrisent l'environnement.

— Vous pourriez préciser ?

— Au plus loin, un plein d'essence aller et retour, avec une énorme marge de sécurité, pour ne s'arrêter nulle part et ne pas tomber en panne sèche. Selon moi, c'est encore plus proche que cela. Je dirais un rayon de cinquante à cent kilomètres autour du cottage. On peut exclure le rayon trop proche, une vingtaine de kilomètres, où ils risquaient d'être reconnus.

— Ça va réduire les recherches dans le fichier des personnes disparues. Bon, c'est jamais de la tarte, parce que parmi les disparitions il y a les fugues sur un coup de tête ou une dépression, qui se terminent parfois par un suicide, les gens qui ont décidé de recommencer une nouvelle vie ailleurs, et puis il y a tous les meurtres insoupçonnés parce qu'on n'a jamais déterré les cadavres.

— Ce qui explique que pas mal des psychopathes qui se retrouvent en taule à la suite d'un crime isolé sont en fait des récidivistes, à cela près que les cadavres de leurs précédentes victimes sont introuvables. Si le mec est assez intelligent, s'il parvient à dominer son ego et à ne pas parader devant les flics et les médias, il la ferme et il peut espérer une remise en liberté, un jour ou l'autre. Et remettre ça.

— Ouais. Pas de cadavre, pas de meurtre… (Mike Bard revint à sa tâche :) Les reconstructions faciales par logiciel devraient nous donner un sérieux coup de pouce !

— J'espère vraiment que nous pourrons identifier ces femmes.

— Ça va être terrible pour les proches, observa Bard.

Diane lui jeta un regard surpris et rectifia :

— Parce que vous croyez qu'ils n'ont pas déjà imaginé qu'elles pouvaient être mortes, le pire ?

— Pas de cette façon.

— Mike, les gens ont la télé et lisent les journaux, or les tordus sont une manne pour les médias. Ça fascine le public.

— La curiosité malsaine.

— Non. Ça va bien au-delà. Les gens oscillent entre fascination morbide et répulsion pour quelque chose qui leur ressemble, un être humain en apparence, mais qui n'a plus rien d'humain. Surtout, ils essaient de comprendre pourquoi. Ils se plantent. Il n'y a rien à comprendre. Il faut juste apprendre pour les coincer plus vite.

— Je sais. Le père, vous le voyez comment ?

— En mélangeant toutes les informations et mes déductions, et en dépit des descriptions plus que floues et contradictoires des rares commerçants de Bel Vista chez qui il allait faire des courses de façon exceptionnelle ?

— C'est ça.

— Il est de taille moyenne, voire plutôt petit, de corpulence et de force physique modestes. Il est très probablement blond aux yeux bleus comme son fils : il s'agit de composantes génétiques récessives. Cela étant, un sujet aux yeux marron peut porter le gène « yeux bleus » sans le manifester, mais en le transmettant à ses descendants. Si on se fie à l'âge estimé de son rejeton, c'est-à-dire entre vingt-cinq et trente ans, et aux témoignages visuels, à utiliser avec la plus grande prudence, il a entre quarante-cinq et soixante-dix ans. J'opte pour la bonne cinquantaine. Disons cinquante-cinq, peut-être un peu plus. Il est souriant, affable et bien élevé, un *must* pour un type de peu de force qui attire et enlève des femmes, surtout une femme qui, à mon avis, était plus grande et plus lourde que lui. Ajoutez que ça concorde avec les rares précisions utilisables fournies par les commerçants de Bel Vista. Il a une très bonne situation ou a touché un gros héritage, ce qui justifierait ses moyens, le jeu me semblant plus improbable. Il a sans doute fait des études supérieures et est cultivé. Les innombrables bouquins trouvés dans le cottage en attestent, ceux qu'il a mis à disposition de ses victimes aussi. On m'a transmis l'inventaire des bibliothèques. Il ne s'agissait pas de romans de gare. Étrangement, aucune pornographie, même dissimulée tout au fond d'un placard. D'excellents polars et romans d'espionnage, beaucoup d'essais et de documents historiques, quelques recueils de poésie. Des livres d'art et de nombreux ouvrages d'architecture aussi. Les labos ont retrouvé ses empreintes à lui – celui dont on n'a pas le cadavre, le père donc – sur les couvertures et à l'intérieur de ces volumes d'architecture, ainsi que d'autres, nombreuses et appartenant au même sujet. Il ne s'agit pas des deux victimes et on n'a détecté ces dernières empreintes nulle part ailleurs dans la maison, sauf dans d'autres bouquins, des polars. Les labos s'essaient à une empreinte ADN dans l'espoir de déterminer qui est ce sujet inconnu. Toujours sur les livres, quelques empreintes isolées. Sans doute des lecteurs occasionnels. Sans importance pour nous, du moins je le pense. Il faudrait que vous creusiez dans ce sens.

— Les lecteurs occasionnels ?

— Non, l'art et surtout l'architecture. Dans ce dernier cas, nombre des bouquins étaient assez pointus. *Puentes* de Fritz Leonhardt, *The Fountainhead* de Ayn Rand, pas mal de livres traitant du Bauhaus, *L'Espace et le Regard* de Jean Paris, suggérant que le lecteur déchiffrait le français et l'espagnol, bref des dizaines d'ouvrages spécialisés, en plus des beaux livres sur les fabuleuses réalisations de Frank Lloyd Wright ou celles de Le Corbusier, par exemple.

Mike Bard buvait ses paroles en hochant la tête. Un court silence s'installa. Diane n'avait aucune envie de le rompre, elle avait dit ce qu'elle avait à dire. Elle termina sans hâte sa cigarette. Il souhaitait lui expliquer quelque chose, elle attendait.

— Je… Enfin, on a dû vous dire que je n'avais pas une passion pour les psys.

— « ON » a même évoqué une véritable aversion. Je me fous qu'on m'aime ou qu'on m'apprécie, Mike. La seule chose qui compte pour moi, c'est qu'on bosse bien sur mes affaires. Je refuse que les victimes n'obtiennent pas justice. C'est exclu ! Je ne crois plus en Dieu. Je suis donc certaine qu'elles n'apprendront jamais l'ampleur de mes efforts pour que leurs tortionnaires soient punis. Mais moi, je le sais. Moi, je les vois. Je vois leurs êtres aimés, aimants. Je deviens, durant un temps, le seul de leurs proches qui puisse faire quelque chose parce que je suis armée pour cela.

— Eh ben moi, je crois toujours en Dieu. Remarquez, y a des fois où je me demande bien pourquoi. Peut-être parce que ça me soulage un peu. On a dû vous expliquer que mon « aversion » provenait du fait que certains psys coupeurs de cheveux en quatre avaient fait foirer trois ou quatre de mes enquêtes.

C'était ce que Gary lui avait en effet confié lors d'un déjeuner à la cafétéria du Jefferson.

— Hum.

— Je me suis collé des cas gratinés, mais ça n'a rien à voir.

Elle le considéra puis expliqua :

— Je ne vous poserai pas de questions. Dites-moi seulement ce que vous souhaitez me dire.

— Moïra, ma femme, est morte. Un psychanalyste lui a seriné qu'elle était – quelque part – responsable de l'autisme de notre fils. Elle ne l'a pas supporté. Elle s'est tranché les veines dans la baignoire. Pour être honnête, je reconnais qu'elle était sans doute fragile psychologiquement. Je voulais que vous le sachiez.

Diane le fixa durant un instant et plissa les lèvres. Elle ne lui offrirait pas de condoléances, de paroles de réconfort. Diane Silver n'appartenait pas à ce genre d'êtres et, d'une certaine façon, il lui en fut reconnaissant. Pourtant, il sentit qu'elle éprouvait une sorte de vague tristesse. Il sut également qu'elle allait lui répondre d'un ton calme, grave et sans emphase :

— Ah oui, je vois. Encore un de ces dinosaures qui accusait les femmes, les mères, de tout et de n'importe quoi. Ils en ont laminé un nombre non négligeable… Fort heureusement, une nouvelle génération de psys, au fait des récentes découvertes en neurophysiologie, en biochimie du cerveau, en génétique les a remplacés. Je regrette ma formation, même si je m'en suis détachée au point de considérer que les trois quarts des choses que j'ai apprises, tenues pour l'implacable vérité, étaient fausses. La biochimie du cerveau est la voie de l'avenir. C'est d'elle que nous viendront de véritables compréhensions et donc des traitements. (Elle marqua une courte pause, puis acheva :) Ça s'est passé il y a une vingtaine d'années, non ?

— Dix-huit. Mon fils, Simon, a vingt-deux ans aujourd'hui.

Il posa la question à laquelle il désespérait toujours d'avoir une réponse sans équivoque :

— Donc, selon vous… Simon, ce n'est pas notre faute, ni à Moïra ni à moi ?

Elle comprit son besoin de certitude et déclara d'un ton péremptoire :

— Non, Mike ! C'est génétique, ce qui ne veut pas dire qu'il existe un gène fautif précis, contrairement à d'autres maladies. C'est un ensemble de malformations.

On a un temps pensé aussi à un rôle néfaste du mercure. En d'autres termes, vous n'êtes pas responsables.

— Ouais, j'ai lu tout ça, mais ça me soulage que vous me le répétiez. (Il marqua une pause avant de reprendre :) Pliskin tente de nous faire la peau. C'est aussi pour ça qu'il fallait que je vous parle de Simon. Vous connaissez Bob la fouine, il essaie de se servir de tout, de trouver la faille. Il s'est dit que Simon pouvait faire l'affaire.

— Ça n'a rien d'un scoop !

— Oui, mais cette fois, il essaie aussi de savonner la planche à Gary en se servant de moi.

— La vitesse supérieure, donc, lâcha Diane d'un ton léger.

— Il prétend que vous êtes perdue sur cette enquête de tueur dépeceur, ce Nathan Hunter, que Gary a gobé vos prétextes justifiant que vous n'avanciez pas d'un pouce et que vous allez lui coller votre échec sur le dos.

Mike Bard la fixait avec une intensité presque dérangeante, et elle se fit la réflexion qu'il guettait la moindre de ses réactions. Elle se contenta d'un lapidaire :

— Cher Bob.

— C'est tout ce que ça vous inspire ? lâcha-t-il, assez sec.

— Qu'est-ce que vous voulez que je vous réponde ? Pour m'emmerder, puisque c'est de toute évidence sa grande obsession, Pliskin a commencé par contester que les meurtres des deux ados français, d'Armstrong et de Valdez avaient été commis par un même tueur. Puisqu'il ne peut plus nier l'évidence, il prévoit que je vais me planter. Logique.

— Vous avez avancé ?

— Il s'agit d'une enquête internationale, sur trois pays, biaisa-t-elle. Quatre, même, si nous incluons nos amis canadiens, puisque le tueur pourrait être un de leurs citoyens.

— Mais au sujet de ce mec qui a descendu le tueur de putes à Boston ? insista le flic.

— Je crois que nous avons affaire à un imitateur, un *copy cat*. Certains journaux à sensation avaient pas mal tartiné les détails « croustillants » du meurtre d'Armstrong. On a aussi parlé du meurtre de Valdez, certes beaucoup moins puisqu'il s'est produit au Mexique.

— Les flics n'ont jamais précisé la localisation des plaies d'Armstrong ou de Valdez. Ça n'a jamais été relaté par les médias, justement pour éviter les *copy cats*.

— La nièce d'Armstrong les a vues. De surcroît, ce ne serait pas la première fois que nous sommes confrontés à une fuite en interne. Ça peut être bavard, un flic. Enfin et peut-être surtout, étant donné la position assise de la victime, la zone la plus accessible, la plus « pratique » en quelque sorte, ce sont les cuisses, argumenta Diane du même ton calme.

Où voulait en venir Bard, au juste ? S'agissait-il d'une discussion professionnelle ou avait-il une idée derrière la tête ?

— Hum… mais pas le visage. Les épaules étaient plus… commodes, si on suit votre raisonnement.

— C'est juste, mais le visage est beaucoup plus symbolique.

— Pour tout vous dire, docteur Silver, je ne suis pas franchement convaincu par cette thèse de l'imitateur. Ce qui me trouble, c'est que vous enquêtiez sur les deux affaires et qu'elles se rejoignent, du moins en apparence, dans une chambre de motel bostonien.

— Justement, c'est aussi ce qui me gêne, et je ne vois pas comment une telle convergence serait possible. D'où, pour l'instant, le fait que j'opte pour l'hypothèse de l'imitateur.

— Peut-être que l'écorcheur a voulu se faire remarquer de vous, vous faire plaisir… vous savez, comme un chat qui apporte une souris morte en cadeau.

— D'après certains spécialistes du comportement animal, ce n'est pas pour vous faire plaisir mais pour tenter de vous montrer à quel point vous êtes un chasseur lamentable.

— C'est peut-être ce qu'il a pensé aussi.

Diane se demanda s'il s'agissait d'une vacherie ou d'une insinuation de tout autre nature. Il aurait été maladroit de demander des explications, elle se contenta donc d'un vague sourire. Elle hésita entre l'envie de le congédier en jetant un regard appuyé à sa montre et celle d'en savoir davantage. Cependant, Mike Bard n'était pas un crétin, et elle ne tenait surtout pas à lui mettre la puce à l'oreille.

— Quoi qu'il en soit, *copy cat* ou un de mes… admirateurs, il nous a rendu un service, surtout aux filles qui font le trottoir dans la région de Boston.

Mike la détailla un instant en silence et approuva d'un lent mouvement de tête, tout en rectifiant :

— On peut voir ça de cette façon… sauf que, selon moi, il y a un gouffre entre éliminer et torturer. C'est pas à vous que je l'apprendrai. Il faut un esprit particulier pour faire souffrir. Bon… je ne vais pas vous retarder plus longtemps. Je me colle à cette histoire d'architecture.

Il se leva et elle eut la certitude qu'il retenait quelque chose. Elle se contenta d'un :

— Merci, Mike. À plus tard.

Incertaine, agacée contre elle-même, elle fonça quelques instants plus tard jusqu'à la machine à café de l'étage. Elle regarda le liquide inodore, couleur de thé trop infusé, s'écouler dans le gobelet de plastique marron. Elle revint sans hâte vers son bureau, avalant de petites gorgées du breuvage trop chaud, insipide en dépit de son amertume.

Elle se réinstalla derrière la plaque de Plexiglas, incapable de se décider. Elle récupéra au fond de son sac le téléphone mobile à carte, celui dont une seule personne avait le numéro, Nathan/Rupert. Elle posa l'appareil sur le bureau, le regardant avec insistance, comme si elle en attendait une réponse, puis alluma une cigarette. Elle tergiversait depuis la découverte de ses deux quasi-squelettes de femmes. Quelque chose la retenait de mettre Rupert Teelaney au courant, de collaborer à nouveau avec lui, mais elle n'aurait su dire quoi au juste. Plusieurs raisons s'entremêlaient, toutes partielles, dont les sous-entendus de Mike Bard, si toutefois il s'agissait bien de sous-entendus et non d'une sorte d'intuition de flic. Quoi qu'il en soit, elle devait être sur ses gardes. Une autre élimination providentielle de tueur en série ne ferait que conforter Mike Bard, et donc son partenaire Gary Mannschatz, dans leurs doutes, voire leurs soupçons vis-à-vis d'elle. De surcroît, il était encore beaucoup trop tôt. Un pan de cette histoire lui échappait, elle le sentait. Sans ce pan, elle ne pourrait pas remonter jusqu'au tueur survivant, et justice ne serait pas rendue aux victimes. Surtout, une remarque de Bard l'avait troublée : « Il y a un gouffre entre éliminer et torturer. » Nathan avait-il torturé le tueur de putes de Boston, ou souhaitait-il seulement laisser une signature fallacieuse qui relierait, aux yeux de la police, ce meurtre à ceux des deux jeunes psychopathes français, de Valdez et d'Armstrong ? Lors de leur première rencontre dans la maison-nef au cœur d'un bois, il avait affirmé n'avoir partiellement écorché les tortionnaires ou futurs bourreaux éliminés qu'afin d'éveiller l'intérêt de la profileuse, se rapprocher d'elle. Avait-il pris plaisir à ces tortures ? Légitimait-il des jeux de sadique au prétexte que ses proies étaient des prédateurs ? Un doute désagréable s'installait dans l'esprit de Diane. Elle le chassa. Elle devait traquer le pan de l'histoire qui se refusait à elle.

Nul besoin aujourd'hui qu'une petite fille adorée, tenant une marguerite orange, lui serve de passeur vers les tréfonds de son esprit. Elle avait prononcé un peu plus tôt la phrase qui servait de clef, bien qu'ignorant encore la porte à ouvrir. *L'aménagement de la cave et des cages en est la preuve…*

Elle se laissa aller contre le dossier de son fauteuil et ferma les yeux. Les photos de scène de crime défilèrent dans son esprit, aussi nettes et précises que si elle les avait examinées à l'aide d'une loupe.

Un réfrigérateur d'un modèle assez récent, blanc émaillé, poussé sous la descente d'escalier qui menait au rez-de-chaussée, surélevé grâce à une plaque de ciment d'une dizaine de centimètres de hauteur, débordant à peine de ses flancs… Les murs de la cave recouverts d'un blanc cassé à la fois doux et lumineux… Trois tapis un peu défraîchis, mais de jolie facture, dans les tons bleu sombre et rouges, dont l'un sous le poste de télévision… les deux cellules, leur moquette bleue… Dans chacune, un lit d'une personne recouvert d'une couette bleu et mauve, assortie aux taies des deux oreillers… Une chaise… Un petit bureau surmonté d'une étagère qui soutenait quelques livres… Dans la cellule de droite, celle de la plus jeune des victimes, deux nounours en peluche assis côte à côte… À l'intérieur des parois d'épais barreaux, des rideaux beiges à fleurs bleutées… Les chaînes terminées d'entraves… L'assiette fracassée de la cellule de gauche… La pointe de l'éclat meurtrier de porcelaine laqué d'un rouge marron…

Diane croisa les mains sur son ventre et expira bouche ouverte. Elle le savait : l'histoire tenait dans ces clichés.

L'aménagement assez achevé de la cave et des cages en est la preuve…

Quelque chose n'allait pas. Un détail. Crucial.

… Surélevé grâce à une plaque de ciment d'une dizaine de centimètres de hauteur. Trois tapis un peu défraîchis… Surélevé grâce à une plaque de ciment d'une dizaine de centimètres de hauteur. Trois tapis un peu défraîchis…

Diane se redressa et tira d'un geste brusque un dossier beige de son bureau. Elle récupéra les deux clichés qui l'intéressaient et les posa devant elle : ceux du réfrigérateur et du tapis étendu sous le poste de télévision. Tout était résumé sur ces deux photos.

Pourquoi ne pas avoir prolongé la dalle de ciment dans toute la pièce, en évitant ainsi de possibles remontées d'humidité et une inévitable poussière terreuse ?

Elle décrocha son téléphone de bureau et composa les quatre chiffres du numéro direct de Gary Mannschatz. Elle avait eu son compte de Mike Bard pour la journée.

— Gary ? Il faut procéder à une excavation… délicate, très délicate. Je suis certaine qu'il y en a d'autres enterrées dans la cave. À mon avis, les nôtres et peut-être le fils devaient les rejoindre sous peu. Il attendait que les corps soient totalement dégradés pour revenir. Ça pue moins et le trou à creuser est moins important.

— Un cimetière ? s'inquiéta l'agent.

— Je n'ai pas de preuves. Toutefois, c'est ce que je redoute. Ces types n'en étaient pas à leur coup d'essai. Tout est beaucoup trop bien organisé. Ils se sont… rodés, fait la main.

— Oh, bordel ! fut la réponse qu'elle obtint.

— Ah, et Gary, je veux que les corps des deux femmes soient ramenés à Quantico, pour complément d'analyses.

— On va se foutre le médecin expert en chef de Boston à dos. Or, c'est un mec plutôt bien et très compétent.

— Je sais et je m'en fous. Je veux l'avis d'Erika.

— Écoutez… on fera selon vos ordres, mais… le Dr Rodney Steward a bonne réputation, en tant qu'individu et légiste. Croyez-moi, c'est pas le cas de tous. En plus… disons qu'il a des amitiés politiques et qu'on n'a pas nécessairement envie de lui pisser sur les godasses.

D'un ton calme, posé, Diane proposa :

— Si vous préférez, c'est moi qui baisserai ma culotte ! Je peux faire pipi sur les godasses de n'importe qui.

Un soupir embêté, puis :

— Non, je m'y colle. Je vous tiens au courant.

Mannschatz raccrocha.

Elle ne contacterait pas Nathan au sujet de cette enquête, le risque était trop grand, et il ne commettrait pas l'erreur de lui en faire le reproche. De surcroît, il devait se consacrer tout entier à une chasse à laquelle la vie de Diane était suspendue : celle de la rabatteuse.

Paris, France, août 2008

Le colonel Yves Guéguen hésita. Sara Heurtel le mettait terriblement mal à l'aise et il avait enfin admis que ce n'était pas seulement parce qu'elle était une mère veuve d'enfant, ni même parce que sa fille abattue était une tueuse en devenir. Ils se tenaient dans la petite entrée qui menait au salon. Elle n'avait pas prononcé un mot, hormis l'inévitable « bonjour ».

— Comme je vous l'ai expliqué au téléphone, je souhaiterais que Victor et vous preniez connaissance d'une série de photos. En réalité, il s'agit d'agrandissements retravaillés par logiciel du DVD d'une caméra de surveillance privée de Neuilly, celle de l'hôtel particulier situé en face, un peu sur la gauche, de l'endroit où…

— Où vous avez retrouvé le corps de Louise.

— C'est cela. La… (Il allait prononcer le mot « chance », et se retint de justesse.) Il s'agit d'un concours de circonstances. Les propriétaires de l'hôtel particulier en question étaient en vacances. Ils sont rentrés il y a deux jours. Durant leur absence, la personne chargée de passer arroser le jardin, s'assurer que tout allait bien et changer le DVD de surveillance, a chargé dans l'appareil un DVD vierge plutôt que d'écraser les anciens avec un nouvel enregistrement. On peut s'asseoir ?

— Excusez-moi, bien sûr. Venez. Je nous prépare un café ?

— Volontiers.

Victor, assis sur le canapé du salon, se précipita vers le grand flic, un sourire ravi aux lèvres, la main tendue :

— Je suis content de vous revoir, monsieur.

— Appelle-moi Yves, j'ai l'impression d'avoir cent ans.

— Cool !

Après un regard attendri pour son fils, Sara disparut dans la cuisine.

Yves Guéguen jeta un regard involontaire autour de lui. Il aimait bien cet endroit, un endroit dans lequel on vivait, dont on avait pris soin. Le salon, et – il en était certain – le reste de l'appartement, était meublé avec goût quoique sans gros moyens. Il détailla le canapé de buffle patiné par une belle usure, la table basse faite d'un épais plateau de chêne sur lequel reposaient des magazines et un gros cendrier en pâte de verre. Le parquet était recouvert d'un élégant tapis persan dont on devinait parfois la trame grisâtre. Une bibliothèque aux étagères lourdes de livres, la plupart en édition de poche, couvrait un mur du sol au plafond. Une collection de sanguines protégées de sous-verre, représentant des visages d'enfants joufflus et des angelots, probablement de la fin ou du milieu du XIXe siècle, était accrochée au mur qui lui faisait face.

Profitant de l'absence de Sara, rassuré par les bruits qui provenaient de la cuisine, Guéguen s'enquit :

— Vous vous en sortez ?

Le regard bleu profond de Victor le fuit. L'enfant murmura :

— Bof. Au fond, on se raconte des histoires l'un à l'autre pour se remonter le moral…

Yves Guéguen hocha la tête avec lenteur. L'effroyable maturité des enfants de la débâcle. Le profileur l'avait constatée à maintes reprises. Elle laisse toujours des séquelles. La maturité est censée nous modifier graduellement. Elle fond à la manière d'une tornade malfaisante sur ces enfants, les laissant désemparés, coincés entre deux univers, les cendres de leur enfance et un monde adulte dans lequel ils sont perdus.

— … mais bon, poursuivit le jeune garçon, on est tous les deux. C'est le principal.

— Tu as raison.

Désireux de changer de sujet, Victor lança :

— Maman vous a dit qu'on allait déménager ?

— Non.

— Elle a signé… je sais plus comment ça s'appelle, le papier à l'agence.

— Le compromis de vente ?

— C'est ça. C'est un appart super cool dans le XVe arrondissement. Bien plus grand qu'ici. Y a même un hangar à vélos dans la cour intérieure.

— C'est une très bonne idée, approuva Yves Guéguen avec sincérité. Il faut… changer de lieu, de temps en temps.

Une ombre voila le regard bleu. Victor se contenta d'un :

— Ouais.

Sara revint de la cuisine, portant un plateau chargé de deux tasses fumantes et d'un verre de jus d'orange qu'elle déposa sur la table basse.

Il se fit la réflexion déplacée et surtout un peu mièvre qu'elle lui manquait, ses gestes, sa voix, tout d'elle lui manquait. Il déclara d'un ton plat :

— Victor vient de m'annoncer que vous déménagiez.

— En effet. Ça nous a pris sur un coup de tête. En plus, une belle opportunité immobilière s'est présentée. Il va maintenant falloir s'attaquer aux cartons.

— Oh, c'est juste un mauvais moment à passer, et puis ça donne l'occasion de faire un peu de ménage par le vide… (Craignant qu'elle ne se méprenne sur le sens de ses mots, il rectifia de façon maladroite :) Enfin, je veux dire… on a tous tendance à entasser des choses inutiles…

— Rassurez-vous, je n'y avais vu aucun sous-entendu indélicat.

Ils s'assirent sur le canapé pendant que Victor s'installait en tailleur devant la table basse.

Yves Guéguen extirpa une chemise cartonnée de son cartable. Une panique brutale saisit Sara. Elle s'admonesta : non, Guéguen ne serait pas assez crétin et insensible pour produire, en présence de Victor, une photo de Louise montant les marches d'un perron, vers l'abattoir. Le profileur étala sur la table trois feuilles A4, des sorties d'imprimante couleur, en expliquant d'un ton aussi neutre que possible :

— Le propriétaire de l'hôtel particulier équipé du système de vidéosurveillance est banquier d'affaires.

Toutefois, il a de toute évidence raté sa vocation : c'est un fou de séries policières anglo-saxonnes. Il est vrai que le métier de flic est beaucoup moins lucratif. Il s'est demandé si sa caméra n'avait pas capté des images intéressantes et il a visionné le DVD correspondant à... l'après-midi concerné. Il a fait installer un système très sophistiqué. Ce genre de caméra ne filme pas en continu, ce serait inutile, sauf lorsqu'un objet ou une personne coupe le faisceau du laser qui balaie un certain angle, c'est-à-dire le perron de sa maison. Sans cela, l'appareil prend quelques clichés tous les quarts d'heure ou toutes les demi-heures, tout dépend du réglage et de la paranoïa du propriétaire. Ça réduit considérablement la corvée du changement de DVD.

Sur le premier cliché, un homme assez grand, châtain plutôt clair, vêtu d'une redingote de cuir noir, un sac à dos jeté sur l'épaule et chaussé de bottes, descendait les marches d'un perron, la tête légèrement inclinée vers le bas. Il portait les mêmes lunettes de soleil que l'Américain de la terrasse de café, rectangulaires, incurvées sur les côtés, aux verres très sombres. Sur le suivant, le même homme foulait le sol de gravier. Cette fois-ci, le visage un peu relevé, il semblait fixer un point au loin, situé sur sa droite. Le dernier montrait l'arrière d'une Porsche noire qui attendait la complète ouverture d'un haut portail en fer forgé pour s'engager dans une allée gravillonnée. Sara désigna la feuille de l'index :

— Je suppose que... c'était l'arrivée, non ? Les deux autres correspondent au... départ de l'homme.

— C'est cela.

Le doigt posé sur le dernier cliché, elle insista :

— Il y en avait d'autres ?

— Non… des prises inutilisables par le logiciel de traitement d'images, mentit Guéguen avec un aplomb qui ne convainquit pas Sara.

Elle récupéra sa tasse de café et but une gorgée, s'efforçant au calme. Le regard de Guéguen passa de la femme au garçonnet. D'une voix très douce, il demanda :

— C'est lui ?

— Oui, affirma Sara sans une hésitation. C'est l'homme que nous avons croisé rue de Rivoli.

Victor, le front plissé, détaillait les deux agrandissements. Yves le poussa avec gentillesse :

— C'est bien lui ?

— Ben, j'hésite…

— Enfin, Victor, c'est lui, sans ambiguïté.

— Laissez-le réfléchir, Sara.

— Je sais pas, reprit le jeune garçon… le nôtre, enfin, celui de la terrasse de café était plus grand, moins… costaud, je trouve, et puis je crois bien que ses cheveux étaient plus clairs.

— Ça peut être un léger artefact dû au logiciel de traitement de l'image, suggéra le flic.

Fixant sa mère, Victor déclara :

— Je suis désolé, maman, mais je peux pas être certain. Il lui ressemble, c'est sûr, mais…

— Ce n'est pas grave, chéri.

— C'est d'autant moins grave que nous sommes parvenus à déchiffrer la plaque minéralogique de la Porsche. Elle nous a permis de remonter jusqu'à une compagnie de location de véhicules de luxe. La voiture a été louée par un Nathan Hunter, citoyen américain, résidant dans le Colorado. On vérifie avec nos collègues outre-Atlantique mais, à mon avis, toutes ces précisions sont bidon. Quoi qu'il en soit, nous avons diffusé ces photos à toutes les forces de police internationales, sans oublier celles des aéroports.

— Vous pensez avoir une chance de l'arrêter ?

— C'est fort possible.

— Où sera-t-il jugé ?

— A priori, il est américain, mais des mandats d'arrêt ont été lancés contre lui dans plusieurs pays, dont la France et les États-Unis.

Yves Guéguen parut réfléchir puis s'adressa à Victor :

— Écoute… j'aimerais discuter deux minutes avec ta mère. Ça ne t'ennuie pas ?

Le garçonnet se leva sur un signe de dénégation et fila vers sa chambre, escorté par le regard de Sara qui attendit qu'il ait refermé la porte derrière lui pour attaquer à voix basse :

— Louise apparaissait sur des photos, n'est-ce pas ?

— En effet. Un cliché pris alors qu'il ouvrait la porte de l'hôtel particulier.

— Avait-elle… enfin, je veux dire, semblait-elle…

— Ni contrainte, ni effrayée. Selon moi, il l'a sans doute draguée… il est très beau mec, a de l'assurance, l'air riche… Ça plaît aux adolescentes. Sara, je m'en veux de vous harceler avec ça. Cependant, c'est crucial. Vous avez dû croiser la route de cet homme, avant le café de la rue de Rivoli.

— Non, je vous assure que non. J'y ai réfléchi encore et encore. J'ai une excellente mémoire, c'est préférable dans mon métier. Je m'en souviendrais. Ou alors dans la foule, une salle de cinéma, de théâtre, les transports en commun, lors d'une exposition, mais pas de façon… personnelle, si je puis dire.

L'incertitude creusa les joues du profileur et il lâcha d'un ton dont elle perçut la nervosité :

— Lorsque nous avons reçu le DVD, obtenu des agrandissements d'assez bonne qualité, j'étais aux anges. Je me suis dit qu'il venait de commettre sa première erreur. Je me trompais. (Il désigna la deuxième feuille A4, la photo sur laquelle Nathan Hunter avait le visage levé et fixait un point au loin, et expliqua :) Là, vous savez ce qu'il regarde ? La caméra de surveillance.

— Vous voulez dire qu'il a fait exprès de se laisser filmer ?

— C'est ce que je pense. Il connaissait son existence. On ne le voit que de dos sur les photos de son arrivée. En revanche, Louise est de profil, elle le regarde. Une fois… que tout a été terminé, il pouvait sortir par l'arrière, par le jardin. Il y a une petite porte qui donne dans une rue parallèle. Je suppose qu'il devait aussi en avoir la clef. Il pouvait également longer au plus près le haut mur de la propriété. La caméra n'aurait pu le filmer. Au lieu de cela, il a préféré l'entrée principale, et a descendu tranquillement les marches du perron, sans même tenter de cacher son visage.

— Enfin… pourquoi ?

— Parce qu'il prévoyait que nous récupérerions ce DVD. Il l'espérait. Il espérait que je vous montrerais sa photo. Il n'a aucun moyen de savoir que vous vous êtes souvenus de lui, de ce jour-là, rue de Rivoli. Il voulait s'assurer que vous sauriez qui il était.

Elle fournit un effort pour conserver un ton bas et s'exclama :

— C'est délirant ! Ce type est recherché dans je ne sais pas combien de pays et il… m'envoie sa photo !

Yves Guéguen en vint à la véritable raison de sa visite : la peur brutale qui l'avait envahi lorsqu'il avait examiné les clichés de la caméra de surveillance. Il avança avec prudence :

— Sara… Avant tout, rien, je dis bien rien, ne me permet de supposer que j'aie raison. Vous connaissez les flics : nous sommes paranoïaques de profession…

Sa minuscule plaisanterie tomba à plat.

— Je voudrais que vous soyez extrêmement prudente. Vraiment. Évitez les endroits déserts. En réalité, si vous et Victor pouviez quitter Paris quelque temps, ce serait idéal…

Elle le considéra durant quelques instants en silence. Il s'en voulut de la trouver si attirante, bouleversante. Il perdait son objectivité et ce n'était vraiment pas le moment. Il avait besoin de garder les idées claires, et d'être en possession de toutes ses facultés pour les protéger, elle et son fils. Elle murmura :

— Vous pensez qu'il pourrait vouloir nous… tuer ?

— Non, ce n'est pas…

— La vérité ! exigea-t-elle. La vérité. Moi, à la limite… mais Victor, jamais !

— Non, franchement pas, et pour une excellente raison. Ce serait déjà fait. Il aurait profité de son séjour à Paris. Cela étant, je me méfie par expérience de… l'intérêt d'un tueur en série.

D'une voix dure, elle le rembarra :

— Vous tentez de me rassurer. Vous n'en savez rien, n'est-ce pas ?

Il se leva pour prendre congé et la regarda. Un regard dans lequel elle lut la peur.

— Au moindre doute, si ridicule soit-il, vous m'appelez. À n'importe quelle heure du jour ou de la nuit. Soyez prudente, je vous en conjure.

La porte palière se referma derrière lui. Sa tasse de café vide serrée entre les mains, Sara attendit. Cent idées s'entrecroisèrent dans son esprit, toutes plus ineptes les unes que les autres. Victor refuserait de partir, de quitter Paris et de la laisser. Idiote qu'elle était : séparer son fils d'elle reviendrait à le rendre complètement vulnérable. De toute façon, ils n'avaient aucun endroit où aller, sauf à sillonner la France de long en large en prétextant des vacances surprises. *Crétine, il faudra bien que vous rentriez un jour ou l'autre.* Aucune de ses hypothèses de fuite ne la convainquit. Ils étaient seuls, si seuls. Faire face demeurait la seule option.

Sara attendit. Elle attendit le déferlement de la peur, de la terreur. Il ne vint pas. Une implacable détermination s'y substitua : personne ne ferait de mal à son fils. Même si elle devait y laisser sa peau.

Le visage finement ridé, les cheveux frisés blond-roux peu à peu colonisés par des mèches argentées, le regard dérangeant lui revinrent à l'esprit. Diane Silver. Diane allait remonter jusqu'au tueur, ce Nathan Hunter. Elle en avait le pouvoir. Sara s'en voulut de ne pas en avoir parlé avec Yves Guéguen, qui n'avait pas mentionné une seule fois la profileuse.

Yves Guéguen. Elle avait perçu sa peur sous ses dehors policés et lisses. Il craignait pour sa vie et celle de son fils. S'agissait-il uniquement d'une crainte théorique ? Elle avait également senti sa puissance, son inflexibilité. Non, elle n'était pas seule.

Victor poussa doucement la porte entrebâillée de sa chambre. Il n'avait pu tout entendre. En revanche, il avait assez appris des bribes de conversation qu'il était parvenu à saisir pour se forger une certitude. Yves avait tort. Nathan Hunter ne leur voulait aucun mal. Le petit garçon avait perçu son espèce de bienveillance lors de cette brève rencontre rue de Rivoli. Nathan Hunter connaissait sa mère, bien qu'elle ne s'en souvînt pas. Il les protégeait. C'était pour cette raison qu'il avait tué Louise et son dégénéré de sire Faustus. Pour cette raison également que Victor avait feint l'incertitude devant les photos. Nathan Hunter protégeait sa mère, Victor en était maintenant certain. Il devait le mettre en garde. Mais comment ? À nouveau, il maudit son jeune âge. Même si son cerveau trop jeune était sorti de son ombre enfantine pour accéder à la lumière crue et sans charme du monde adulte, Victor ne savait que tenter.

Base militaire de Quantico, États-Unis, août 2008

Diane hésita. Que pourrait-elle taper sur son ordinateur de bureau ? Rien concernant ses enquêtes, à l'évidence. Chercher un site de prévisions astrologiques ? Pas mal. À la réflexion, non. Si Pliskin piratait à nouveau son appareil, il se ferait fort d'affirmer qu'elle était irrationnelle, au point de mener sa vie grâce aux astres. La météo. La météo du monde entier. Excellent, surtout pour une femme qui ne voyageait jamais, sauf contrainte et forcée.

Il faisait terriblement chaud en Afrique, rien de surprenant en plein mois d'août. Il pleuvait sur l'Europe occidentale qui s'offrait un été médiocre en dépit du réchauffement climatique. La Californie manquait d'eau, une situation qui devenait chronique aux chaleurs. Il…

Le coup de poing asséné contre la porte de son bureau la tira de son ennui. Gary, escorté de Mike, pénétra à son invitation. Gary déposa un gobelet de café sur la plaque de Plexiglas en commentant :

— Je ne suis pas sûr que ce ne soit pas le baiser de la mort, mais bon ! Grâce au fichier des personnes disparues, à la zone que vous avez définie et aux portraits reconstitués, on a les noms des deux femmes retrouvées dans les cages. Vous aviez raison, Christina Genovese, quarante et un ans, résidait à Holbrook, et Alice McKern, vingt-quatre ans, à Whitman, soit dans les deux cas à une centaine de kilomètres du cottage. Nous avons contacté les proches. Genovese était prof d'anglais dans un bahut religieux. Disparition signalée en juin 2007 par son ex-mari qui redoutait un suicide. Elle venait de divorcer. Sans enfant. De gros problèmes hormonaux. C'était la raison du départ de son mari. Il avait mis une de ses collègues enceinte et il voulait le bébé. C'est lui qui nous l'a avoué. Il était désolé, désolé, mais cet enfant était sa raison de vivre.

— Le genre de rupture qui démolit une femme. Non seulement elle se fait plaquer alors qu'elle n'est plus dans sa prime jeunesse, mais en plus on la quitte parce qu'elle est stérile. Donc, à ses yeux, coupable. C'est crétin, je sais. Pourtant, ça fonctionne de cette façon. Le rapport des femmes à la maternité est inextricable.

— Ouais, mais bon, d'un autre côté, un type peut vouloir un gosse, intervint Mike Bard, d'un ton un peu penaud.

— C'est tout à fait légitime et normal, en effet. Il aurait pourtant pu le lui faire savoir plus tôt. Avant qu'elle se rassure en se convainquant qu'il l'aimait en dépit du fait qu'il n'aurait pas de descendant. Peu importe. Et l'autre ? Je suis sûre que l'autre a également pris une grosse claque. Professionnelle, sentimentale ?

— Les deux, répondit Gary Mannschatz.

Mike Bard poursuivit :

— Elle était programmatrice dans une boîte d'informatique de moyenne importance, qui marche bien. On a discuté avec sa copine, celle avec qui elle partageait un appartement. C'est elle qui a signalé sa disparition, en avril 2007. Alice McKern s'est amourachée du patron, le genre beau mec intelligent et intello. Seule ombre au tableau, c'est la femme du patron, une avocate requin, spécialisée dans les divorces à fort potentiel – traduisez par pognon – qui finance les gros investissements de la boîte. Lorsqu'elle a eu vent de la liaison de son mari, elle a mis les pieds dans le plat. Il n'a pas hésité, le bel intello. Il a viré Alice de son plumard et de son boulot. Elle a fait une dépression nerveuse. Elle y croyait, à sa magnifique histoire d'amour.

— La chose qui me sidère, c'est pourquoi les femmes se font toujours piéger par les mêmes histoires éculées. J'en ai vu des dizaines, des centaines, toujours le même scénario, à quelques variantes près. Ça fait des milliers d'années que ça dure ! Remarquez, les mecs ne sont pas plus malins, observa Gary.

— Parce que nous avons tous tant besoin d'être aimés, inutile d'aller chercher plus loin, sourit Diane. Un auteur français, dont j'ai oublié le nom, a un jour écrit : l'esprit vient aux femmes en aimant. C'est une des plus grosses conneries que j'aie jamais entendues ! Les femmes perdent tout sens critique lorsqu'elles sont amoureuses. Les hommes aussi. L'amour est aveugle, ça fait partie de son charme et de son danger. Revenons à Alice et Christina. Quoi d'autre ?

— Pas grand-chose. Faut vous dire qu'on a tâtonné, vu qu'on ne savait pas dans quel sens orienter les témoignages de proches. On a besoin de vous sur ce coup, martela Mike Bard.

— Je sais, mais je ne sais pas encore. Je me comprends… Il me manque des éléments et vous ne pouvez pas me les fournir parce qu'ils sont déjà devant mon nez. Il suffit que je parvienne à les identifier.

— On a Pliskin et, dans une moindre mesure, Edmond Casney aux fesses, argumenta Gary.

Diane hocha la tête. Ses priorités étaient ailleurs. Ses priorités étaient ces deux femmes. Quant à Pliskin, elle l'emmerdait à pied, à cheval et en voiture. Elle résuma :

— Nous nous retrouvons donc avec deux victimes très fragilisées d'un point de vue psychologique, idéal.

— Ouais, mais les tueurs ne pouvaient pas le savoir… à moins de les avoir connues, remarqua Gary Mannschatz.

— J'ai rencontré des types étonnants au cours de mes interviews de tueurs et violeurs en série, aidés par une sorte de don inné pour la psychologie, pour le mensonge et la ruse aussi, rectifia la profileuse. Très forts. Ils sont capables de… flairer une victime. Rien qu'à la façon dont une femme marche, incline la tête, ils savent si elle sera docile ou s'ils risquent d'avoir affaire à trop forte partie. C'est dans ce sens qu'il faut creuser : l'état de victime, celui qui attire les prédateurs comme un aimant. En tout cas, merci à vous. Vous avez fait du bon boulot. Il faut que je réfléchisse.

Bel Vista, États-Unis, août 2008

La frêle silhouette de la technicienne de scène de crime du FBI, spécialisée en anthropologie médico-légale, emmitouflée dans une combinaison blanche qui la couvrait du sommet du crâne aux pieds, dévala l'escalier qui débouchait dans la cave et rejoignit les trois hommes, eux aussi vêtus de protections.

L'un d'eux, appuyé sur la poignée de son marteau-piqueur, lui lança :

— Anna, on commence par quel coin ?

— Attends, Kevin. Pas la peine de se précipiter. On réfléchit avant.

Anna Levy balaya le sol de la cave du regard, se remémorant les instructions de Diane Silver. En dépit de l'admiration qu'elle éprouvait pour la profileuse, celle-ci lui faisait un peu froid dans le dos. Elle se souvint du regard inflexible et trop pâle lorsque Diane lui avait déclaré :

— Je suis certaine que nous trouverons d'autres petites dames enterrées. J'opte pour le sol de la cave. En toute logique, il devrait être cimenté. De surcroît, la cave était leur tanière, leur nid, c'est là que tout se déroulait, et ça leur garantissait le maximum de discrétion. Toutefois, je n'exclus pas le jardin, dans un coin qu'on ne pourrait apercevoir de la route ou d'ailleurs. Tentez tout ce que vous pourrez en essayant de ne pas retourner leurs os, ce qui compliquerait considérablement l'estimation de la date de leur meurtre et leur éventuelle identification. Ah, cela vous aidera peut-être… ces meurtriers sont intelligents, organisés, ils n'ont donc pas fait n'importe quoi, au contraire de certains de leurs congénères qui enterrent leurs victimes en position verticale, ce qui est quand même beaucoup moins futé.

Devant le regard perplexe d'Anna, elle avait ajouté d'un ton léger :

— Ben, oui. Il faut alors creuser un trou étroit, dans lequel les mouvements de la pelle sont malaisés, et d'au moins un mètre soixante-dix de profondeur. Pas simple. Pourtant, ce n'est pas si rare que cela.

— On soulève tous les tapis. On les roule, ordonna la jeune femme sans faire mine de participer.

Les trois hommes s'exécutèrent. Aucune différence de tassement de la terre n'indiquait qu'elle avait été retournée, du moins récemment.

Réfléchissant à haute voix, Anna déclara :

— A priori, on garde la plaque de ciment sous le réfrigérateur pour la fin.

« Intelligents » et « organisés », avait dit la profileuse. À moins de s'équiper d'appareils pour creuser, la terre tassée depuis des décennies est très dure à attaquer. Anna sentit la sueur lui dégouliner le long des flancs. Il faisait une chaleur insupportable sous ces combinaisons.

Son regard revint vers les deux cages. Elle s'interdit d'imaginer ce qui avait pu s'y dérouler. Cela ne faisait pas partie de son boulot et elle en était soulagée.

— La moquette. On roule la moquette des cellules. Je vous parie ce que vous voulez qu'elle est juste posée sur un feutre bitumeux, pour éviter qu'elle ne moisisse et que la poussière de terre ne remonte trop.

Les trois hommes déménagèrent les lits, les chaises et les bureaux, soulevèrent la moquette, dévoilant la couche d'isolant d'un noir un peu verdâtre. Une terre plus sombre, plus meuble apparut sous le feutre.

Merde, songea Anna. Et en plus, ils les faisaient vivre, aller, venir, dormir au-dessus de celles qu'elles allaient rejoindre !

— Allez, on y va. C'est en dessous. On creuse, tout en délicatesse. On ne sait pas combien il y en a. Kevin, tu fais gaffe avec le marteau-piqueur. Tu défonces juste la couche supérieure qui est la plus sèche. Sur dix centimètres, pas plus. Ensuite, on passe en manuel, avec les pelles, et on tamisera la zone en dernier. De la finesse, on n'est pas pressés !

Base militaire de Quantico, États-Unis, août 2008

Les reins appuyés contre la table d'autopsie en Inox, Erika Lu poursuivit :

— Vous savez déjà que nous avons sept nouveaux squelettes, dont six humains. Pour les six premiers, aucune blessure par balle, ni à l'arme blanche, n'est détectable. Strangulation manuelle… j'en doute : l'os hyoïde est intact, ce qui n'est pas une preuve absolue, même si les fractures sont fréquentes dans ce genre de cas… en plus, la résistance de l'os en question varie aussi en fonction de l'âge de la victime. Le dernier squelette est un chien de petite taille, à poils assez longs, abattu d'une balle semi-blindée dans le crâne.

— Ils avaient aussi enlevé le chien ? s'étonna Diane.

— À moins qu'il n'appartienne pas à l'une des victimes. Peut-être à l'un des tueurs. Ce qui est intéressant, c'est que le tamisage de la terre a permis de retrouver la puce d'identification. Le propriétaire de l'animal s'appelle Paul Miltner. Mike Bard est dessus. La comparaison dans l'IBIS[1] des rayures portées par le projectile n'a rien donné.

— Ils sont trop malins. Si ce sont bien eux qui ont abattu l'animal, ils se seront servis d'une arme qui n'a jamais été mise en relation avec un crime quelconque.

— En revanche, Anna Levy n'a rien découvert d'autre, hormis les restes des différentes victimes. Pas un bouton, pas un lacet de chaussures, rien. Ils les ont totalement déshabillées avant de les enterrer, conclut Erika Lu.

Un sourire mauvais étira les lèvres de Diane, qui résuma :

— Ils pensent à tout, ces petits gars ! Au cas où, ils retardaient considérablement l'identification. Toutefois, ils ont commis une erreur : la puce. Ils ignoraient que l'animal avait été implanté… Donc, ce n'est pas le leur. Ça ne leur est pas venu à l'esprit. On peut supposer que ça remonte à assez loin. Je crois me souvenir que les vétérinaires ont commencé à s'équiper de lecteurs de puces électroniques au tout début des années 2000. À l'époque, on pratiquait surtout le tatouage. Je ne sais pas à quoi leur bourde pourra me servir, ni même si elle va me servir, mais elle me fait chaud au cœur : ça prouve qu'ils ne sont pas infaillibles ! Au demeurant, je ne crois pas à l'infaillibilité humaine. Cependant, jusque-là, ils avaient fait un sans-faute, et sans cette fuite d'eau… Vous avez d'autres choses pour moi ?

---

1. L'Integrated Ballistic Identification System, un système d'expertise balistique, stocke les données et permet des comparaisons des déformations portées par les projectiles.

— Les empreintes ADN sont en cours. J'ai prélevé au niveau de la diaphyse fémorale, c'est classique, ça, et les molaires. Étant donné l'état de squelettisation des six victimes les plus anciennes, celles qui ont été déterrées, je dirais qu'elles sont mortes depuis quelques années, mais depuis moins de dix ans si j'en juge par la présence de graisses dans le tissu osseux spongieux. Cela étant, c'est terriblement variable. Ça dépend de la nature et de l'activité biologique dans le sol, de la température, de l'humidité… bref, un vrai casse-tête. L'anthropologue médico-légal prendra bientôt le relais. Les squelettes sont trop anciens pour moi. Je parviendrais à des estimations très approximatives. Il faut un spécialiste.

— Il est donc fort possible que les empreintes digitales un peu brouillées retrouvées dans les deux cellules aient été celles des victimes précédentes, ces six femmes ?

— Il n'y avait que cinq types d'empreintes en plus de celles des deux victimes les plus récentes et des deux hommes, rectifia la légiste. Et…

Elle plissa les lèvres, feignant l'embarras et l'agacement. Pourtant, une lueur amusée flotta dans son regard gris pailleté d'or. Diane songea qu'elle se décoinçait un peu en sa présence, perdant de sa netteté si lisse.

— Et ?

— Vous venez de me fâcher définitivement avec mon bon confrère de Boston, le Dr Ronald Steward.

À son tour, Diane prétendit l'effroi :

— Oh, mince ! Un ballotin de très bons chocolats en compensation, ça vous va ?

Reprenant son sérieux, Erika poursuivit :

— Je ne rigole pas, il est vraiment fâché. J'ai reçu trois mails très secs.

— Parce que j'ai exigé le transfert des deux dernières victimes à Quantico ? Ben, donnez-lui mon adresse de messagerie, on va s'expliquer.

— Holà ! Certainement pas. Avec votre sens inné de la diplomatie, il risque de débarquer ici et de nous faire un coup de sang. Il a un caractère… marqué.

— Moi aussi.

Redevenant sérieuse, Erika expliqua :

— Diane… Je ne peux pas me permettre d'être à couteaux tirés avec des confrères, surtout lorsqu'ils sont compétents et pas désagréables. Vous savez, dans notre domaine, si quelqu'un décide de faire de la rétention d'informations parce qu'il a une dent contre vous, c'est très gênant. Vous perdez un temps fou. D'autant que… Le Dr Steward, en dépit de ses qualités professionnelles, ou à cause d'elles, se considère un peu comme Dieu. Dieu n'aime pas qu'on le prenne par-dessus la jambe.

Diane soupira et proposa :

— Je peux putasser pour vous rendre service. Ça ne me pose aucun problème. Je vais lui tartiner un mail de plates excuses, en lui expliquant que je vénère Dieu en lui, qu'il est le plus grand, le plus beau, le plus intelligent, que j'adore sa coupe de cheveux et je lui demanderai une photo dédicacée. Ça peut vous aider ?

Erika réprima un pouffement et compléta :

— C'est trop tard et là, c'est moi qui me suis mise toute seule dans la panade. J'ai trouvé quelque chose. C'était la surprise que je vous réservais. Steward va me détester parce qu'ils sont passés à côté, et puisqu'il ne se le pardonnera pas, il ne me le pardonnera pas non plus. Logique !

— Surprise ? Je suis tout ouïe.

— Vous aviez raison. Il y avait autre chose. Attention, il est assez… Enfin… plutôt normal qu'ils n'y aient pas pensé. À Boston, je veux dire. Je n'aurais peut-être pas poussé si loin sans votre insistance. (Elle marqua une courte pause et rectifia :) Peut-être que j'y aurais quand même pensé.

— Je meurs d'envie d'en savoir plus, s'impatienta Diane.

— Venez, l'invita-t-elle en se dirigeant vers son ordinateur.

Elle afficha des empreintes ADN à l'écran en expliquant :

— J'ai d'abord songé à un contaminant… Je vous montre : à droite, cette échelle, c'est la victime la plus jeune. À gauche, l'ADN nucléaire étranger retrouvé dans son utérus. Il a fallu une bonne amplification. L'utérus est assez résistant, comme les ligaments et les tendons. On en retrouve encore après la décomposition de la plupart des autres tissus non osseux. L'ADN, sauf conditions drastiques pour lui, est très costaud. Vous remarquerez les similitudes des deux profils. Elle était enceinte, l'embryon est mort avec elle… C'est confirmé par l'ADN mitochondrial, qui ne provient que de la mère…

Les doigts de la légiste volèrent sur le clavier, une nouvelle empreinte s'afficha à côté des deux autres.

— Le sujet masculin retrouvé le crâne fracassé dans l'une des cellules était le père.

Diane s'enquit, à tout hasard :

— Je suppose que vous n'avez pas une cigarette quelque part ?

— Je n'ai jamais fumé. Désolée.

— Et vous avez bien raison. Peu importe. Pourquoi ne suis-je pas étonnée par ce résultat ? Je vous remercie, Erika. Vous m'êtes, à l'habitude, d'une aide précieuse. Pourriez-vous conduire le même type de recherches sur les autres victimes, plus anciennes ?

— Je peux tenter le coup, notamment sur des prélèvements de terre. Je vous préviens tout de suite que je n'ai pas grand espoir. Aucun, pour être franche. Là, c'était plus simple. J'avais à ma disposition un utérus encore relativement préservé. Il n'y a pas trente-six sources possibles d'ADN humain qui peuvent se retrouver dans un utérus.

Digérant l'ensemble des informations, Diane Silver remonta en flânant vers son bureau. Mike Bard l'attendait, dos appuyé au mur, face à la porte qu'elle prenait toujours soin de verrouiller, même lorsqu'elle se rendait aux toilettes. Cher Bob disposait sans doute d'un passe. Toutefois, trouver porte close le mettait hors de lui. Or, tout ce qui exaspérait cher Bob réjouissait Diane.

— Des nouvelles ? lança-t-elle en parvenant à la hauteur de Mike.

Il n'attendit pas qu'elle fasse jouer la clef dans la serrure pour attaquer :

— Ouais. Le chien était un yorkshire mâle, né le 27 mars 2002. Il appartenait à un certain Paul Miltner, domicilié à Abington, dans l'État du Massachusetts – en d'autres termes à environ cent vingt kilomètres du cottage –, marié à une Cassandra. Après quelques vérifications, j'ai obtenu d'autres renseignements, notamment auprès de sa belle-sœur, la sœur de Cassandra. Elle vit non loin de là où habitait le couple. À ce sujet, pour ce que ça vaut, le yorkshire était un cadeau de Paul Miltner à son épouse. Miltner avait monté une petite entreprise de plomberie. Il est mort en février 2004 d'une crise cardiaque dans l'ambulance qui le conduisait aux urgences. Ils n'ont pas pu le ranimer. Il avait quarante-cinq ans…

Ils s'installèrent, elle derrière son bureau, coudes fermement plantés sur la plaque de Plexiglas, et lui en face, sur le fauteuil. Elle alluma aussitôt la cigarette qu'elle désespérait de fumer depuis son petit tour dans l'univers froid et très aseptisé d'Erika. Mike Bard poursuivit :

— La fille du couple, Valerie Miltner, dix-neuf ans à l'époque, qui faisait des études d'infirmière, a signalé la disparition de sa mère, Cassandra, en septembre 2004, sept mois après le décès du mari.

— Vous avez discuté avec elle ?

— Oui, par téléphone, de façon assez brève. Dès que j'ai évoqué sa mère, je l'ai sentie à cran. Elle voulait savoir, tout en redoutant d'apprendre sa mort. Je suis resté très évasif.

— Vous avez bien fait. C'est une réaction classique chez les proches de disparus. L'incertitude les ronge, bouffe leur vie. D'un autre côté, ils sont terrorisés à l'idée d'apprendre que tout est terminé depuis longtemps. Enfin, du moins les proches aimants. Les autres veulent juste pouvoir disposer de l'héritage et il faut que le décès soit légalement prononcé. Sans cadavre, c'est très long.

— On en revient à votre immense passion pour l'humanité ?

Elle le fixa, sincèrement surprise :

— Pourquoi, vous trouvez qu'il y a matière à passion ? Cela étant, je comprends l'impatience d'héritiers dans le cas d'une odieuse grand-tante, d'un père tabasseur, ou d'une mère égocentrée. Inutile de perdre son temps à regretter des êtres qui n'ont rien fait de leur vivant pour mériter les regrets. Continuez, je vous en prie.

— La mère, Cassandra donc, était en dépression sévère depuis le décès de son mari. De toute évidence, le couple marchait très bien. Elle était sous neuroleptiques et elle consultait quelqu'un. J'ai cru sentir que Valerie, qui étudiait à quatre cents kilomètres de chez ses parents, s'en voulait de ne pas avoir tout lâché pour s'occuper de sa mère. Elle a insisté à trois reprises sur le fait que Cassandra lui avait interdit d'interrompre ses études, affirmant qu'elle allait mieux, qu'elle remontait la pente.

— Et notre association père-fils l'a flairée... une victime idéale, sans résistance. Nous reste le chien. À moins d'une passion pour les animaux, ces deux tordus n'allaient pas s'emmerder avec un clébard à nourrir, dont il aurait fallu nettoyer la pisse et les excréments, à moins d'imaginer qu'ils le baladent dehors. D'ailleurs, ils l'ont de toute évidence abattu d'une balle dans la tête, et, selon moi, très rapidement.

— Je sais pas... ce qui est certain, c'est que Valerie m'a confié que sa mère avait un amour délirant, quasi pathologique, pour le york. Il s'appelait Billy. Pas très original mais sympa. Elle le considérait comme un bébé. Elle a tout reporté sur lui, je suppose. Valerie a précisé que sa mère parlait du chien comme d'une personne, avec laquelle elle discutait, qui lui faisait savoir s'il était d'accord ou pas, qui la consolait, ce genre de plan.

— Oui, merci aux chiens et aux chats de savoir nous rattraper lorsqu'on glisse trop loin. Justement, c'est ça qui me trouble. Depuis le début. Enfin, je veux dire la découverte du squelette du chien.

— Quoi ?

— Elle aimait le chien comme un enfant ? Son mari était mort, sa fille au loin. Il ne lui restait que son bébé – Billy – pour ne pas perdre tout à fait les pédales, sa raison de vivre. De plus, il s'agissait d'un présent de son mari décédé, un point important, le chien s'amalgamant avec le mari, devenant, en quelque sorte, sa dernière empreinte vivante, organique. Si Cassandra avait senti que le chien était menacé, elle l'aurait lâché. Elle se serait débrouillée pour qu'il ne soit pas embarqué avec elle. En conclusion, elle n'a jamais perçu le danger, du moins jusqu'à ce qu'elle arrive au cottage.

Diane se renversa contre le dossier de son fauteuil. Le plat de sa main s'abattit avec violence sur la plaque de son bureau. Elle s'exclama :

— Oh, bordel, qu'ils sont bons, ces enfoirés !

L'espèce de vitalité qu'il perçut dans sa voix choqua Mike Bard, en dépit de ses années de guerre contre le crime et de ce qu'il se plaisait à appeler son cynisme bon teint.

— Ça vous aide ? demanda-t-il d'un ton pincé.

— Bien sûr. Il faut maintenant que je trouve comment ils se sont démerdés, non pas pour enlever toutes ces femmes, mais pour les convaincre de les suivre, sans qu'elles s'inquiètent. Je suis certaine que le plan qui a fonctionné avec Cassandra a marché avec les autres.

Il se leva. Elle le retint d'un geste de poignet.

— Attendez deux minutes. Je voudrais vous poser une question théorique. Je suppose que vous n'êtes pas particulièrement paranoïaque au sujet du sexe, j'ai tort ?

— Euh… j'suis pas sûr de saisir. Est-ce que j'ai peur de coucher avec une fille qui va tenter de me la couper, ou de m'arracher les mamelons d'un coup de dents au comble de l'orgasme ? Ça s'est produit… La réponse est non.

— Bien. Vous levez une femme, en admettant même qu'elle ne vous soit pas une complète étrangère. Préservatif ou pas ?

— Un peu, oui ! Même ma voisine que je connais depuis des lustres et qui est une fille – pardon, une femme – qui a dû coucher avec trois mecs en dix ans, je me couvre. Le *bare-back*, c'est un truc que je ne comprends pas. J'ai pas de jugement, d'accord… d'ailleurs si, je trouve ça crétin. Je connais aucun mec qui s'y risquerait à moins d'avoir du goût pour la roulette russe. Chacun ses fantasmes et je m'en fous. D'autant que plein de gens sont infectés par le sida ou l'hépatite B et ne le savent pas eux-mêmes. En plus, y a ceux qui ne l'avoueront jamais parce qu'ils ont peur d'être rejetés. S'ajoutent à cela les fondus qui n'en ont rien à foutre de vous filer leur maladie. Préservatif et même deux, même si… enfin, je veux dire… !

— Ce n'est pas aussi bien, surtout pour les fellations ? Euh… Je vous rassure, je ne suis plus vierge !

— Non, mais bon… enfin, ce sont pas des discussions de salon, surtout avec une femme, bougonna Bard. Pour en revenir au préservatif, j'ai lu des statistiques. Y a des types, strictement hétérosexuels, qui au début de l'épidémie du sida ont commencé a avoir des rapports sexuels non protégés avec des homos. À mon avis, un truc suicidaire inconscient. La grande équation entre le sexe et la mort.

— Je sais. La vieille culpabilisation judéo-chrétienne sur le sexe. Chrétienne surtout. Le sexe est réservé à la procréation entre époux. Le plaisir est malsain, donc le plaisir est puni ou devrait l'être. La plupart des névroses sexuelles viennent de là. Même chez les violeurs ou les tueurs en série, dont la véritable priorité est le pouvoir, et certainement pas le cul, la manifestation, l'illustration de leur pouvoir est le plus souvent sexuelle. Pourquoi ? Parce que c'est interdit : je ne peux pas l'avoir, eh bien, je l'aurai quand même parce que je suis le plus fort et que je peux transgresser les interdits. (Elle sourit et lâcha :) Heureusement qu'on a dépassé ce genre de problèmes en matière de bouffe, de clope et de whisky. On serait mal, sinon.

Mike Bard ne réfléchit qu'une seconde. Elle poussait parfois le bouchon trop loin, même pour un flic qui avait vu à peu près tout ce qu'il y avait de plus épouvantable dans le cerveau humain.

— Je ne suis pas certain d'aimer votre humour.

D'un ton guilleret, elle contra :

— Alors ça, c'est dommage, d'autant que je fais des efforts ! (Brusquement glaciale, elle poursuivit :) Mike, je patauge depuis des années dans l'horreur humaine sous toutes ses formes. Ce n'est pas vous qui avez visionné durant presque quatre heures le calvaire de votre gamine, c'est moi. Pas vous qui avez interviewé des ordures jouisseuses, ravies de l'intérêt qu'on leur porte, toujours moi. Ces tordus jouent les coquettes, ils sont parfaitement sains d'esprit et, pour certains, très intelligents. Si on les remet demain dehors, ils recommenceront dans l'heure, la semaine, le mois qui suit. Ça, vous le savez aussi bien que moi. Ils prennent leur pied, inutile d'aller chercher plus loin. Alors, ne venez pas me gonfler avec mon humour de chiotte.

— Attendez… je suis désolé… je sais…

Elle leva la main pour l'interrompre. Son ton était à nouveau posé, grave et doux :

— Je ne vous en veux pas, Mike… Toutefois, n'oubliez pas qu'il ne me reste pas grand-chose, hormis la chasse aux tueurs. Alors, l'humour de dame bien élevée…

— Eh bien, je vous souhaite du courage, ça va être de pire en pire. Pour le reste, je vous présente mes excuses, et je suis sincère.

— Vous optez pour la vision du colonel Guéguen. Il pense que notre monde sécrète de plus en plus de tordus. Je n'étais pas d'accord avec lui. Je pensais que c'était parce qu'on ignorait leur présence avant qu'elle nous éclate à la figure. Je me demande si je ne me suis pas trompée sur ce point. Vous croyez qu'ils sont de plus en plus nombreux ? Que ce n'est pas notre soudaine lucidité qui nous fait comprendre l'ampleur d'un problème qui a toujours existé ?

— Non, il en sort de partout et c'est pas fini. Vous connaissez cette chanson de Leonard Cohen, j'adore Leonard Cohen… *I've seen the future and it's murder* [1] ? C'est un visionnaire, ce mec. Le futur sera l'horreur et le meurtre. Il y a tellement, tellement de gens qui ne se doutent de rien. J'ai peur pour ces gens… Ils ne…

— Non, ils ne savent rien, c'est vrai. Nous sommes leur dernière ligne de défense, et avec des moyens dérisoires.

— Mais pourquoi y a-t-il tant de tordus ?

— Parce que nous sommes une espèce de prédateurs, les plus dangereux d'entre tous. C'est inscrit dans nos gènes. Nous ne devions pas survivre, nous étions faibles, malvoyants, malentendants, sans aucun flair. Pas très forts et encore moins rapides. L'homme est physiquement débile. Nous aurions dû, en toute logique, être éliminés, à l'instar de tant d'autres espèces. Manque de bol pour la planète que nous mettons à feu et à sang, nous avons survécu et proliféré. Vous savez pourquoi ?

— Nous avons dépassé nos carences physiques grâce à notre cerveau.

— Pas vraiment. Neandertal était sans doute aussi, voire plus intelligent que nous, les *Homo sapiens*, beaucoup plus fort physiquement. Cependant, il était doux et paisible. Grave erreur face à l'*Homo sapiens*. L'*Homo sapiens* a, de tout temps, compensé sa faiblesse par son extrême agressivité, sa férocité. Nous avons tué, exterminé, tout ce qui nous barrait la route, dont l'homme de

---

1. « J'ai vu le futur et c'est l'horreur. »

Neandertal. Je me répète, nous sommes une espèce de prédateurs. La plupart d'entre nous sont parvenus à l'oublier grâce à la morale, à la pression sociale, à l'éducation, à l'exemple, à la peur de l'enfer, puis à la punition civile. Toutes ces digues sont en train de sauter. Les unes derrière les autres.

Bard la considéra. Il admit, un aveu qui, au fond, lui faisait du bien :

— S'il n'y avait pas Simon… Je veux dire, ma vie tourne autour de lui, même si ce n'est certainement pas la vie que je me serais choisie. Je l'aime. La plus minime amélioration chez lui me procure un bonheur fou. Il ne peut pas m'aimer comme je voudrais… c'est pas grave. Enfin si, ça l'est, mais je fais avec. Au moins, j'ai l'impression qu'il est… on va dire content lorsqu'on est ensemble. Je projette peut-être… Quoi qu'il en soit, j'ai le sentiment de redevenir ce qu'il y a de meilleur dans l'être humain quand je suis avec lui.

Elle sentit qu'il était bouleversé aux larmes. Cependant, un Mike Bard, agent du FBI, ne se laisserait pas aller à l'émotion devant témoin. Elle préféra se taire.

— Je… je comprends vachement bien Cassandra. Avec le clébard, je veux dire. D'autant qu'en plus, vous avez raison, c'était son mari qui le lui avait offert. Du coup, le chien est devenu encore plus précieux après son décès… Elle se serait débrouillée pour qu'on ne lui fasse pas mal, par tous les moyens. Donc, elle n'a rien vu venir. Ouais, ils sont forts, ces enfoirés. Je les hais.

— Moi aussi, Mike. C'est pour cela que je vais les coincer.

Base militaire de Quantico, États-Unis, août 2008

La rage faisait trembler la voix d'Edmond Casney Jr., le directeur de la base de Quantico.

— Vous faites tout pour me pourrir la vie, c'est ça, docteur Silver ?

Elle décida de pousser le bouchon encore plus loin, un petit dédommagement qu'elle s'accordait de temps en temps, et fit claquer le capuchon de son Zippo à hauteur du combiné, sans même allumer de cigarette. Suave, elle déclara :

— Oh non, monsieur !

— C'est ça, persiflez !

— Je vous assure, je m'en voudrais de vous mettre dans l'embarras.

— Vous y excellez pourtant !

Edmond Casney Jr. se détestait de ne pas parvenir à juguler sa colère, son exaspération, certain que Silver s'en distrayait. En réalité, la frustration du directeur naissait bien davantage du constat de son impuissance que de l'insolence de la psy : il ne pouvait pas la virer. Son palmarès d'arrestations, sa notoriété, justifiée par son excellence, tout la protégeait. D'autant que Diane, si elle se foutait de devoir quitter le FBI, comme du reste, était du genre coriace. Casney aurait à faire face à ses représailles dont l'unique but serait de l'emmerder. Il imaginait déjà le scandale dans les médias, le coup de téléphone comminatoire de Washington, la colère de son sénateur de beau-père. De fait, il avait peur de Diane Silver, ce qui ne faisait qu'amplifier sa rage. Il se trouvait confronté à une situation que ni lui ni Pliskin ne savaient de quelle façon contrôler : ils n'avaient aucune prise sur elle. Et puis, et sans doute le pire, autant l'admettre : elle le mettait face à ce qu'il était devenu et dont il n'était pas vraiment fier, même s'il s'absolvait en se convainquant qu'il n'avait pu agir autrement. Il était devenu le larbin reconnaissant de son beau-père-le-sénateur, en un seul mot, une ordure commune qui avait passé sa carrière politique à aider des gens influents en attendant de pied ferme des retours d'ascenseur. Casney y avait perdu son identité. Aux yeux de tous, il n'était plus que le gendre du beau-père. Aux yeux de sa femme et de ses enfants aussi, puisqu'ils vivaient dans l'admiration du grand homme, le sénateur Murray. Il ne se passait pas une semaine sans que sa femme ne lui lance : « Tu dois une fière chandelle à papa », ou « Tu ne peux pas parler de cette façon. Enfin, un peu de reconnaissance pour mon père ! ». Il n'y avait aucune perfidie dans ces incessants rappels. Juste un constat objectif : il était l'œuvre de son beau-père qui, lui non plus, ne ratait pas une occasion de le lui rappeler.

Pourquoi avait-il choisi la mauvaise direction ? Par goût du confort. C'était aussi bête et simple que cela.

Confort matériel, confort intellectuel, confort social. Au fond, c'était son grief majeur vis-à-vis de Silver. Elle avait opté pour l'inconfort parce qu'elle était assez forte pour le supporter. Pas lui. En dépit de sa complète démolition, des ravages qui l'avaient laminée, Silver était puissante, elle n'avait peur de personne, ni de rien. Pas lui, qui commençait à craindre tout. Il lutta contre l'autoapitoiement qui l'envahissait. La colère était bien préférable face à cette folle, car il était certain qu'elle avait basculé dans une sorte de folie acceptable socialement. L'idéal aurait été l'ironie cinglante. Pourtant, il s'en sentait incapable.

— Tout le monde se plaint de vous, docteur Silver ! Votre exécrable caractère, votre stratégie de franc-tireur qui consiste à faire de la rétention d'informations, votre incapacité à collaborer, votre côté incivique… Enfin quoi, vous fumez dans votre bureau, c'est bien la preuve, et même votre grossièreté…

— Fichtre, tout ça ! Tout le monde ? Bob Pliskin est donc devenu une foule à lui tout seul ? Il a des talents insoupçonnés.

— Cessez vos attaques contre Bob, qui est, je vous le rappelle, mon bras droit. À ce titre, il est inacceptable que vous lui dissimuliez – j'insiste sur *dissimuler* – des informations concernant vos enquêtes en cours.

Pliskin avait donc à nouveau piraté son ordinateur professionnel. Il n'y avait rien trouvé d'intéressant – encore moins qu'à l'accoutumée –, si ce n'était ses consultations quotidiennes d'un site météo – puisque Diane était récemment passée à l'étape supérieure. Avant cela, elle transférait chaque soir tous ses fichiers sur sa clef USB et effaçait avec soin la mémoire. Une fois rentrée chez elle, elle copiait l'ensemble des informations sur son ordinateur personnel. Pliskin la fouine ne reculerait devant aucune indiscrétion, aucune saloperie pour la coincer. Un soupçon avait soudain germé dans l'esprit de Diane. Cher Bob disposait à la base d'informaticiens de talent, et elle ne doutait pas que l'un d'entre eux soit prêt à une bassesse pour se faire bien voir du secrétaire. Bien que peu férue d'informatique et consciente de ses carences en la matière, elle était certaine qu'ils pouvaient surveiller, en toute discrétion, son ordinateur pendant qu'elle l'utilisait. Elle avait donc fait une folie : un portable, ultra-mince, léger comme une plume, et qui n'était relié ni à l'intranet de la base, ni à Internet. Imaginer la fureur de Pliskin lorsqu'il avait constaté qu'elle n'avait saisi aucune donnée depuis près de deux semaines la réjouit.

Pliskin avait-il informé Casney de ses lamentables virées sur l'ordinateur de la psy ? Elle n'en était pas sûre, ne sachant au juste jusqu'où le directeur avait plongé en imitation de son éminence grise. Elle accordait le bénéfice du doute à Edmond Casney Jr. tout en s'en méfiant, par habitude. La méfiance est un de nos plus performants outils de survie. Pour preuve, toutes les victimes qui ont eu le tort de la faire taire.

Cassandra Miltner ne s'était pas méfiée. Les autres victimes non plus, à l'évidence. Pourquoi ? Leur fragilité psychologique de veuve, ou de femmes plaquées ne pouvait à elle seule justifier leur aveuglement. Pourquoi ?

— Docteur Silver ? Faites-moi la courtoisie de répondre ! s'emporta Casney.

Elle revint à ici et maintenant.

— Pardonnez-moi, je pensais à autre chose.

— Vous vous foutez vraiment du monde, hein ?

— Pas du tout, monsieur. Or donc, Bob a des doléances à mon sujet. Mais… il ne m'a rien demandé depuis des lustres.

— C'est à vous de faire un effort de communication ! Bob est débordé. Il n'a guère le temps de faire le tour des popotes pour discuter avec les uns et les autres, à la chasse aux informations.

— Oh, j'en suis bien certaine, répondit-elle d'un ton au sérieux affecté.

Elle se foutait ouvertement de lui, et surtout de Pliskin. Casney retint la bordée d'injures qui lui venait aux lèvres. S'il se laissait aller, elle marquerait encore un point. Pour être honnête, Edmond Casney devait le reconnaître : il n'aimait pas Pliskin. Bob était un sale type, insaisissable et dangereux. Une sorte de larve venimeuse. Toutefois, son secrétaire lui avait rendu d'immenses services confidentiels et il savait beaucoup trop de choses pour que Casney prenne le risque de se le mettre à dos. Ils formaient un de ces binômes contre nature, exigé par les circonstances, un de ces couples d'autant plus solides qu'une multitude de vilains secrets les lient. Au fond, et même s'il aurait détesté être à leur place – surtout à la place de Silver –, il enviait ses agents et la profileuse. Eux pourraient se dire à l'issue de leur vie qu'ils avaient été utiles, que leur existence avait fait une différence. Pour les autres. Lui aurait léché les pompes de son beau-père, redouté Pliskin dont il se méfiait comme de la peste. N'importe quel autre mec raisonnablement intelligent aurait pu le remplacer à son poste et faire bien mieux. Il aurait été à peu près transparent pour sa femme et pour ses enfants. Aucun de ses subordonnés ne conserverait le moindre souvenir de lui. Enfin, il n'aurait jamais eu de véritables amis. Bilan d'une vie qui aurait pu ne jamais survenir sans que quiconque s'en aperçoive. Sans que cela fasse la moindre différence. Quel naufrage. Avant même la dissolution dans l'humus, il ne restait rien de lui.

La voix calme et grave de Silver lui parvint de très loin, alors qu'il avait presque oublié la teneur de leur conversation, inspirée par Bob, bien sûr, qui voulait laver un nouvel affront de la profileuse, Casney ignorait lequel. Pourtant, il avait obtempéré et dispensé le savon exigé par son secrétaire pour panser son ego ébouriffé par la désinvolture, non, l'insolence volontaire et calculée de la profileuse à son égard.

— Toutefois, et à ma décharge, je l'espère, Mike et Gary lui ont transmis toutes les informations en notre possession. Je n'ai donc pas jugé souhaitable de lui faire perdre un temps précieux en lui répétant ce qu'il savait déjà.

Casney eut soudain envie de lui présenter ses excuses. Même si depuis le calvaire de sa fillette elle se contentait de survivre, elle existait. Elle luttait. Elle n'avait jamais démissionné de son âme, contrairement à lui. Il ne le pouvait pas. Les excuses étaient exclues. Au lieu de cela, il exigea d'un ton sec :

— Dois-je en conclure que vous n'avez rien d'autre ? Pas d'intuition sur le, les tueurs ?

— Intuition ? Je n'ai jamais d'intuition et je ne suis pas certaine que cela existe. Dommage, je n'ai donc pas de chance au jeu et, lorsque j'emprunte sur une impulsion une rue pour me garer, il n'y a jamais de place.

Selon moi, ce qu'on désigne par « intuition » est en fait une extrême perméabilité à l'environnement au sens large, une sensibilité exacerbée, un sens aigu de la psychologie, une écoute très fine. C'est sans doute pour cela que les femmes sont réputées intuitives. En réalité, elles se servent mieux de leurs antennes, de façon assez inconsciente en général. Rien de surnaturel là-dedans. Donc, non. Je sais ou je ne sais pas. Et je ne sais pas grand-chose pour l'instant, rien d'autre que ce qui a été communiqué à Bob et qu'il vous a, à l'évidence, transmis.

Elle mentait, bien sûr. Ce type ou ces types, le père et le fils, avaient proposé quelque chose à toutes ces femmes. Quelque chose de fondamental qui avait annihilé leur méfiance, qui les avait rassurées au point qu'elles avaient volontairement suivi leurs tortionnaires. Quoi ?

Si elle trouvait « quoi », elle trouverait « qui ».

— Docteur Silver, vous avez lu les titres des journaux ? « Le charnier de Bel Vista laisse le FBI sans piste », « Le FBI piétine devant l'antre de la mort », « Le FBI incapable de résoudre la sanglante charade de Bel Vista ». J'en passe et des plus croustillantes.

— Oh, monsieur, ne me dites pas que les exagérations linguistiques des feuilles de chou à scandales vous perturbent. Après tout, leurs pigistes sont payés pour faire vendre du papier. On ne peut pas leur en vouloir. Il faut qu'ils paient leurs factures, eux aussi. Vous savez bien qu'ils fonctionnent aux mots-clefs. Ils doivent utiliser « charnier », « monstrueux », « démoniaque », « sanglant », « viol », « infanticide », « révoltant », « épouvante », etc. en moins de dix lignes. « Démembrement »,

« émasculation », « énucléation », c'est chouette aussi, surtout précédé de « barbare » ou d'« ignoble ». Mais là, pas moyen de les caser.

— Je déteste votre cynisme, docteur Silver.

La réponse fut presque cordiale :

— Vous y viendrez, vous verrez. Après, on ne peut plus s'en passer. Ça fait du bien là où ça fait mal.

Base militaire de Quantico, États-Unis, août 2008

— Attendez, argumenta Gary Mannschatz, le couple torride père-fils a été décapité. Ces mecs agissaient en synergie, on est bien d'accord ? Chacun avait sa fonction, si je puis dire. C'est le cas dans presque tous les couples meurtriers. Il y en a un qui rabat, l'autre qui tue, même s'ils violent et torturent tous les deux. Bref, une sorte de répartition des tâches. À mon avis, le père va cesser ses amusements parce qu'il ne sait pas fonctionner seul.

— Oh non, il va se réorganiser et recommencer, tout seul, ailleurs, à moins qu'il n'ait trouvé un autre tordu pour partager ses petits jeux, un deuxième fils en quelque sorte, le détrompa Diane. Toutefois, ce genre de... binôme est difficile à constituer. Une chance. N'oublions pas qu'il est intelligent et structuré. Il est capable de mettre au point une nouvelle stratégie, et de l'appliquer en solitaire le cas échéant. Pour ce qui est de le localiser, c'est pire que la fameuse aiguille dans la meule de foin.

— Ouais, mais la baraque ? argumenta Gary Mannschatz. Elle vaut une jolie somme. Même s'il a de l'argent, il va tenter de la vendre, un jour ou l'autre.

— Ce n'est pas évident. D'autant que, pour l'instant, avec le charnier retrouvé dans la cave, elle est invendable et risque de le rester pas mal de temps, jusqu'à ce que le souvenir s'estompe. Il n'est pas exclu qu'il tente de la fourguer dans quelques années, et je vous parie que la transaction se fera par l'intermédiaire d'un cabinet d'avocats agissant au nom d'une compagnie *offshore* bidon.

— Intraçable, donc, résuma Mike Bard en plissant les lèvres de dépit.

— Quasiment, approuva Diane. De surcroît, même si nous parvenons à remonter jusqu'à lui de cette façon, ce dont je doute, il va s'écouler beaucoup de temps, peut-être une dizaine d'années ou davantage. Ça risque de représenter encore combien de victimes ?

Gary réfléchit, puis :

— Ben, si on part du principe qu'ils ont commencé leurs jeux lorsqu'ils ont investi le cottage il y a six ans, en considérant les huit squelettes de femmes, ça veut dire qu'elles ont été séquestrées en moyenne neuf mois chacune… enfin, s'ils les enlevaient chaque fois par paire.

— Bordel, les enfoirés, marmonna Bard.

Pinehurst, États-Unis, août 2008

Andy Mullen accueillit son rendez-vous avec empressement. William Mann, le client potentiel, était à l'heure. Il s'avança vers lui, main tendue, un large sourire professionnel aux lèvres.

Il fallait absolument qu'il fourgue une baraque. Le marché de l'immobilier commençait à décliner et eux avec. Nicky, la dernière engagée dans leur agence, venait d'être remerciée. Andy ne doutait pas qu'il serait le suivant, en raison de son peu d'ancienneté, et, il le reconnaissait, du fait qu'il n'était pas le meilleur vendeur, loin s'en fallait.

— Monsieur Mann, ravi de vous rencontrer. Vous avez fait bonne route ?

— Tout à fait, la balade était plaisante et le temps splendide. J'ai même baissé la capote. Merci de me recevoir.

— C'est plutôt à moi de vous remercier d'avoir choisi notre agence.

Andy mit à profit l'un de ses innombrables stages de formation et évalua le client d'un seul coup d'œil : une montre de valeur, une alliance en platine, des mocassins sport mais chic, un costume décontracté mais de belle qualité sous lequel il portait un polo Ralph Lauren de la dernière collection. En plus, il avait évoqué une décapotable, même s'il n'avait pas précisé la marque. Des moyens financiers, donc. L'angle d'approche, maintenant. Bien élevé, mais sans doute un peu sur ses gardes ou réservé, largement l'âge d'être son père. Peut-être un Bostonien de souche. Andy n'allait donc pas la jouer copain-copain. Il proposa :

— Je vous offre un café, un thé, un soda ?

— C'est très gentil, mais ça ira.

— Alors, on attaque ?

— Bien sûr, répondit William Mann.

Prétendant lui avoir consacré chaque minute de son temps depuis son appel, trois jours auparavant, Andy Mullen fronça les sourcils et déclara :

— J'ai bien réfléchi à vos attentes et nous avons des propriétés susceptibles de vous intéresser. Permettez-moi de récapituler ce que nous nous sommes dit au téléphone. Si j'avais mal compris, n'hésitez surtout pas à rectifier.

— Entendu, approuva l'homme assis en face de lui.

Il était de taille modeste, les cheveux blonds parcourus de quelques fils argentés, les yeux très bleus. Un monsieur, si Andy en jugeait par son débit un peu précieux, sa façon de se tenir très droit sur sa chaise, de fixer son interlocuteur juste ce qu'il fallait. Andy se fit la réflexion qu'il aurait pu le prendre pour un homo fortuné de Boston, n'eût été son alliance et le fait que M. Mann avait évoqué le décès de sa femme lors de leur conversation téléphonique trois jours avant. D'un autre côté, on pouvait être marié et gay, surtout lorsqu'on était veuf.

Andy ouvrit devant son client le dossier qu'il avait préparé. S'y trouvaient réunis les descriptifs et photos de quatre maisons pouvant intéresser William Mann et d'une espèce de ruine que tous les vendeurs de l'agence tentaient, sans succès, de caser depuis deux ans, d'autant que leur patron avait promis de doubler le pourcentage du petit malin qui le débarrasserait de la bicoque.

Andy Mullen y alla de son baratin bien rodé, soulignant les avantages de chaque maison, passant plus rapidement sur les inconvénients – qu'il ne pouvait pas dissimuler étant donné la loi du Massachusetts sur les bâtisses anciennes, obligeant le vendeur à énumérer les défauts –, insistant chaque fois sur les caractéristiques prioritaires aux yeux de Mann :

— Ici encore, ainsi que vous me l'avez spécifié au téléphone, il s'agit d'une maison ancienne, très protégée du voisinage. D'ailleurs, elle est en bout de chemin forestier. À part les amateurs de champignons ou les amoureux d'écureuils…

Le regard doux de Mann sembla perdre de son intensité, de son intérêt pour les photos de la maison. Pourtant, il sourit et déclara :

— Oui, c'est bien. Vous comprenez… j'ai fait une sorte de dépression nerveuse après le décès de ma femme… D'ailleurs, j'ai abandonné mon activité professionnelle… j'étais architecte. Je vis maintenant de mes investissements. Elle est morte… de ce qu'il est convenu de nommer une longue et terrible maladie…

Une agonie affreuse… J'ai besoin de calme, de solitude. Euh… nous n'avons pas eu d'enfant…

— Je comprends, quelle tristesse, lâcha Andy d'une voix peinée.

— Merci, ça me touche. Et la dernière ?

Andy étala les photos de la ruine. En dépit de leurs efforts de prises de vue, elle avait piètre allure avec son toit effondré au milieu, un de ses murs extérieurs dangereusement lézardé et ses volets entrouverts, à moitié arrachés de leurs gonds par les tempêtes successives.

— Je vous le dis sans détour, il faudra prévoir de gros travaux de réparation et de rénovation. En contrepartie, le prix est très attractif, bien sûr. La maison est située au centre d'un bois privé de douze hectares, clos. Il s'agit d'une construction typique du siècle dernier. Beaux matériaux, robustes. Un étage surmonté de combles que l'on peut transformer en mezzanine. Environ cent cinquante mètres carrés au sol. La salle du rez-de-chaussée est immense, magnifiques proportions, avec une cheminée de pierre, en mauvais état je vous le précise. La cave est inondable lors des grosses pluies. Toutefois, un bon drainage devrait pouvoir y remédier.

— Oh oui, ce serait bien. Je suis amateur. De vin. Petit buveur mais…

— Connaisseur ?

— Voilà. On pourrait la visiter ? Les travaux ne me rebutent pas. À la limite ça permet de créer… un petit nid qui vous convienne à la perfection.

— On sent bien l'architecte en vous, et il est vrai que vous êtes le mieux placé pour que tout soit restauré à merveille et à votre goût. Et puis, si vous avez besoin de tuyaux, nous connaissons tous les artisans du coin. Les bons et ceux qu'il vaut mieux éviter.

Andy se leva, pas mécontent du tout. S'il finalisait la vente, le patron allait être ravi. Depuis le temps qu'il essayait de se débarrasser de cette ruine ! Quant à lui, il décrocherait son pourcentage et le bonus.

Environs de Boston, États-Unis, août 2008

Assis en tailleur au centre de l'arène de sable de la pièce en rotonde, arène qui n'accueillerait plus aucun combat à mort, Nathan/Rupert autorisa le retour du flot de pensées dans son esprit. Son rythme cardiaque s'accéléra, ainsi que sa fréquence respiratoire. Il émergea de sa méditation, détendu, régénéré, en pleine possession de ses moyens physiques et intellectuels, et ouvrit les yeux.

Les silhouettes des vivariums désertés par leurs pensionnaires se diluaient dans sa forte myopie et il parvenait à peine à les distinguer les uns des autres. Il aimait ces moments où il permettait à l'univers de prendre d'indiscernables formes. Par coquetterie, sa mère refusait de porter des lunettes. Pourtant, elle évitait autant qu'elle le pouvait les lentilles de contact au prétexte que les choses lui semblaient plus douces au travers de sa myopie. Et c'était assez vrai. Nathan caressa le sable d'un jaune de crème onctueuse de l'arène. Il se leva, presque à regret. La vraie chasse débutait. Diane attendait qu'il réussisse et il était exclu de la décevoir.

Diane. Que faisait-elle en ce moment dans les boyaux du Jefferson, à Quantico ? Elle chassait, elle aussi. Après une fugace déception, il avait compris qu'elle ne puisse l'impliquer dans l'affaire de Bel Vista. Si toutes ses enquêtes se terminaient par l'intervention brutale et providentielle d'un « nettoyeur », les soupçons naîtraient. Elle ne pouvait pas se le permettre, au risque de les mettre très vite en danger tous les deux. Et puis Nathan commençait à comprendre un peu comment fonctionnait la profileuse. Par cases bien distinctes et très hiérarchisées. Chaque case méritait sa totale concentration, une à la fois. La profileuse l'ignorait sans doute, mais elle pratiquait la pleine conscience. Du moins lorsqu'elle traquait un prédateur. Bien sûr, la case la plus importante, celle qui se trouvait en haut de la pyramide, était réservée à Leonor et à sa rabatteuse. Nathan devait concentrer tous ses efforts sur ce compartiment mental. Il était flatté que Diane lui ait, au fond, confié sa fille.

Il sortit de la salle aveugle et repoussa la large porte protégée d'une serrure numérique. Pieds nus, il traversa l'immense maison, en apparence si calme qu'elle semblait déserte alors que tant d'employés concouraient à sa perfection.

Il pénétra dans la vaste cuisine, toute de granit pâle, de hêtre lasuré de blanc. Nul ne s'y affairait encore puisque aucun invité n'était prévu. Ses pas résonnèrent en légers claquements sourds sur les grandes dalles lisses et fraîches.

Aussitôt, une petite dame ronde et joviale, sanglée dans une blouse blanche immaculée, se précipita vers lui :

— Monsieur Rupert… Vous avez besoin de quelque chose, votre thé ?

— Merci, Nancy. Mais vous savez comme j'aime le préparer.

Un peu déçue, Nancy repartit vers le petit bureau aménagé dans l'office d'où son ordinateur lui permettait de contrôler les stocks, les commandes, les menus pour la semaine, les invitations, le roulement du linge de maison, l'approvisionnement en denrées et en fleurs. La gouvernante, âgée d'une bonne soixantaine d'années, avait travaillé pour le père de Rupert, un autocrate qui, contrairement à son fils, connaissait à peine ses employés de maison et n'aurait jamais songé qu'un remerciement ou un compliment puisse se justifier. Toutefois, Nancy le regrettait parfois un peu. Plus exactement, elle regrettait les fêtes, les interminables listes d'invités qui lui permettaient de donner la pleine mesure de son génie de l'organisation. L'actuel M. Rupert recevait peu et en comité restreint.

Dans la cuisine, Rupert, après pas mal d'hésitations au sujet du thé qui s'imposait à cet instant précis, dosait avec un soin maniaque les feuilles très noires de Tari et les fleurs de mauve qui allaient parfumer le breuvage avec délicatesse. Il préparait son thé. Rien d'autre ne devait troubler son attention.

Il versa le liquide odorant dans une tasse de raku et se dirigea à pas prudents vers sa salle de travail. Il transportait son thé, rien d'autre.

Il s'installa devant le large bureau de wengé et but le liquide à petites gorgées, le humant avec application.

Enfin, il fut prêt. Il décrocha le téléphone de sa ligne sécurisée et composa le numéro de Thomas Bard.

— Comment allez-vous, cher Thomas ?

— Fort bien, monsieur Teelaney.

— Vos informations au sujet de Debra Kaplan, une gentille femme brisée, ont été d'une immense utilité.

— J'en suis satisfait. Quant à Mme Kaplan, les morceaux de son être ne se recolleront jamais. Quelle épouvantable tristesse.

— Hum. Thomas… Mme Kaplan semble s'être souvenue d'une famille Simmons, avec trois garçons, qui habitait New York au moment des faits, le même quartier huppé que les Kaplan. Ces gens auraient employé une nanny professionnelle. Une Anglaise. Une petite brune à peau mate. Il me faut son nom et tout ce qu'on peut apprendre à son sujet. J'avais d'abord pensé m'en charger, rencontrer ces gens. Toutefois, c'était une mauvaise idée. Il n'est pas exclu que les Simmons aient entendu parler de ma famille…

Surtout, il était maintenant beaucoup trop dangereux qu'il endosse la personnalité, le physique et le nom de Nathan Hunter. Toutes les polices du monde devaient traîner sa photo partout.

— Vous avez eu parfaitement raison, monsieur Teelaney. À quoi servirais-je sans cela ? plaisanta le détective.

— Vous… allez vous en charger en personne ?

— Oh, monsieur Teelaney, le gronda gentiment Thomas. Je vous le répète chaque fois. Vous ai-je jamais donné la moindre occasion de vous plaindre de ma discrétion pathologique ? Si ce n'est pas moi qui m'en charge, je mettrai mon alter ego sur le coup. Personne, pas même vous ni mes employés ne le connaissez.

— Pardon, mille fois pardon ! Thomas, c'est urgent.

— Je l'avais compris, monsieur Teelaney. Cependant, il faut d'abord que je trouve ces Simmons.

Abington, États-Unis, août 2008

Diane Silver avait été sidérée par le changement d'attitude de Gary Mannschatz. Du flic revenu d'à peu près tout, cynique et dur, alors qu'il conduisait leur voiture de location jusqu'à Abington, il s'était métamorphosé dès que Valerie Miltner avait ouvert la porte de son coquet pavillon. Il avait adopté une allure de saint-bernard qui cadrait assez mal avec sa haute silhouette longiligne, sa blondeur, et son visage émacié. Toutefois, et Diane l'admettait, elle avait senti la tension de la jeune femme enceinte de quelques mois s'atténuer dès qu'il avait posé la main sur son bras avec douceur, lui expliquant qu'il était de tout cœur avec elle.

La jeune femme aux cheveux d'un lumineux châtain, aux yeux noisette, les avait conduits au salon et leur avait offert nerveusement un rafraîchissement qu'ils s'étaient fait un devoir d'accepter.

Diane avait détaillé le salon pendant qu'elle leur servait une limonade maison.

Tout y était assez charmant, un peu convenu, et d'une netteté maniaque qui allait bien avec sa profession d'infirmière. Pas le moindre grain de poussière, pas le plus mince poil d'origine animale sur les tapis ou les meubles et, pourtant, un gros matou tabby s'installa sur les genoux de Diane dans les minutes qui suivirent leur arrivée. Valerie se leva du canapé sur lequel elle avait pris place dans l'intention de le chasser. Diane l'en dissuada :

— Non, je vous en prie. Laissez-le. Je prends cela pour une marque flatteuse d'intérêt et il ne risque pas d'abîmer mon vieux jean qui en a vu d'autres.

Un petit sourire de reconnaissance avait illuminé le visage crispé. Le chat avait approuvé d'un ronronnement sonore et continu dont Diane s'était demandé s'il ne l'épuisait pas.

Valerie la fixait avec une intensité pénible. Diane comprit et une peine diffuse l'envahit. Cette jeune femme qui avait adoré sa mère attendait depuis des années un beau soulagement. Celui d'une mort douce et rapide. L'être aimé, tant aimé, la mère, s'était endormi et ne s'était pas réveillé. Un conte pour enfants.

— Elle est morte, n'est-ce pas ? demanda Valerie.

— Oui. Grâce au prélèvement de sang que nous avons effectué sur vous, nous avons pu comparer les empreintes ADN et l'ADN mitochondrial. Il s'agissait, sans aucun doute possible, de votre mère. Je suis désolée.

— Elle a souffert ? Enfin, je veux dire… elle a été enlevée, n'est-ce pas ? Elle ne serait jamais partie, comme ça, sur un coup de tête, même avec sa dépression. Ma mère est… était une excellente mère…

Diane suivit le mouvement de cette main de femme qui se posait sur son ventre renflé en geste de protection.

— C'est ma faute ! J'aurais dû…

Sa voix se cassa quelque part dans sa gorge et elle fit un effort pour ne pas fondre en larmes. D'un ton qu'elle s'efforça de rendre péremptoire et professionnel, Diane martela :

— Ce n'est pas votre faute, Valerie. Ôtez-vous cela de la tête parce que c'est faux. Votre mère a été embarquée par un ou deux hommes qui n'en étaient pas à leur coup d'essai. Elle n'a pas eu peur, jusqu'au bout, puisqu'elle a gardé son chien, Billy, avec elle.

— Des tueurs en série ? Le charnier de Bel Vista ?

— Oui.

De grosses larmes dévalèrent des jolis yeux noisette. Valerie reprit, d'une voix tremblante de sanglots :

— Donc, elle a souffert ! Ces dégénérés lui ont fait du mal. Attendez, je ne suis pas idiote. On lit des trucs monstrueux sur eux. Au-delà de ce qu'on pourrait imaginer.

Gary Mannschatz intervint :

— Sa dépouille ne portait aucune trace de violences physiques.

Valerie scruta son visage à la recherche d'un indice de mensonge. La sincérité qu'elle lut dans ses traits sembla la détendre un peu et Diane songea qu'elle n'aurait pas pu trouver de formulation plus adéquate. De fait, le squelette de Cassandra ne portait aucune marque de sévices, ce qui ne signifiait en rien que sa chair n'avait pas été torturée.

La profileuse en vint à l'objet de leur visite :

— Valerie… Nous sommes certains que toutes les victimes ont suivi ces hommes, ou l'un d'eux, sans arrière-pensée. En d'autres termes, ils leur ont inspiré confiance. Il est vrai, du moins dans le cas des femmes que nous avons pu identifier, que toutes venaient de vivre un grave traumatisme, le décès de votre père, pour une autre un récent divorce… Bref, toutes étaient fragiles. Toutefois, cela ne justifie pas, selon moi, qu'une femme suive un ou deux hommes sans se méfier.

— D'autant que ma mère m'a assez répété de ne faire confiance à aucune personne étrangère, pas même aux voisins, de ne jamais ouvrir la porte, ce genre de choses, lorsque j'étais petite.

— C'est le travail d'une mère, commenta Diane en s'interdisant de penser qu'elle avait seriné les mêmes mises en garde à Leonor, sans toutefois réussir à la protéger. Nous fouillons dans le passé des victimes identifiées. Connaissaient-elles ces hommes ? Avaient-elles eu des contacts rassurants avec eux ? S'est-il produit un événement particulier peu de temps avant l'enlèvement de votre mère ? Je voudrais que vous réfléchissiez. N'écartez aucune possibilité, même si elle vous semble tirée par les cheveux, voire invraisemblable.

Gary précisa :

— Ce que le Dr Silver veut dire, c'est : ne vous arrêtez pas à la profession ou à la fonction d'un individu. Si votre mère avait été abordée par le pasteur d'une autre Église que la sienne, c'est pas parce qu'il est pasteur que…

— Je vois, acquiesça la jeune femme. Euh… attendez, je réfléchis…

Diane perçut sa soudaine concentration et l'interrompit :

— Non, ne bousculez pas votre mémoire. Le cerveau humain fonctionne d'étrange manière. Le tueur toujours en vie est sans doute blond aux yeux bleus, de taille moyenne, environ un mètre soixante-dix, de charpente modeste. Il doit avoir cinquante-cinq ans, peut-être un peu plus. Il a des manières très affables. Celui dont nous avons retrouvé le cadavre était également blond aux yeux bleus, mesurait un mètre quatre-vingt-deux et pesait un peu plus de quatre-vingt-dix kilos. Il avait entre vingt-cinq et trente ans, c'est approximatif.

Gary intervint :

— Voilà ce que nous avons conseillé aux proches des deux autres femmes : pensez, revisitez le passé et établissez une liste. Notez tout, le moindre détail, même s'il vous paraît idiot.

— Il serait souhaitable de demander son aide à votre tante, suggéra la profileuse. Elle vivait à proximité de votre mère au moment des faits.

Les larmes montèrent à nouveau aux yeux de Valerie et Diane s'en voulut de sa dernière phrase.

— Valerie, ce n'est pas parce que vous étudiiez loin de chez vos parents que votre mère a été enlevée. Ces types avaient jeté leur dévolu sur elle. Que vous soyez là ou non, ils seraient quand même parvenus à leurs fins. À la première occasion. Ils n'agissent pas sur un coup de tête ou une opportunité, contrairement à pas mal de tueurs désorganisés. Ceux-là planifiaient, réfléchissaient, organisaient tout dans le moindre détail.

Elle faillit ajouter « ça fait partie de leur plaisir » mais se retint à temps.

— Pourquoi elle ?

— Lorsque je saurai pourquoi, je saurai qui, murmura la profileuse d'un ton doux.

Fredericksburg, États-Unis, août 2008

La sonnerie aigre du téléphone posé sur la table de chevet tira en sursaut Diane d'un sommeil agité. Elle jeta un regard au réveil fluorescent : 2 h 47. L'esprit embrumé par les somnifères, elle aboya, peu amène :

— Vous savez… ?

Une voix plaisante l'interrompit :

— L'heure qu'il est ? Oui.

— Erika ?

— En personne.

— Vous avez mon numéro privé ?

— Ne soyez pas paranoïaque, Diane. Je vous rappelle que, comme moi, vous faites partie du personnel du FBI que l'on doit pouvoir joindre à n'importe quelle heure du jour ou de la nuit. J'ai donc obtenu votre numéro dans le répertoire informatique de la base qui, rassurez-vous, n'est accessible qu'à un nombre très limité de personnes. Il faut un code.

— Un truc grave ?

— Disons important. Des résultats inattendus.

— Et vous les avez obtenus en pleine nuit ?

— Vous savez, avec la crise, les techniciens de labo se bousculent pour faire des heures supplémentaires. Quant à moi, la notion d'horaires a toujours été un peu floue à mes yeux. Peu importe… Nous avons réussi à amplifier l'ADN des empreintes digitales retrouvées sur l'un des ouvrages d'architecture. Le titre en est : *The Work of Frank Lloyd Wright*. En réalité, il s'agit de l'ADN des cellules épithéliales retrouvées dans la trace papillaire. La propriétaire de l'empreinte, puisque maintenant nous savons qu'il s'agit d'une femme, devait avoir les doigts un peu gras, peut-être une crème pour les mains.

— Une femme ? demanda Diane, maintenant tout à fait réveillée.

— En effet. L'ADN est identique à l'empreinte génétique obtenue par la diaphyse fémorale d'une des victimes les plus anciennes, l'une de celles qui étaient enterrées. J'insiste sur le fait que nous n'avons trouvé aucune empreinte digitale d'elle dans la cave.

— Oh merde ! C'est de pire en pire.

— Je pensais vous faire plaisir, rétorqua la légiste, une trace de regret dans la voix.

— Oh, non, vous êtes géniale, la rassura Diane. J'ai juste le sentiment d'avoir devant moi un jeu de poupées russes, toutes de la même taille. Dès que j'essaie de les emboîter, ça coince. Merci, Erika. J'ose à peine vous souhaiter bonne nuit.

— Ne vous inquiétez pas. Je suis très organisée. J'ai un petit futon pliable dans mon bureau et tout ce qu'il faut pour demain matin, même mon thé et ma théière.

— Une femme prudente qui évite les distributeurs de la base ?

— Je tiens à ma santé, plaisanta Erika avant de raccrocher.

Assise dans son lit, Diane Silver décida qu'il était inutile qu'elle tente de se rendormir. Quant à avaler un autre somnifère, à cette heure c'était exclu. Elle aurait la tête dans le mur toute la matinée. Vêtue de son long tee-shirt de nuit, pieds nus, elle descendit vers la cuisine et alluma la cafetière. Le silence, seulement troublé par les gargouillis du café qui passait, ne l'apaisait pas. Des bribes de pensées chahutaient dans son esprit. Elle n'avait nulle intention de les ordonner. Que son cerveau se débrouille tout seul. Elle, elle avait besoin d'un café très fort.

Une grande tasse fumante à la main, elle remonta, hésita, puis déverrouilla la porte du bureau situé au bout du couloir. Elle alluma le plafonnier. Le visage souriant de Leonor et la grosse marguerite orange explosèrent sur ses rétines. Elle s'installa derrière la planche montée sur tréteaux et décida de ne pas allumer son ordinateur, de crainte de trouver un e-mail d'Yves sur sa messagerie. Tant qu'elle ne le lisait pas, elle ne se sentirait pas obligée d'y répondre. Une dérobade peu intelligente : Yves ne lâcherait pas le morceau et le silence de Diane allait le rendre méfiant. Toutefois, le flic français ne pouvait rien contre elle, une lamentable pensée qui la rassurait. Certes, il allait lui en vouloir terriblement, et cette certitude la peinait. Cependant, elle avait choisi. Assez avec Yves. En dépit du réel chagrin que lui causait leur séparation d'âme, elle avait eu raison ! Même si elle devait à nouveau se retrouver seule, sans celui qu'elle avait autorisé à peupler un peu son désert, elle résisterait, elle avancerait. Assez avec Yves !

Des scènes d'un passé charmant défilèrent dans sa mémoire. Le terrible chagrin de Leonor à la mort de son poisson rouge qu'elles avaient retrouvé un matin flottant sur le dos. La fillette le nourrissait bien trop, de peur qu'il n'ait faim. Inconsolable, elle avait refusé qu'on le remplace puisqu'il était irremplaçable à ses yeux. Elle avait exigé un enterrement en grande pompe, qu'avait fini par promettre sa mère, après avoir tenté de lui expliquer que la chose serait très difficile à New York. « On enterre les personnes, maman. Et lui, c'était une personne, puisqu'il vivait avec nous », avait sangloté sa fille. Diane, à cours d'arguments, avait proposé de mettre l'animal en terre dans le square, au soir tombant, en se cachant. Dès que Leonor avait été partie pour l'école, elle avait emballé le petit cadavre et l'avait jeté à la poubelle. Aujourd'hui, elle s'en voulait de ne pas avoir tenu sa promesse. Mais aujourd'hui, elle s'en voulait terriblement de tant de choses. Murmurant, elle demanda pour la cent millième fois pardon au poster, au sourire de Leonor. Pardon pour le poisson, pardon pour le hamster qu'elle avait refusé d'accueillir en dépit des larmes de sa fille, pardon pour tout.

La lumière sembla décroître. Diane ferma les paupières et coula au fond de son cerveau. Tout doux, très loin.

Elle le voyait de dos. Il s'agissait du même homme, de taille moyenne, blond. Il se tenait debout devant l'un des canapés en cuir noir du salon du grand cottage. Celui de l'une des photos de scène de crime. Il s'adressait à une femme assise sur le canapé et lui tendait un ouvrage dont Diane déchiffra le titre, *The Work of Frank Lloyd Wright*, le livre sur lequel on avait retrouvé les belles empreintes digitales. Le visage de la femme était une sorte d'ovale flou. Diane ne pouvait imaginer ses traits puisqu'elle ne l'avait jamais vue. Au demeurant, la profileuse s'étonna de façon confuse de lui attribuer des cheveux blonds mi-longs. La femme tendait le bras pour récupérer le livre. Diane eut le sentiment qu'elle souriait. L'homme, toujours de dos, se rapprochait et déposait un baiser sur son front.

La lumière du bureau s'imposa à nouveau à ses rétines. Elle venait d'être arrachée des profondeurs de son esprit et les larmes lui montèrent aux yeux. Leonor l'avait quittée.

Blond. L'homme était blond. Elle s'en doutait depuis longtemps en raison des caractéristiques physiques de son fils. Le cerveau de Diane avait compris le reste avant elle. La femme aussi était blonde. C'était maintenant une certitude.

Elle se leva d'un bond, oubliant son café sur le bureau et se précipita pour embrasser le sourire de sa fille. « Maman t'aime tant, tu es son ange. » Elle verrouilla la porte du bureau et se rua dans sa chambre, enfilant ses vêtements de la veille à la hâte.

Erika Lu n'allait pas beaucoup dormir cette nuit-là.

Diane enclencha le système d'alarme, boucla la maison et rejoignit le garage au pas de course.

Il lui fallait au plus vite une comparaison des ADN de l'homme tué, le prétendu John Bernard Ward, et de la propriétaire des empreintes digitales. Quant à l'ADN mitochondrial, il confirmerait si les deux sujets appartenaient à la même lignée féminine. Une preuve superflue aux yeux de Diane. Elle était certaine qu'il s'agissait de la mère et du fils. C'était pour cette raison que son cerveau lui avait attribué une couleur de cheveux. Blond. L'homme blond de taille moyenne était le père et peut-être le mari. Sans doute. Diane aurait parié que la femme avait été leur première victime. Certes, la profileuse ne pouvait exclure a priori qu'elle soit morte de causes naturelles. Pourtant, cette hypothèse ne la convainquait pas.

Diane composa le numéro à quatre chiffres du bureau attenant à la salle de morgue. Il fallut une dizaine de sonneries avant que la légiste ne décroche.

— Désolée, c'est mon tour de vous tirer du lit.

Une voix un peu ensommeillée lui répondit :

— Il y a des jours comme ça.

Diane résuma ses déductions.

— Bon, je bois un thé, je me rafraîchis, parce que je suis dans le coton, et je réveille à mon tour un technicien de labo – qui va me bénir – pour qu'il rapplique au plus vite. Je comprends mieux votre image des poupées russes. C'est un vrai sac de nœuds ! Je vous tiens au courant dès que j'ai un résultat.

Après avoir raccroché, la psychiatre sortit le dossier beige de son bureau et étala devant elle les photos du salon du cottage.

Elle éprouvait une étrange sensation, déplaisante. La scène qu'elle avait imaginée, lors de sa récente plongée en elle-même, la troublait. Elle comprit soudain son erreur et se gratifia d'une série de qualificatifs peu élogieux. Les empreintes digitales de la femme blonde que son cerveau avait représentée un peu plus tôt, avec ce qu'il savait, n'avaient été retrouvées que sur les ouvrages, notamment d'architecture. Cette femme n'avait jamais habité cette maison. D'ailleurs, aucun des témoignages de commerçants de Bel Vista ne l'avait mentionnée. Du moins n'avait-elle jamais vécu au rez-de-chaussée et à l'étage.

Elle rappela Erika Lu.

— Êtes-vous certaine que les empreintes digitales du livre d'architecture – on va dire celles de la première victime, car je crois qu'il s'agit d'elle – sont différentes de toutes celles retrouvées dans les cages, voire ailleurs dans la cave ?

— Oui, Diane, je vous l'ai dit tout à l'heure.

— Je sais, Erika. Je vais essayer de vous ficher la paix pour le reste de la journée.

— Ne jamais faire des promesses qu'on est presque certain de ne pas pouvoir tenir.

— J'ai été prudente. J'ai dit « essayer ». Merci, Erika.

Diane replongea dans sa contemplation des photos. Ils l'avaient transportée déjà morte et l'avaient enterrée dans la cave de la ferme.

Une question incongrue lui traversa l'esprit. De quoi parlaient ces deux tordus entre eux ? De leurs viols, de leurs meurtres passés, présents et à venir ? De leurs recherches de nouvelles victimes ?

Qui dominait, dans leur couple létal ? Qui avait eu pour la première fois l'idée d'enlever une femme pour la séquestrer ?

Elle éprouvait une haine viscérale à leur égard. Mais une haine calme, efficace et aussi organisée que eux pouvaient l'être.

Réfléchir. Ils vivaient ailleurs, elle en était certaine. Cela concordait avec quelques rares témoignages et les factures d'électricité. La maison était souvent fermée. Pour des périodes plus ou moins longues. Longues lorsqu'ils avaient achevé leurs victimes et en cherchaient d'autres. Plus courtes lorsque leurs prisonnières étaient toujours en vie. Que faisaient-ils dans ces cas-là ? Sans doute leur laissaient-ils dans les cages une provision d'aliments et d'eau en leur recommandant d'être bien sages. Ils n'avaient pas fini de s'amuser avec. Elles ne devaient pas encore mourir. Le cottage était leur tanière, pas leur lieu d'habitation. Ils étaient intelligents, avaient des moyens, paraissaient charmants, étaient éduqués, le portrait classique des tueurs qui engagent des relations sociales, qui, pour certains, sont mariés et pères de famille. On n'invite pas ses amis au-dessus d'une cave-prison, au risque qu'une captive se mette à hurler ou que le bambin aventureux d'une bonne copine se faufile par un soupirail. Par commodité, le ou les lieux où ils résidaient et jouaient aux parfaits citoyens ne devaient pas être très éloignés de Bel Vista.

Le prétendu John Ward avait acquis le cottage sept ans plus tôt. D'après l'adjointe au maire de Bel Vista, les travaux de restauration avaient duré au moins un an. Puis John Ward et son père avaient pris leurs quartiers dans la charmante maison de vacances qu'ils allaient transformer en piège monstrueux. Environ six ans auparavant, donc.

Le regard de Diane tomba sur l'une des bibliothèques qui apparaissaient en bordure de la photo. C'était la femme blonde qui avait un lien avec l'architecture, pas le père. Ils avaient déménagé ses ouvrages dans le cottage après sa mort. Pourquoi ? Pour faire croire à leurs relations qu'elle était partie en embarquant avec elle sa précieuse collection ?

Elle se traîna jusqu'au distributeur pour apaiser son besoin de caféine. Elle allait demander à Bard et à Mannschatz de contacter toutes les compagnies de déménagement du coin, sur un rayon de deux cents kilomètres. Sans aucun espoir. Ils étaient trop intelligents pour commettre une bourde de cette taille. Ils avaient sans doute apporté tous les meubles et les livres eux-mêmes. Un gobelet à la main, elle introduisit une nouvelle pièce dans la machine : deux cafés, même infects, ne seraient pas de trop.

Les sociétés qui louaient de petits camions aux particuliers, et dans le même périmètre ? Elle doutait que la trace des locations soit conservée six ans. De plus, John Ward avait dû utiliser son identité bidon et sa fausse adresse pour réserver le véhicule. Toutefois, on relève le kilométrage au compteur au départ et au retour afin d'établir la facture. À moins qu'ils n'aient opté pour un forfait kilométrique. De toute façon, Bard et Mannschatz piaffaient parce que l'enquête de police piétinait, contrairement aux résultats scientifiques qui ne cessaient de tomber, compliquant chaque fois un peu plus la sinistre devinette. Ils allaient aussi s'atteler à cette femme blonde, ayant un lien avec l'architecture, sans doute disparue six ans auparavant lorsque les Ward père et fils avaient investi le grand cottage, peut-être avant, puisqu'il n'était pas exclu qu'ils aient déménagé un squelette. Ça occuperait les deux flics. Il ne fallait surtout pas qu'ils se sentent inutiles ou mis à l'écart de l'enquête. Cela constituerait une zone de faiblesse dans laquelle Pliskin s'engouffrerait avec bonheur.

Base militaire de Quantico, États-Unis, août 2008

— Pourquoi ? contra Diane Silver en fixant Mike d'un regard bleu pâle peu amène. Je vous ai promis un jour que l'enquête serait simple ? Je ne devais pas être à jeun puisque je n'en garde aucun souvenir !

— Non, attendez, docteur, se défendit le flic. Vous savez combien de sociétés d'architecture il y a dans ce pays ? Plus de soixante-dix mille, rien que sur Internet. Gary et moi, on a téléphoné à toutes les grandes associations professionnelles, l'AIA[1], l'Architects Association, toutes les autres. Qu'est-ce que vous espériez, un miracle ? À votre avis, quand on annonce à la personne qu'on a en ligne qu'on s'intéresse à une femme blonde, dont on ne sait même pas si elle est architecte ou si elle possède une boîte qui a un vague rapport avec l'architecture, et qui n'aurait plus donné de signe de vie depuis six ans, mais peut-être dix, ou quinze, ou je ne sais trop quoi, qu'est-ce que vous voulez qu'on nous réponde ?

1. American Institute of Architects.

Diane alluma une cigarette et exhala de côté un épais nuage de fumée. Elle n'avait nourri aucun espoir sur cette recherche. Elle avait eu raison. Fait exceptionnel, elle temporisa :

— Je suis désolée, Mike. J'ai été injuste. À la vérité, je ne pensais pas qu'on trouverait quelque chose par ce biais, mais…

— Ben ouais, on en est tous là : et si la chance voulait bien tourner de notre côté !

— C'est le moment de bichonner votre fer à cheval ou votre trèfle à quatre feuilles. On va en avoir besoin !

— Les mauvaises nouvelles ne sont pas terminées, docteur. Chou blanc complet du côté des compagnies de déménagement, comme vous l'aviez prévu.

— Et les boîtes qui louent des camions aux particuliers ?

— Pareil. On n'a pas fini de les contacter, mais je vous parie ma paie du mois prochain qu'on va se planter. Elles pratiquent toutes le forfait kilométrique. En fait, elles y gagnent parce que les clients surévaluent en général leur trajet. Vous louez le véhicule pour deux cents, trois cents, cinq cents ou mille kilomètres. L'employé vérifie au retour que vous ne truandez pas. Il ne relève le kilométrage qu'au départ pour éviter toute contestation. Donc, même si on parvient à retrouver une réservation au nom de John Ward, on saura qu'il est parti du garage de la société de location et qu'il y est revenu et, au mieux, quel forfait il a choisi. Ces mecs nous ont prouvé qu'ils étaient très malins. Ils ne seraient pas crétins au point de nous laisser un kilométrage précis. Je doute même qu'on retrouve une réservation. Sept ans ou six, c'est vieux, et la majorité des compagnies ne conservent leurs archives que durant trois ans, en cas de litige, d'accidents non signalés, etc.

Diane Silver contempla sa cigarette, la faisant tourner entre ses doigts. Au fond, elle n'aimait pas fumer. C'était juste une mauvaise habitude, une addiction tenace, en plus d'une forme de rébellion, un « allez vous faire foutre » à l'usage de Pliskin et de Casney. Diane avait toujours été assez bien élevée pour n'imposer son tabagisme qu'aux gens qui transitaient par son bureau et qui, les trois quarts du temps, lui cassaient les pieds. Elle regrettait que les accrocs du téléphone portable, qui se sentent contraints de téléphoner à tout leur répertoire pour préciser où ils sont, où ils seront dans trois minutes et la composition du sandwich qu'ils sont en train d'avaler, hurlant lorsqu'ils perdent le réseau, n'en fassent pas de même dans les lieux publics. La courtoisie, que l'on croit très à tort désuète et superflue, est l'une des plus jolies manifestations de la civilisation. C'est une attitude qui prouve aux autres qu'ils existent et qu'ils méritent, autant que vous, un respect de quelques secondes.

— Vous séchez ?

Elle sentit une véritable inquiétude dans le ton de Mike Bard.

— Je ne « sèche » jamais. Je peux être coincée un moment, mais je trouve toujours.

Le grand flic débita :

— Docteur Silver... Cette enquête est vachement importante pour Gary et pour moi. D'abord parce que ça fait maintenant la une de tous les médias du pays, qui mettent plus ou moins subtilement en doute les capacités du FBI, et « pourquoi on a retiré l'enquête au

Boston PD, vu nos avancées ? ». Sauf qu'ils n'étaient pas mécontents de nous refiler la patate chaude et je les comprends. Ça me gonfle vraiment qu'on nous tombe dessus. Ensuite, je ne veux pas donner de munitions à Pliskin, ni contre vous, ni surtout contre nous.

Il n'aima pas du tout la lueur qui s'alluma dans son regard. Elle répondit cependant d'une voix paisible :

— Mike, cette enquête est vachement importante pour moi… répéta-t-elle mot pour mot, parce que je ne veux pas que d'autres femmes soient enlevées, séquestrées, violées, sans doute torturées durant des mois avant qu'on les laisse crever de faim et de soif !

Il baissa les yeux.

Washington DC, États-Unis, août 2008

Elaine Simmons regarda à nouveau sa montre et répéta :

— Je suis vraiment désolée. Ron, mon mari, m'a assurée qu'il ferait son possible pour nous joindre et c'est un homme de parole. Cela étant, il est débordé.

— Je comprends très bien. Ce n'est pas grave, je vous assure. D'autant que les mères sont plus… on va dire observatrices, vigilantes sur ce genre de détails.

— Mais, agent…

— Appelez-moi Thomas, je vous en prie. Ça me fera plaisir.

— Thomas… vous faites partie du FBI, est-ce à dire que l'enquête va être relancée ?

— Ça ne dépend pas de moi, comme vous le savez, répondit-il d'un air navré. Je ne suis là que pour récolter le maximum d'éléments. Ensuite, un juge tranchera.

— Enfin, ce monstre, cette horreur… Ford…

— Rick Ford.

— Oui, Rick Ford a été abattu, non ?

— Nous avons… comment dire, des raisons de penser qu'il n'agissait pas seul.

— Je hais ces pervers ! s'exclama-t-elle, mauvaise. Ils me terrorisent. Vous ne pouvez pas savoir à quel point je suis contente que mes fils aient tous une vingtaine d'années et que ce soient de robustes gaillards. Ce monde est devenu dingue.

— En effet.

— Je nous prépare un petit café ? Peut-être que ça fera venir mon mari, ajouta-t-elle dans un sourire.

— Volontiers, c'est très aimable à vous.

Il profita de son absence pour détailler le salon lumineux. Les murs étaient peints d'une tendre couleur pêche. Le canapé profond et ses deux fauteuils assortis, recouverts d'un tissu à motif floral, donnaient à la pièce un délicieux air anglais, tout comme les meubles anciens de belle patine, aux pieds grêles et tournés. D'assez jolies aquarelles, encadrées avec goût, s'alignaient sur le mur qui lui faisait face. Derrière lui, une bibliothèque dans laquelle s'empilaient des livres, lus à n'en point douter. Sur la table basse en onyx clair, un gros vase ventru en céramique retenait des pivoines à peine rosées.

La ruse avait fonctionné. C'était presque toujours le cas. Pourtant, Elaine Simmons était avocate. Mike Bard avait tendu son badge blanc et bleu du FBI, le pouce fermement appliqué sur son prénom. Il s'était annoncé comme l'agent spécial Thomas Bard, son frère. La magie du Bureau avait fait le reste.

Elaine revint de la cuisine et lui tendit une jolie tasse fine, qu'il récupéra avec autant de délicatesse que possible. Cette femme était jolie. Assez grande, mince sans être maigre, de beaux cheveux châtain clair tirés en queue-de-cheval, des yeux bleus, des pommettes un peu marquées. Elle devait avoir entre quarante-cinq et quarante-sept ans. Une de ces femmes qui luttent contre l'avancée de l'âge grâce à leur vitalité, leur envie d'entreprendre et d'aimer, leur intérêt pour la vie, les êtres et les choses.

— Pour en revenir à notre nanny, Susan…

— Susan Brooks, c'est bien cela ?

— En effet. Bon, d'accord, nous avions choisi cette fille parce qu'il s'agissait d'une Anglaise et d'une nanny professionnelle… Bref, j'avoue, l'aspect frime n'était pas complètement étranger à notre décision. À l'époque… enfin, mon mari et moi avons beaucoup évolué. N'empêche qu'elle était parfaite. Je… je ne veux pas déblatérer sur les étudiantes, les jeunes filles au pair qui s'occupent d'enfants, de jeunes enfants… Cependant, parfois, ce n'est vraiment pas leur priorité. Elles sont mignonnes, elles font ce qu'elles peuvent, mais bon… une nanny professionnelle ne se consacre qu'aux enfants.

— Vous avez donc été très satisfaits de ses services ?

— Oui, et nous avons été désolés lorsqu'elle nous a annoncé qu'elle retournait dans son pays… Elle était fiancée, d'ailleurs, il avait dû casser sa cagnotte…

— Pourquoi ?

— Il lui avait offert un solitaire, je ne vous dis pas ! précisa Elaine dans un sourire.

— Et c'était à quelle époque ?

Un doute voila le regard intelligent de Mrs Simmons :

— Pourquoi voulez-vous savoir tant de choses au sujet de Susan ?

Mike Bard attendait cette question. Il répondit sans hésitation :

— Nous pensons que Mlle Brooks a pu voir quelque chose justement parce qu'elle était professionnelle, donc sur ses gardes en permanence. Ford a beaucoup... opéré dans le square où elle conduisait vos fils. Si un type a prêté un peu trop d'attention aux fillettes qui se trouvaient là, il y a des chances pour qu'elle l'ait repéré, même si, sur le coup, elle a relégué cette information dans un coin de son esprit.

Sa sortie rassura tout à fait Elaine Simmons qui approuva :

— Je comprends et vous avez raison. Susan avait un sens de l'organisation et du détail... on va dire parfois un peu pesant.

— Je n'en doute pas !

— À sa décharge, mes fils étaient horriblement turbulents. C'était à celui qui trouverait la bêtise la plus innovante. À part ça, pas méchants pour un sou. Vous savez, trois garçons qui se suivent à un an...

— Eh oui, les garçons, sourit Mike/Thomas.

— Leur grand jeu consistait, bien sûr, à terroriser les filles... Si vous saviez le nombre de doléances de mères que j'ai reçues... (Une ombre très triste passa sur son visage. Elle ajouta :) Mon aîné, George, qui avait dix ans à l'époque, était tombé fou amoureux d'une petite Crystal. Il l'avait couverte de menus cadeaux et de bonbons, harcelée jusqu'à ce qu'elle lui promette le mariage. Sa mère m'avait téléphoné. Pas contente du tout. Je la comprends, la gamine était affolée. Elle n'avait aucune envie d'épouser George.

— Crystal Reichs, c'est cela ?

Elle hocha la tête en signe d'acquiescement et il comprit qu'elle luttait contre les larmes.

— Une des petites victimes de Ford.

Elle hocha à nouveau la tête.

Elle porta sa tasse à ses lèvres et il lui accorda quelques instants de silence. Sans même avoir avalé une gorgée, elle reposa la tasse sur la table en onyx et inspira avant d'admettre :

— Vous savez, nous n'en avons jamais vraiment discuté avec Ron, mon mari, pourtant nous sommes aussi bavards l'un que l'autre, ce qui explique en partie la longévité de notre couple… toujours des trucs à se dire… Cependant, je crois que même si… cette épouvante ne nous a pas touchés de façon personnelle – Dieu merci – elle nous a affectés de façon discrète mais en profondeur. Nous étions un peu… pas mal lancés dans la course au fric, sans en être vraiment conscients. La surenchère permanente. Plus grand-chose ne pouvait exister par ailleurs, il fallait réussir, décrocher les plus juteux contrats. J'étais avocate d'affaires à l'époque.

— Je sais. Vous défendez maintenant des associations, c'est cela ?

— Oui, de protection de l'environnement, de consommateurs, de locataires, de démunis, ce genre de choses. Je gagne cinq fois moins, mais je prends mon pied et je suis fière de moi. Toujours est-il que… Ron et moi n'avons jamais évoqué nos sentiments parce que… je crois qu'on voulait se protéger l'un l'autre. Lorsqu'il y a eu le procès, le non-lieu, lorsqu'il a été évident que ce dégénéré de Ford recrutait surtout dans le square où allaient nos enfants, j'ai repris brutalement la mesure des choses. J'ai soudain réalisé que l'un de mes fils aurait pu… enfin, vous voyez… Ron a suivi un cheminement similaire de son côté. Sans nous consulter, nous sommes parvenus tous deux à une conclusion identique : notre famille est la chose la plus importante qui soit. Je peux vous assurer que je ne regrette pas le changement qui s'est opéré. Ron non plus, d'ailleurs. Nos fils sont merveilleux et plus du tout turbulents, nous formons un des couples les plus harmonieux que je connaisse. Nous sommes heureux et nous vivons sans extravagance mais très confortablement, tout en étant contents de ce que nous faisons.

Mike sentit qu'elle disait vrai. Une tristesse diffuse s'infiltra en lui. Il était passé à côté de cette vie magnifique.

Elle pouffa soudain et s'excusa :

— Je vous ennuie. Je vous l'ai dit, je suis bavarde. Je peux tenir en haleine un jury durant deux heures sans reprendre mon souffle, plaisanta-t-elle. Nos petites histoires ne vous intéressent pas.

— Détrompez-vous, tout ce qui est humain me fascine et si ça peut être, en plus, heureux, c'est encore mieux.

— Oh… quelle jolie repartie.

Il lui fut reconnaissant de son réel plaisir et songea que Ron avait de la chance, et qu'il le savait sans doute. Il rompit le charme, il le devait :

— Je reviens à ma question, si vous le permettez. Quand Mlle Brooks vous a-t-elle annoncé son désir de rentrer en Angleterre ? Comprenez-moi. Tout ce que vous pourrez me dire, qui me permettra de la localiser pour solliciter son témoignage m'aidera. Si elle est bien en Angleterre, si elle s'est mariée et a changé de nom, ça va être beaucoup plus long.

— Oh, je vois. Attendez, je réfléchis… c'est loin…

— Aidons-nous de Ford pour préciser le moment, proposa Mike. Était-ce après son arrestation ?

— Non, plus tard. Ça, j'en suis sûre, puisqu'elle était aussi horrifiée que moi lorsqu'on a appris qu'il sélectionnait ses jeunes victimes dans le square où s'amusaient les garçons. Non, répéta-t-elle, c'était bien après le déballage de ses crimes à vomir. Je m'en souviens parce que j'ai égoïstement songé que maintenant qu'il était derrière les barreaux, les enfants seraient en sécurité. C'était même après que l'on a appris la nouvelle horriblement choquante de son non-lieu. Susan était scandalisée. Comme nous tous dans le quartier. On ne parlait que de cela. Oh, c'était bien un an plus tard.

— Avez-vous gardé contact avec Mlle Brooks…

— Eh bien, non. D'ailleurs, ça nous a surpris. Nous nous étions quittés en excellents termes. Elle m'avait communiqué une adresse anglaise, où je pourrais la joindre. Un peu étonnée de ne pas recevoir de nouvelles après plusieurs mois, j'ai écrit. La lettre m'est revenue avec « Inconnu à cette adresse ». Je dois pouvoir la retrouver si…

— Non, ne vous donnez pas cette peine, la dissuada Mike, certain que l'adresse était bidon. D'autres détails ? C'est très important, la moindre chose.

Réfléchissant, Elaine Simmons termina son café.

— Pas grand-chose. En fait, c'était une fille assez secrète. J'ai essayé de la faire un peu parler de son fiancé, vous voyez, le genre discussions entre nanas… Elle m'a juste révélé qu'il était très gentil. Je ne sais même pas s'il était vraiment anglais. Je l'ai déduit du fait qu'elle voulait repartir chez elle… (Elle fronça les sourcils, cherchant ses mots, puis :) Euh… Attention, ce que je vais vous dire n'a rien d'une certitude, il s'agit d'une impression, rien de plus. Je crois qu'elle jouait.

— À des jeux d'argent ?

— C'est cela. Encore une fois, c'est à prendre avec circonspection. Il y avait des périodes où elle semblait très en fonds. Maria, la dame qui s'occupait des courses et du ménage et qui était curieuse comme une chatte, me signalait à chaque fois d'un ton peste que Mlle Brooks s'était « encore acheté un vêtement, et pas donné », ce genre de choses. En revanche, certaines semaines, elle me demandait sa paie dès le jeudi.

— Elle aurait pu avoir une autre source de revenus, confidentielle et irrégulière, suggéra Mike/Thomas.

— J'y ai pensé, en dépit du fait que le contrat de travail qui la liait à nous était très ferme sur ce point. C'est moi qui l'avais rédigé et j'y avais mis toute la paranoïa d'une mère. S'occuper de trois garnements, c'est plus qu'un boulot à temps complet, et croyez-moi qu'elle se faisait payer. Chaque fois qu'elle avait des vacances, elle partait à Las Vegas. Ou elle fréquentait quelqu'un là-bas, ou alors c'étaient les casinos qui l'attiraient.

— Comment le savez-vous ?

— Parce qu'elle se servait de l'ordinateur de la maison pour contacter l'agence de voyages afin qu'ils lui réservent ses billets d'avion et ses chambres d'hôtel. Je ne voyais aucun inconvénient à ce qu'elle s'en serve. J'ai toujours fliqué… euh pardon… surveillé les sessions des enfants. Bon, à l'époque, George commençait tout juste à s'amuser avec l'informatique, mais quand même. C'est de cette façon que je suis tombée sur les mails de Susan.

— D'autres correspondants, à part l'agence ?

— Non. Enfin, je n'ai rien vu.

Un homme très grand, les cheveux en bataille, déboula dans le salon, lançant :

— Je suis désolé, vraiment confus… un truc de dernière minute, classique…

Elaine se précipita vers lui, bras écartés en criant, joyeuse :

— Ron !

Il la plaqua contre lui, posa le menton sur sa tête et ferma les yeux.

Mike se leva, à la fois ému et troublé. Ouais, il était passé à côté de sa vie, mais elle était maintenant trop loin derrière lui pour qu'il pût y changer quoi que ce fût.

Ils se saluèrent et Mike prit rapidement congé. Elaine lui avait appris tout ce qu'elle savait. Il abandonna le couple heureux, s'efforçant de dissiper ses regrets, ses désillusions et ses manques. On ne pouvait pas revenir sur ce qui était fait. Inutile de s'appesantir dessus. Silver aurait pu dire un truc de ce genre.

Une fois dans l'avenue ombragée, Mike appela son frère Thomas de son portable sécurisé. Il lui relata ce qu'il avait appris. Son aîné commenta d'un ton pincé :

— Si elle est en Angleterre, ça va être une vraie galère.

— Je sais pas pourquoi, mais j'en doute. Teelaney t'a expliqué son intérêt pour cette fille ?

— Non, et je n'allais pas lui demander, même s'il est évident que c'est en rapport avec l'affaire Ford. Il souhaitait juste connaître son identité et son passé avec les Simmons. À l'instar de tous mes très riches clients, il me paie grassement pour des réponses, pas pour des questions.

— C'est bien Debra Kaplan qui lui a parlé d'elle ?

— Il ne l'a pas formulé de cette façon. Il a dit : « Mme Kaplan semble s'être souvenue de… » Rien n'indiquait qu'il l'ait rencontrée.

— Y a un truc qui pue dans cette histoire. Je sais pas quoi. Qu'est-ce que je fais maintenant, Thomas ?

— Tu crois que la piste du jeu, Las Vegas, est exploitable ?

— En tout cas, c'est la seule qu'on ait. Je m'y colle, sauf qu'elle a peut-être changé de nom.

— Allons, mon petit frère super-agent du FBI ! se moqua gentiment Thomas. Elle est anglaise, ne l'oublie pas. Si elle est résident permanent et qu'elle bosse ici, elle a une carte verte. C'est largement moins falsifiable qu'un permis de conduire. Et puis pourquoi aurait-elle changé de nom ?

— Je ne sais pas… après le scandale Rick Ford. Peut-être qu'elle avait vu quelque chose, qu'elle a eu peur, qu'elle a fermé sa gueule et qu'elle ne voulait pas qu'on la retrouve.

— Ford a été buté. Même si elle avait eu peur au moment des faits, ça fait dix ans que l'affaire est close.

— Ouais, t'as raison, admit Mike. Je ne sais pas… y a un truc, vague, dans ce qu'a dit, ou pas, Elaine Simmons qui a déclenché ma sonnette d'alarme. Tu as un moyen de procéder à des recherches en Angleterre ? Moi, c'est vraiment pas de mon ressort.

— Disons que j'ai quelques faux amis qui me doivent des services.

— Essaie de trouver ce que tu peux sur cette Susan Brooks. File-moi le numéro de Debra Kaplan. Je veux savoir si Teelaney lui a rendu visite, et ce qu'elle lui a raconté.

La voix de son aîné lui parvint, froide, très ferme :

— Mike… Ne me fous jamais dans la merde vis-à-vis de mes clients. Il ne m'appartient pas de les juger. Quand tu bosses pour moi, tu n'es plus agent du FBI. Je te rends service et j'exige ta discrétion, ne l'oublie pas. En ce moment, ta fidélité va à Teelaney qui te paie pour me donner un coup de main et qui te permet de faire le maximum pour Simon, à l'instar de mes autres clients. Ton but n'est pas de le coincer, ni même d'apprendre ce qu'il a derrière la tête. Si tu ne peux plus faire la différence, dis-le-moi tout de suite et on arrête.

— Ça marche. Ne t'inquiète pas. Je t'assure. Je veux juste savoir.

— Je compte sur toi, Mike. Ne me déçois pas. Je vais transmettre toutes ces informations à Teelaney.

Debra Kaplan répondit au bout de quelques sonneries. Mike était mal à l'aise. Il détestait les interventions spontanées. Selon lui, une opération avait des chances de réussir lorsqu'elle avait été réfléchie. Toutefois, il manquait de temps.

— Madame Kaplan, je suis l'agent Mike Bard, du FBI, Quantico.

— …

— Madame Kaplan ?

— Je vous entends, monsieur. Et si vous affirmiez que vous êtes le président des États-Unis, il faudrait que je vous croie ?

— Écoutez, si vous avez un ordinateur, je rentre dans un café Internet, je scanne mon badge et je vous l'envoie.

— N'oubliez pas d'y joindre la photo de Garfield. Des milliers de faux badges du FBI circulent. Ils nous mettent assez en garde contre ça aux informations.

— D'accord, je vous donne le numéro du standard de Quantico. Ils vous confirmeront qu'ils ont bien un agent du nom de Mike Bard.

— Oh, je veux bien le croire. Et qui me dit que c'est vous… je vais raccrocher, monsieur… je dois partir travailler, là…

— Madame Kaplan ! hurla presque Bard. C'est très important. Un homme est venu vous voir ou vous a téléphoné au sujet de… Barbara, votre petite fille… vous lui avez parlé d'une famille Simmons… Je sors de chez les Simmons… à Washington. Je peux vous donner leur numéro de téléphone pour vous permettre de vérifier auprès d'eux que l'agent spécial Bard du FBI vient de quitter leur appartement.

— Non.

— Vous ne voulez pas vérifier ?

— Ce n'est pas cela. Non, aucun homme n'est passé me rendre visite. D'ailleurs, je ne vois presque personne, à part les clients du restaurant dans lequel je travaille. Il faut que j'y aille. Excusez-moi, je suis en retard.

La communication fut coupée.

Paris, France, août 2008

Un sourire radieux aux lèvres, un léger sac de voyage en cuir noir jeté sur l'épaule, Rupert Teelaney, troisième du nom, dévala les marches métalliques de la passerelle de son Learjet privé. Il aimait ces journées d'incertitude, lorsqu'il se laissait mener par les circonstances. Il ignorait de quoi celle-ci serait faite. Passerait-il la nuit dans la capitale française ? Sans doute.

Il huma l'air saturé de vapeurs de kérosène de la piste excentrée de Roissy, se moquant de lui-même : non, il ne s'agissait pas encore de l'air de France, juste de celui, pollué, d'un aéroport parmi d'autres.

Une voiture de location avec chauffeur l'attendait. Il s'installa à l'arrière, échangeant quelques mots joyeux avec son conducteur. Celui-ci le prévint :

— Je suppose que vous avez l'habitude. Les formalités de débarquement sont très simples et expédiées dans le cas des avions privés quand les douaniers connaissent bien les propriétaires. D'après mon itinéraire, je vous conduis au centre de Paris, vers la place de l'Odéon, et j'attends votre appel pour revenir vous chercher ?

— C'est cela.

— Si je puis me permettre, monsieur, vous parlez très bien notre langue. À peine une trace d'accent.

— C'est gentil, merci. C'est une très belle langue. Difficile, toutefois. Notamment le genre des objets : une chaise, un couteau.

Rupert retint le rire qui lui venait. Étrange, il avait prononcé ces deux mots sans réfléchir et, comme par hasard, il avait choisi la chaise et le couteau, ses deux « outils » principaux.

La voiture roula avec lenteur vers le poste de sécurité. Lorsque Nathan en sortit pour se diriger vers l'un des hommes en uniforme, une bourrasque d'adrénaline dévala dans ses veines. Grisant. Ils avaient dû recevoir sa photo prise par la caméra de surveillance de l'hôtel particulier de Neuilly. Certes, l'extrême frisure de ses cheveux, qui les raccourcissait, et le gentil regard de myope derrière des lunettes modifiaient radicalement son apparence.

— Ah, monsieur Teelaney ! Comment allez-vous ?

Il ne reconnaissait pas l'homme mais prétendit le contraire.

— Bien, bien, merci. Et vous ?

— On fait aller. Alors, on vient faire une petite virée shopping à Paris ?

— On ne peut rien vous cacher. Je me rends chez mon chausseur préféré. Rien de pire qu'avoir mal aux pieds.

— À part une rage de dents, approuva le douanier.

— Oh là, oui ! renchérit Rupert en riant.

L'homme lui rendit son passeport et le salua. Rupert rejoignit son véhicule en sifflotant.

Il flâna dans les petites rues qui partaient de la place de l'Odéon, achetant quelques babioles. Il s'installa en terrasse d'un restaurant italien et déjeuna sans hâte d'une salade aux poivrons confits suivie d'une pizza végétarienne, jetant de fréquents regards vers une porte d'immeuble. Il régla la note et commanda un autre café, qu'il paya aussitôt. Enfin, la personne qu'il attendait apparut. Rupert avait tablé sur les vacances et le fait qu'il ne quitterait pas Paris. Victor Heurtel. Rupert se réjouit trop tôt, pensant l'enfant seul. Sara Heurtel sortit à son tour de l'immeuble et jeta un regard nerveux autour d'elle avant de rejoindre son fils à grandes enjambées. Rupert se réinstalla devant son café avec un soupir agacé.

Dommage, songea-t-il. Une autre fois. Repensant au regard de Sara Heurtel qui avait balayé la rue et le trottoir, une idée déplaisante traversa l'esprit de l'Américain. Ce profileur français dont lui avait parlé Diane, cet Yves Guéguen, aurait-il fait germer le doute et la peur dans l'esprit de Sara ? Si tel était le cas, elle était sur ses gardes et ne lâcherait plus son fils d'une semelle. Certes, elle n'était pas de taille à lutter contre Nathan, ni physiquement, ni même intellectuellement en dépit de son intelligence. Trop civilisée. Le respect des lois et de la morale dominante avait émoussé sa perception de la réalité. Toutefois, les choses, la suite allait se révéler beaucoup plus compliquée pour lui.

Décidément, ce Guéguen l'agaçait.

D'une humeur instable, que n'avait pas arrangée sa balade forcée, et maintenant sans but, dans Paris, Rupert reprit le chemin de Roissy à la tombée du jour. L'équipe de vol avait été réquisitionnée quelques heures plus tôt, chacun devant abandonner sa chambre d'hôtel à la hâte. Si certains avaient regretté de ne pouvoir passer une soirée et une nuit dans la capitale française, nul n'aurait eu le mauvais goût et le peu de bon sens de le manifester.

Rupert fut donc accueilli par l'hôtesse au radieux sourire en bas de la passerelle de son Learjet :

— Une bonne journée, monsieur ?

— J'en ai connu de meilleures, mais Paris reste Paris.

Il s'affala dans l'un des sièges de cuir fauve et observa par le hublot la piste qui s'obscurcissait.

Diane l'aurait sermonné pour son impatience. Savoir se dominer, attendre l'opportunité idéale, museler son impulsivité, telles étaient les qualités essentielles d'un bon chasseur.

Il accepta donc avec amabilité le cocktail de fruits que lui tendait l'hôtesse.

La voix du commandant de bord résonna par haut-parleur :

— Monsieur Teelaney, le décollage est prévu dans dix-sept minutes. Le ciel est dégagé, peu turbulent. Le vol jusqu'à l'aéroport de Logan devrait être agréable.

Rupert consulta son téléphone portable. Un message de Thomas Bard l'attendait.

« Monsieur Teelaney, j'espère que vous allez bien. Je profite de votre portable sécurisé. Je viens à l'instant d'apprendre des choses étonnantes au sujet de Susan

Brooks, la fameuse nanny anglaise. Elle a été pas mal inquiétée, il y a dix-sept ans, après le décès d'une petite fille de quatre ans, Elizabeth Barclay. Ça se passait dans la campagne londonienne. Selon Mlle Brooks, profitant de ce qu'elle était occupée dans la cuisine, la petite fille aurait échappé à sa surveillance et serait tombée dans la piscine. Les parents, très à l'aise financièrement, l'ont accusée d'homicide involontaire. Selon la mère, l'enfant se serait plainte de la nanny, doléances que les Barclay n'avaient pas prises au sérieux sur le moment. L'affaire s'est soldée par un non-lieu. Souhaitez-vous que je me rapproche des parents ou ces renseignements vous suffisent-ils ? J'attends vos instructions. À très vite, monsieur Teelaney. »

Rupert éteignit l'appareil, songeur.

Diane, étonnante Diane, dont la perspicacité allait permettre de relier deux affaires, à dix-sept ans d'intervalle. Rupert était certain que Susan Brooks avait tué, sciemment, la petite Barclay.

Oui, décidément, justice allait bientôt être rendue à tant de petites âmes. Il leva son verre de jus de fruits en muet hommage.

Boston, États-Unis, août 2008

Maintenant habitué à l'extrême ponctualité de son richissime et charmant client, Rupert Teelaney, maître Charles Devernois-Klyne pénétra avec dix bonnes minutes d'avance dans le bar du Four Seasons, situé non loin de l'Institute of Contemporary Art dans Boylston Street, l'un des hôtels les plus luxueux de la ville. Le deuxième homme, celui qu'il devait rencontrer aujourd'hui, importait peu. Il s'agissait de l'un des innombrables employés de l'empire Teelaney. Cependant, Charles ferait preuve de considération à son égard : après tout, si Rupert tenait à s'assurer de sa fidélité grâce à un contrat de travail spécifique, c'est qu'il avait une importance à ses yeux, donc à ceux de l'avocat. En digne associé d'un très joli cabinet bostonien, les priorités de ses plus riches clients étaient également celles de maître Devernois-Klyne.

Un mois plus tôt, avec sa coutumière gentillesse, Rupert avait demandé à Charles de rédiger le contrat de travail d'un certain Frédéric Baumier, citoyen français. Le contrat type ne convenait pas à son projet. Baumier était chargé de la création, puis de la direction, d'une petite structure de recherche et de développement en écologie, l'une des passions de Rupert. Si Devernois-Klyne avait été surpris par les conditions plus qu'avantageuses concédées par Rupert, s'il lui en avait fait la remarque, la réponse pragmatique de l'héritier Teelaney l'avait rassuré. Après tout, Rupert avait maintes fois prouvé son flair et avait hérité de son père et de son grand-père le talent de gagner de l'argent. Beaucoup. Il avait ri :

— Ah, Charles, homme de peu de foi ! Vous pensez toujours que l'écologie est un gadget pour nantis, n'est-ce pas ? Eh bien, vous vous trompez, mon ami. Nous allons tous devoir y venir, certes contraints et forcés. Est-ce que cela suffira à sauver notre espèce ? J'en doute, mais qui sait ? Quoi qu'il en soit, il y a beaucoup d'argent à gagner, en plus d'une œuvre nécessaire à concrétiser. Cela étant, et comme dans tous les domaines, il faut se positionner très vite et investir judicieusement. C'est ce que j'ai toujours fait.

— Je vous accorde que vos éblouissants résultats vous donnent raison, avait souri Devernois-Klyne. J'avoue : je suis très frileux avec l'argent de mes clients.

— C'est pour cela que je vous paie. Pour me protéger, même de moi-même, avait plaisanté Teelaney.

Frédéric Baumier, ingénieur brillantissime qui n'avait pas trouvé en France des moyens à la mesure de ses talents, mettrait son imagination, ses compétences – notamment en matière de pompes à chaleur et de géothermie – au service exclusif de Teelaney en échange d'un salaire plus que généreux, de rondes primes annuelles, d'intéressement et d'une liste d'avantages en nature qui aurait pu faire pâmer d'envie n'importe quel cadre très supérieur : un appartement de quatre pièces dans un quartier résidentiel de Boston, une petite voiture de fonction – pas de grosses cylindrées à cause des émissions de CO_2 –, une baby-sitter pour le bébé du couple Baumier, une place réservée dans une des meilleures crèches de la ville et même dans le très futur jardin d'enfants, sans oublier une couverture sociale de luxe pour les trois membres de la famille, un accès illimité aux chambres réservées en permanence dans les hôtels du monde entier et destinées à l'usage des supercadres de Teelaney, etc. En échange, Baumier signait de son sang des clauses d'exclusivité et de confidentialité sur tout ce qui concernait les intérêts Teelaney. Dans l'éventualité où une envie de bavardage saisirait l'ingénieur, Rupert se réservait le droit de lui casser les reins au-delà du réparable. Toutefois, il s'agissait d'un excellent *deal* pour le Français, avait jugé Charles Devernois-Klyne.

Le regard de l'avocat balaya l'essaimage de guéridons et de profonds fauteuils de cuir sombre, protégés de claustras contre lesquels s'épanouissaient de hautes plantes en pot destinées à préserver les clients de toute indiscrétion. Une décoration parfaite, subtile association entre un classicisme rassurant et une élégante modernité.

Il héla d'un geste discret un serveur qui passait, chargé d'un plateau sur lequel étincelaient de hauts verres en cristal taillé, et murmura sa question pour ne pas troubler le calme huppé des lieux. Sur un sourire, le jeune homme désigna une table excentrée d'un geste du menton.

Se composant un visage avenant, Charles Devernois-Klyne rejoignit sans hâte Frédéric Baumier, déjà installé. Il s'accordait quelques instants afin de l'étudier. L'ingénieur français, un grand brun mince, devait avoir une petite trentaine. Il semblait nerveux, ce que Charles pouvait comprendre. On n'a pas tous les jours affaire à une des cinquante plus grosses fortunes de la planète, et il allait signer un des contrats les plus importants de sa vie. Il n'avait pas osé commander. Il croisait les doigts sur le plateau du guéridon en bois de rose, sans doute parce qu'ils tremblaient. Charles s'en voulut un peu de son peu charitable examen.

Le voyant s'approcher de la table, Baumier se leva, incertain. Charles lui tendit la main sur un grand sourire :

— Frédéric Baumier ? Charles Devernois-Klyne, un des avocats qui représentent les intérêts Teelaney.

— Maître, bonjour…

Charles se défendit contre l'espèce d'émotion qu'il ressentait : le type était terrorisé à l'idée de commettre un impair, de ne pas être à la hauteur. Touchant. Il jeta un regard à sa luxueuse montre ultra-plate et commenta :

— Rupert va arriver d'un instant à l'autre. Il est d'une ponctualité royale. Si on doit médire de lui, c'est donc maintenant, il faut en profiter…

Il vit l'affolement gagner le regard noisette qui le dévisageait et précisa :

— Je plaisante. D'ailleurs, même en cherchant bien, il n'y a rien de négatif à dire au sujet de Rupert, vous verrez au fil du temps. C'est le type le plus charmant, le plus décent, le plus modeste, le plus brillant que je connaisse. En plus, il a de belles passions, dont l'écologie.

La passion : l'implacable supériorité de Rupert aux yeux de Charles qui avait perdu toutes les siennes. En plus de l'immense argent, bien sûr.

— Ah, oui, oui… Il parle admirablement bien le français, vous savez, approuva l'ingénieur avec vivacité.

— Et l'espagnol et l'allemand, et aussi le sanskrit… plus difficile à caser.

Charles se fit la réflexion qu'il tentait de mettre l'autre un peu à l'aise. La bienveillance de Rupert déteignait sur lui.

— Je me débrouille pas mal en anglais, surtout technique, mais j'ai encore de gros progrès à faire. Ma femme aussi, d'ailleurs. On va s'inscrire à un cours pour adultes.

— C'est une excellente idée. Vous savez, ne pensez surtout pas que les Américains refusent de parler une langue étrangère parce qu'ils se croient le sel de la terre. Vous pourriez avoir une désagréable surprise. La plupart d'entre nous, enfin de notre génération du moins, sont capables de baragouiner en français ou en espagnol. On prétend le contraire par timidité, par crainte d'avoir l'air ridicules avec notre accent à couper au couteau.

Baumier laissa échapper un court soupir. Il se détendait. Pour peu de temps. L'arrivée de Rupert le fit se lever tel un ressort.

— C'est pas vrai, je suis en retard, mince ! lança l'héritier en riant.

Charles, qui s'était levé à son tour, le détrompa :

— Non, vous avez quatre minutes d'avance, Rupert.

— Ah, ça me soulage. Bon, on commande d'abord et on discute ensuite ?

Sans attendre de confirmation, il héla un serveur qui se rua aussitôt vers leur table et murmura :

— Monsieur Teelaney, c'est toujours un plaisir de vous avoir parmi nous. Votre cocktail de jus de fruits ?

— Je suis un homme d'habitudes, acquiesça Rupert, affable. Quant à ces messieurs, je ne sais pas, s'enquit-il en se tournant vers Frédéric, pétrifié, toujours debout.

— Euh… Le cocktail de fruits me plairait bien…

— Ah non, moi ce sera un Macallan. J'ai une journée chargée et besoin d'un petit remontant, annonça Charles.

Tous s'assirent. Leurs consommations furent déposées devant eux ainsi qu'une assiette d'allumettes feuilletées au sésame.

— Charles, lança Rupert après une gorgée. Allez-y, ouvrez le feu, c'est vous qui avez toutes les données en main…

— Tout d'abord, Rupert, je vous présente mes plus plates excuses, mais je ne peux pas m'attarder plus d'une petite heure en votre compagnie… Je suis désolé. Une réunion très importante au cabinet.

Il mentait. Hier soir, Rupert l'avait appelé. Enveloppant son exigence de son habituelle courtoisie, il avait expliqué :

— Charles, ne m'en veuillez surtout pas. Toutefois, j'ai à discuter boutique avec Baumier. Donc, si les aspects contractuels pouvaient être réglés en une heure et que vous nous laissiez ensuite pour que nous discutions des implications industrielles, je vous en serais très reconnaissant.

Charles avait compris l'ordre déguisé en requête. L'admiration qu'il éprouvait pour l'héritier naissait aussi de cela : l'éducation parfaite de Rupert lui permettait d'imposer sa volonté en donnant aux gens la sensation qu'ils étaient libres et lui faisaient une faveur. Une attitude que l'on nomme généralement la « véritable classe ». Devernois-Klyne voyait passer tant de vulgarités dans son bureau, vulgarités qui pensaient que de luxueuses voitures, des bijoux hors de prix pouvaient racheter leur manque absolu de manières et d'élégance intellectuelle. Ils avaient tort. La vulgarité est tenace.

— Pas du tout, Rupert, avait répondu Charles. Je vous avoue que cela me soulage. Les vis et les écrous d'une pompe à chaleur sont une autre énigme du Sphinx à mes yeux.

— Je comprends, Charles. Bon, ça devrait être plié en une heure, non ? Nous avons largement eu le temps de lire et de relire le contrat puis d'apporter les aménagements nécessaires…

— Tout à fait, approuva Frédéric Baumier d'un ton nerveux.

Rupert lui destina un de ses adorables sourires en lui demandant :

— Tout vous satisfait-il, Frédéric ?

— Oh oui, monsieur Teelaney.

— Rupert, je vous en prie. Les clauses de confidentialité de votre contrat sont féroces, vous avez eu raison de le souligner. Cela étant, c'est la stratégie Teelaney, depuis le début. De surcroît, elles sont largement compensées par le reste, n'est-ce pas ? Voyez-vous, Frédéric, lorsque je vous dis une chose, même si, a priori, elle ne semble pas avoir un rapport direct avec les affaires, je veux que cette chose reste entre nous. Nous sommes, nous avons toujours été, une famille très discrète. Je tiens à ce que cette situation perdure.

— J'ai bien compris, monsieur Tee… euh… Rupert. Ma femme, Anne… qui est ravie de cette opportunité, est assez remontée contre tous ces gens… riches ou célèbres qui s'affichent, parfois de façon assez scandaleuse…

— Une femme selon mon cœur. Il faudra qu'on dîne un jour tous ensemble. Elle travaille dans les fonds éthiques, n'est-ce pas ? C'est bien.

Flatté que cet homme se soit renseigné sur son épouse et qu'il cautionne son occupation, Baumier se sentit rougir de plaisir.

— En effet. Toutefois, nous sommes tombés d'accord sur le fait qu'il était préférable pour le bébé – Naomie, elle a six mois – que ma femme interrompe temporairement son activité pour s'occuper de notre fille.

— Quelle bonne idée, commenta Rupert, sincère. Ça pousse si vite, les enfants, c'est si fragile… Il faut leur donner le maximum de chances, de force dès le début. Certes, cela nécessite des moyens et beaucoup de femmes ne les ont pas. Beaucoup d'autres craignent, à juste raison, que cela ne signe la fin de leur carrière. C'est si injuste. Les hommes ont tendance à oublier que les enfants sont tout autant les leurs. Lorsque votre épouse décidera qu'il est temps pour elle de reprendre une activité professionnelle, parlez-m'en.

Baumier était conquis. Par le contrat, certes, mais également par cet homme si puissant, si riche mais si sensible, à l'écoute. Il signa derrière Rupert.

Charles Devernois-Klyne tendit un exemplaire à Baumier et rangea l'autre dans sa sacoche en se levant.

— Rupert, si vous n'avez plus besoin de moi… J'ai même le temps d'avaler un sandwich…

— Filez, Charles. Et merci pour tout.

Rupert héla un serveur qui remplaça leurs verres vides. Baumier se racla la gorge et hésita, avançant sur des œufs :

— Je n'ai pas voulu aborder cet aspect devant maître Devernois-Klyne. Je ne savais pas jusqu'à quel point il était au courant…

— Vous avez bien fait, Frédéric. Nous allons nous entendre à merveille. La discrétion est une des vertus que j'apprécie le plus. L'appartement du XVe arrondissement ?

— Le compromis est signé. Par la dame… votre… ancienne amie, si j'ai bien compris…

— Hum… Il est entendu, vous le savez, que je vous rembourserai la différence entre le prix de vente effectif et l'estimation de l'agence, plus élevée. (Rupert soupira et feignit d'avouer :) On fait tous des bêtises, Frédéric.

Nous sommes humains, donc faillibles. L'important est de corriger nos erreurs. Comme je vous l'ai expliqué à votre arrivée, cette dame et moi avons eu… on va dire une liaison. Je ne me suis pas conduit de façon parfaite lors de notre rupture qui n'a pas été… aisée. Bien sûr, elle me déteste. Bien sûr, elle ne veut plus entendre parler de moi. Bien sûr, elle refuserait toute aide de ma part. Or, elle n'a pas de gros moyens, élève seule son fils et je dois me racheter. À mes propres yeux, c'est fondamental…

— Et honorable, approuva Frédéric qui le pensait vraiment.

— Merci. D'où l'idée de l'aider de façon confidentielle, pour ne pas dire sournoise, à acheter votre ancien appartement. C'était une occasion rêvée puisque vous souhaitiez le vendre. Il est clair que si elle avait vent de cette… ruse, elle préférerait aller habiter sous les ponts plutôt que de se croire redevable envers moi.

— Elle n'apprendra rien de moi, ni de l'agent immobilier, un ami d'Anne, qui est trop content de réaliser deux belles ventes rapides. Je peux vous le garantir.

— Alors c'est parfait ! s'exclama Rupert. Je vous invite à déjeuner ou vous êtes pressé ?

— Oh non, avec grand plaisir, monsieur Tee… Rupert. J'ai déjà des idées dont j'aimerais discuter avec vous.

— Fantastique ! s'extasia Teelaney. Je savais que je faisais un bon investissement en vous convainquant de venir vous installer aux États-Unis. Je vous préviens, je suis végétarien et je ne bois ni ne fume. Cela étant, vous pouvez manger de la viande et commander un bon verre de vin, ça ne me gêne pas du tout. Ma meilleure amie est folle de whisky – de bon vin, aussi – fume comme un pompier et elle salive de convoitise à la vue d'un steak saignant… Toutefois, j'arrive quand même à lui faire manger des légumes !

Baumier, parce qu'il se sentait enfin détendu, parce qu'il était certain d'avoir saisi au vol la chance d'une vie et d'avoir pénétré dans un monde vertigineux et fascinant dont il soupçonnait à peine l'existence deux mois plus tôt, se permit un petit rire complice.

— Je meurs de faim ! s'exclama joyeusement l'héritier.

— J'ai moi-même un petit creux. Les émotions, n'est-ce pas…

— Ah, les émotions… les meilleurs moments d'une vie. Toutefois, il convient de les canaliser.

Base militaire de Quantico, États-Unis, août 2008

Diane suivit lentement la Volvo gris moyen qui se dirigeait vers le parking du Jefferson Building. Un involontaire sourire lui vint : Erika Lu était aussi matinale qu'elle. En revanche, elle respectait bien mieux le code de la route, mettant scrupuleusement son clignotant dès qu'elle obliquait, en dépit du fait qu'elle ne dépassait pas la vitesse limite de 30 km/h imposée dans cette partie de la base. Pourtant, on ne risquait pas grand-chose en cas d'excès modéré, à part se faire tancer par un des officiers chargés de la sécurité qui concluait à chaque fois sa remontrance d'un : « La prochaine fois, je le signale, on est bien d'accord », à quoi Diane répondait toujours « Promis, je ne recommencerai pas, officier ».

La légiste se gara avec un soin maniaque, à équidistance des deux bandes blanches délimitant sa place. Diane s'engouffra dans la sienne avec moins d'application.

Erika l'attendait lorsqu'elle descendit de voiture, une vieille sacoche en cuir patiné par les années de cohabitation posée à ses pieds. Elle s'exclama :

— Diane, comment allez-vous ? Je me proposais de vous rendre une petite visite. J'ai eu les résultats de mon bon confrère le Dr Symes assez tard hier et je me suis dit que ça pouvait attendre ce matin.

— Symes ? répéta Diane en luttant contre les vestiges de la camisole chimique qui lui avait permis de dormir quelques heures.

— L'anthropologue médico-légal. Une pointure dans son domaine.

— Erika, on peut rejoindre mon bureau ? J'ai besoin d'une dose massive de caféine.

— Vous ne préférez pas que je nous prépare un excellent thé dans le mien ? J'ai un thé vert qui est une pure merveille.

La grimace de Diane fut instantanée.

— C'est excellent pour la santé, vous savez ? insista Erika.

— Justement, rétorqua la psychiatre, mi-figue, mi-raisin.

— Bien, je n'insiste pas.

La légiste avait refusé avec fermeté l'offre d'une boisson du distributeur. Diane s'était fait couler deux cafés d'un marron dissuasif.

Elles avaient remonté le couloir jusqu'au bureau de Diane et s'étaient installées dans un silence amical.

Parce que la profileuse éprouvait de l'estime pour l'autre femme, elle s'abstint d'allumer une cigarette. Erika repêcha un dossier cartonné dans sa sacoche et le posa sur ses genoux, semblant attendre le feu vert de Diane.

— Et donc, les résultats de votre bon confrère ?

— Je vais vous épargner la multitude de méthodes qu'il a utilisées pour évaluer l'âge des femmes, qui sont toutes caucasiennes.

— C'était prévisible. L'écrasante majorité des tueurs en série chasse dans sa propre ethnie.

— Symes a fait de l'excellent boulot. En croisant la détermination de l'âge suivant l'extrémité sternale de la quatrième côte, avec la méthode de Masset, l'étude des sutures palatines, de la symphyse pubienne et j'en passe, on arrive à d'assez fines approximations qui devraient faciliter le tri dans le fichier des personnes disparues. Surtout si on resserre la zone géographique selon vos recommandations. Je vais vous laisser le dossier. Les six squelettes enterrés avaient entre vingt-deux ans et quarante-cinq ans. Comprenez bien qu'il s'agit d'évaluations et d'âge osseux. En d'autres termes, il peut y avoir des fluctuations par rapport à l'âge civil.

— Et la première victime ? Du moins, selon moi.

— Était la plus âgée. Environ quarante-cinq ans.

Diane hocha la tête et hésita avant de poursuivre :

— Erika… Je me pose toujours la même question lors des disparitions. Je n'arrive jamais à trancher.

— Laquelle, même si la psychologie n'est pas mon domaine ?

— Qu'est-ce qui est vraiment préférable pour les proches aimants ? L'incertitude, donc l'espoir que la personne disparue va resurgir un jour, ou la certitude de son décès et donc la possibilité d'entreprendre son deuil ?

Erika eut un sourire triste :

— Oh, ça, c'est une terrible colle à laquelle je ne répondrai pas. Je peux juste vous dire ce qui serait préférable dans mon cas : savoir. Toutefois, votre question va plus loin. Lorsque les recherches sur le fichier des disparus seront affinées au maximum, il faudra passer à une confirmation des hypothèses par l'ADN, du moins si on trouve des membres des familles concernées. Il n'est pas exclu qu'on se trompe de disparue. On va donc soumettre une famille à des tests qui seront peut-être superflus du strict point de vue de l'identification de la victime mais qui risquent de causer un surcroît de chagrin.

— Le moyen de l'éviter ?

— Aucun. Il faut que ces femmes retrouvent un nom. Je détesterais qu'elles terminent à la fosse commune, affublées d'un simple numéro. Cela reviendrait à admettre que les tueurs ont gagné sur toute la ligne, qu'ils sont parvenus à les… dissoudre complètement, même par-delà la mort, conclut la légiste.

Diane observa d'un ton presque peiné :

— Nous avons plus de points communs que je ne le pensais.

— On dirait que cette constatation vous pèse, sourit Erika. Pourquoi ?

— « Peser » n'est pas le terme exact. Surprendre serait plus proche de la réalité. J'ai de plus en plus la sensation d'être une extraterrestre. Cependant, cette solitude, cet enfermement, même, ne me gêne pas. Et si on fixait une date pour notre dîner de filles à Fredericksburg ?

— Ouh… J'étais certaine que vous prétendriez avoir oublié. À part cela, vous n'êtes pas la seule extraterrestre au Jefferson. Reste à déterminer si nous venons toutes les deux de la même planète, plaisanta la légiste.

— Demain soir, ça vous convient ?

— Parfait. Avec l'éternelle réserve qui est…

— Qu'on ne vous débarque pas à dix-huit heures trois cadavres à autopsier ?

— Tout juste. Allez, je rejoins mon antre. Ah, Diane… merci de ne pas avoir fumé. J'apprécie. Cela étant, ça ne m'aurait pas dérangée.

— Alors pourquoi appréciez-vous ?

— Parce que le tabagisme est chez vous, certes une addiction puissante, mais parfois aussi une forme de discourtoisie calculée. Je suis ravie que la dernière ne m'ait pas été destinée !

[illegible]

[illegible]

[illegible]

[illegible]

[illegible]

[illegible]

Paris, France, août 2008

Yves Guéguen termina sa bière au goulot et referma son ordinateur portable. Il hésitait entre la colère et l'alarme. À ses pieds, Silver le bouledogue se léchait avec application le même bout de patte depuis une demi-heure. Guéguen se baissa, passant avec douceur la main sous le menton gluant de bave de la chienne en expliquant :

— Tu sais ce qu'a dit le tonton vétérinaire ? Le léchage compulsif de patte, c'est la clope du chien. Si quelqu'un a besoin d'un anxiolytique ici, c'est moi. En plus, j'ai assez d'une tabagique outre-Atlantique, tabagique qui commence à m'emmerder ferme.

La chienne le contempla de ses gros yeux ronds et soupira de contentement en remuant son moignon de queue.

Guéguen se redressa et se laissa aller contre le dossier de son fauteuil, exaspéré.

Trois jours. Cela faisait trois jours et quatre nuits qu'il avait envoyé son e-mail à Diane, sans obtenir de réponse. Pire, il avait bien récupéré le reçu lui indiquant qu'elle avait pris connaissance du message, alors qu'elle aurait pu le supprimer. Elle lui faisait donc ainsi savoir qu'elle ne souhaitait pas s'expliquer.

Calculant le décalage horaire, il hésita à l'appeler à la base puis recula. Il s'agissait d'une mauvaise stratégie avec Diane. Elle réagirait à ce qu'elle considérerait être une mise en demeure par le mutisme, voire l'agressivité. Un message électronique lui donnerait le temps de s'emporter, puis de se calmer.

> Diane,
>
> Un doute plus qu'inquiétant m'est venu parce que je ne gobe pas ton explication. Te connaissant quand même un peu, je ne crois pas une seconde que tu aies décidé de reléguer l'enquête sur Nathan Hunter au second plan. D'autant que, avec un cerveau tel que le tien, on peut mener plusieurs traques de front. Alors, je vais te le demander sans détour : aurais-tu commis la connerie d'accorder du temps à ce psychopathe ? Tu veux quoi ? Qu'il fasse encore un peu de ménage ? Tu as tort, Diane. Un psychopathe, et c'en est un, reste un psychopathe. Tu me l'as assez seriné.
>
> Je t'en prie, discutons-en. Tu sais comme je t'aime et combien je tiens à toi.
>
> Je t'embrasse.
>
> Yves.

Durant une seconde, le curseur de la souris survola la touche d'envoi. Il cliqua avec brutalité. Il jeta un regard à sa montre. Presque dix-sept heures, le moment de son appel quotidien à Sara Heurtel. Il prenait des nouvelles, lui posait chaque soir les mêmes questions : avait-elle repéré quelqu'un ? Quelque chose d'inhabituel était-il survenu ? Certes, il s'agissait surtout d'un alibi pour entendre sa voix, puisqu'il ne doutait pas qu'elle l'appellerait à la moindre alerte. Au fond, il voulait la familiariser avec lui, s'approcher sans hâte, sans lui imposer sa présence physique.

Elle lui répondit aussitôt :

— Bonsoir, monsieur Guéguen.

Il avait tenté en vain de la convaincre de l'appeler par son prénom.

— Bonsoir, Sara, vous avez l'air essoufflée.

— Ah les cartons, quelle plaie ! Victor et moi avons passé la journée à scotcher et à étiqueter.

— Rien de nouveau ?

— Vous savez, je suis juste descendue chercher du pain, en abandonnant Victor sur le front des rangements. J'espère ne pas me montrer indiscrète… Avez-vous des nouvelles du Dr Silver ?

— Je viens de lui envoyer un e-mail, biaisa Yves. Elle est plongée jusqu'au cou dans une affaire de meurtres multiples, éprouvante.

— Mais… Elle n'a quand même pas abandonné son enquête pour localiser Nathan Hunter, puisque vous semblez certain qu'il est de retour sur le territoire américain ?

— Bien sûr que non. Ce genre de traque peut être très long, vous savez.

— Je m'en doute. Je veux qu'il soit arrêté. Il faut qu'il reconnaisse ses immenses fautes, qu'il paie en toute connaissance de cause. Euh… je crois au pouvoir de la rédemption… peut-être étonnant de la part d'une scientifique.

— La rédemption ? C'est sans doute une des rares caractéristiques glorieuses de notre espèce, qu'on y attache ou non une connotation religieuse. Toutefois, Diane vous rétorquerait que la rédemption, son envie, exige deux composantes : la notion de la faute commise envers l'autre et la honte, le remords qui va avec. Or, pour ces types, l'autre n'existe pas et il n'y a pas de faute. Ils suivent leurs désirs. C'est la seule chose qui compte à leurs yeux. L'autre n'est que l'objet qui leur permet d'assouvir leur désir. Bref, la rédemption, le rachat concerne les criminels qui sont restés des êtres humains. Et Diane ajouterait qu'on ne naît pas humain. On le devient et on s'emploie à le demeurer. Sara, il faut vous ôter de l'esprit que…

Un hurlement, celui de Victor, retentit en arrière-plan :

— Maman, vite, ça va se casser la figure !

— Oh, là, pardon, monsieur Guéguen. Je vous quitte. Il va prendre la pile de livres sur la tête !

Base militaire de Quantico, États-Unis, août 2008

Son téléphone à carte vissé à l'oreille, Diane écoutait Nathan, l'unique correspondant possédant le numéro de cet appareil.

— Susan Brooks a tué la petite Barclay, non ? vérifia Nathan.

— Je parierais en effet mon prochain salaire que c'est elle qui l'a noyée. Je suis certaine que la gamine était ravissante.

— Je peux me procurer une photo, si vous le souhaitez.

— Inutile. La haine que j'éprouve pour cette tordue est déjà optimale. Elle est donc venue travailler aux États-Unis pour se perdre dans la foule, se refaire une virginité, en quelque sorte…

Elle marqua une pause.

— À quoi pensez-vous, Diane ?

— Je doute qu'elle se soit arrêtée très longtemps après la mort de Ford.

— Vous voulez dire qu'elle aurait recommencé à tuer des enfants, seule ?

— Oui. Fort heureusement, un Ford ne se trouve pas à chaque coin de rue. Elle a dû se rabattre sur des victimes beaucoup plus jeunes, très vulnérables, à l'image de la petite Elizabeth Barclay. On ne le saura jamais parce qu'il faudrait retracer sa vie au cours des dix dernières années et que ça manquerait de discrétion.

— À votre avis, elle a changé de nom ?

— Je ne crois pas. Cette fille est dotée d'un sang-froid peu commun. Elle ne s'est pas enfuie après l'arrestation de Ford. Or, elle a dû redouter qu'il la dénonce.

— Elle a peut-être cru qu'il se tairait par… affection ?

— Nathan, allons… ! Nous savons maintenant qu'elle est aussi psychopathe qu'il l'était. Les psychopathes n'aiment pas. Ils s'associent au gré de leurs intérêts personnels. Elle est donc restée chez les Simmons. Bien joué, et pour deux raisons : un départ précipité aurait éveillé la curiosité des flics et, de plus, dès que Ford a été relâché, ils ont pu recommencer leurs amusements. Pour preuve Barbara Kaplan, qui a été kidnappée dans le square après le non-lieu.

— À sa place, je me serais mis en veilleuse, de crainte que les flics ne relâchent pas leur surveillance si vite.

— Ils se sont calmés. Durant un peu moins de six mois. De surcroît, je suis certaine que Ford a fait le raisonnement inverse.

— Les flics et les magistrats n'étaient pas parvenus à le coincer donc il était le plus fort.

— Bravo, Nathan. Pour en revenir à Brooks, aucun soupçon n'a jamais pesé sur elle. Lorsqu'elle est partie, après la mort de Ford, elle n'avait aucune raison de changer de nom, d'autant que les Simmons étaient ravis de ses services. Selon moi, ils se sont fait un plaisir de lui rédiger une excellente lettre de recommandation destinée à convaincre de futurs employeurs. À son nom, donc, tout comme sa carte verte de résident permanent. Elle a dû regretter son partenaire de jeu. Sans lui, elle redevenait incapable de s'attaquer à des filles plus âgées.

— On va la localiser au plus vite. Je vous rappelle dès que j'ai une information importante. Prenez soin de vous, Diane.

Nathan raccrocha et afficha sur l'écran géant de sa salle de travail l'e-mail qui venait d'arriver sur sa messagerie, copié en une microseconde par son système de piratage, avant de parvenir à son légitime destinataire : Diane Silver. Poings sur les hanches, il se rapprocha de l'écran, lut et relut, les lèvres serrées d'agacement :

> Diane,
>
> Un doute plus qu'inquiétant m'est venu parce que je ne gobe pas ton explication. [...] Alors, je vais te le demander sans détour : aurais-tu commis la connerie d'accorder du temps à ce psychopathe ? [...] Tu as tort, Diane. Un psychopathe, et c'en est un, reste un psychopathe. [...]
>
> Je t'en prie, discutons-en. Tu sais comme je t'aime et combien je tiens à toi.
>
> Je t'embrasse.
>
> Yves.

Il n'était pas psychopathe, et ce flic français lui cassait les pieds.

Son mouvement d'humeur se dissipa vite. Une bouffée de reconnaissance le submergea. Diane le protégeait, même de ce profileur qu'elle avait formé, sans doute un des seuls êtres dont elle soit proche. Avant. Aujourd'hui, elle n'avait plus confiance qu'en lui, Nathan. Ils étaient seuls mais unis, si puissants l'un avec l'autre.

Diane fourra son téléphone mobile confidentiel dans son sac à dos. Se servant de sa ligne de bureau, elle composa le numéro de l'assistante de Pliskin, une fille assez charmante qui devait toujours regretter le jour où elle avait été affectée au service de Bob la fouine.

— Margaret ? Diane Silver. Comment allez-vous ?

— Bien, bien, répondit l'autre d'un ton las.

— Je souhaitais faire une petite synthèse de nos dernières avancées à Bob. Pas grand-chose, mais…

— Il n'est à la base ni aujourd'hui ni demain. Toutefois, je peux lui demander de vous rappeler.

— Inutile, Margaret. Ça attendra.

Diane prit congé, satisfaite. L'assistante venait de confirmer ce que lui avait appris Gary un peu plus tôt. Elle pouvait donc organiser sa petite réunion, sans Pliskin dans les pattes.

Mike Bard et Gary Mannschatz devaient la rejoindre dans son bureau peu après le déjeuner. Elle avait refusé l'invitation de Mannschatz de discuter à la cafétéria, autour de leurs plateaux, arguant qu'elle avait besoin de réfléchir. En réalité, elle mettait un point d'honneur à éviter les contacts un tant soit peu privés avec Mike Bard.

Elle étala devant elle les listes d'événements, de détails remis par Valerie Miltner et sa tante, par Ann Wood, l'ancienne copine d'Alice McKern, la plus jeune des deux femmes retrouvées dans les cages, par l'ex-mari et le frère de Christina Genovese, liste à laquelle avait aussi participé une de ses collègues du lycée religieux dans lequel Christina enseignait l'anglais, une certaine Sally Deward.

Des centaines d'éléments disparates, depuis la gastrite de Billy le yorkshire de Cassandra Miltner, les crises de larmes de Christina Genovese même devant sa classe, les innombrables tentatives d'appels, tous infructueux, d'Alice McKern à son ancien amant et patron, après qu'il l'eut plaquée.

Dégager les points communs : une tâche ardue. Durant les deux heures qui suivirent son regard passa d'une liste à l'autre, traquant les éventuelles ressemblances, éliminant d'une longue rature de crayon noir les dissemblances criantes. La liste de Valerie et de sa tante était interminable. Diane les imaginait, penchées des heures durant sur leur feuille, ravivant leurs plus infimes souvenirs, un moyen pour Valerie de racheter un peu une faute qu'elle n'avait jamais commise. En première analyse, Diane décida de biffer tout ce qui concernait Billy le chien, les deux autres victimes n'ayant jamais possédé d'animal. Les cinq pages écrites serré se réduisirent à trois, preuve qu'en effet le york avait pris une importance considérable dans la vie de Cassandra. La profileuse alluma une cigarette d'exaspération. Elle avait mis au point une nomenclature assez pertinente, selon elle, de chacune de ses cigarettes. Celle de la récompense et de la célébration n'était pas pour l'immédiat !

Les ratures se succédèrent, Diane songea parfois qu'elle se précipitait peut-être un peu trop dans ses jugements. Au pire, elle gommerait. Elle écarta ensuite tout ce qui concernait la démolition psychologique des trois femmes, les différentes thérapies qu'elles avaient suivies. Les trois victimes n'habitant pas au même endroit, elles ne consultaient pas le même praticien. Au demeurant, Valerie et Ann, l'amie d'Alice, avaient mentionné deux noms différents. Diane s'acharna, surchargeant les feuilles de traits de crayon à papier. Toutes les pathétiques tentatives de Christina pour reconquérir son mari – changement de coiffure et de garde-robe, régime amincissant, inscription à un club de remise en forme – disparurent sous le crayon. Christina n'avait aucune chance : sa rivale était plus jeune et, surtout, elle portait l'enfant. Son regard revint pour la vingtième fois sur deux lignes tracées d'une écriture fine et régulière : « Je me suis demandé si elle n'avait pas une liaison, assez brève. Peut-être ai-je mal interprété les faits. Ce n'était pas le genre, mais elle était désespérée. » Sans doute la collègue de Christina Genovese, Sally Deward.

Lorsque Gary et Mike pénétrèrent dans son bureau, elle ne leur jeta qu'un bref regard avant de replonger vers les listes en annonçant :

— Je ne suis pas follement satisfaite de moi et votre aide sera bienvenue. J'ai passé une bonne partie de la matinée à raturer tout ce que je pouvais sur les listes que vous m'avez communiquées, à la recherche d'un lien entre les trois femmes. Il n'en sort pas grand-chose. Elles ne fréquentaient ni les mêmes magasins, ni les mêmes médecins, rien de très concluant. Sauf peut-être une intervention chirurgicale dans deux des cas, mais pas dans la même clinique. Cassandra pour un kyste ovarien. Sa fille précise qu'elle avait déjà subi une intervention pour le même problème, cinq ans plus tôt…

— Qui s'est occupé du chien la dernière fois ? s'enquit Mike.

— La tante, la sœur de Cassandra. Cela étant, on entre à l'hôpital le matin et on sort le soir, sauf complications.

— Et Alice McKern, c'était pourquoi ?

— Extraction complète des dents de sagesse.

— Rien du côté de la prof d'anglais, Christina Genovese ? insista Mannschatz.

— Non, à moins qu'il ne s'agisse d'un oubli. C'est la liste la plus légère et la plus vague. Je n'ai pas eu l'impression que l'ex et le frère se soient beaucoup préoccupés d'elle après la rupture. De toute façon, il faut qu'on appelle au plus vite cette femme, Sally Deward, la collègue. Elle évoque une éventuelle liaison de Christina. (Diane soupira avant de poursuivre :) On en revient toujours et encore aux histoires de fesses, mais nous n'avons pas grand-chose d'autre… Qui de vous deux l'avait contactée ?

— C'est Mike.

— À vous l'honneur, Mike, proposa-t-elle en désignant son téléphone.

Il préféra repêcher son mobile en expliquant :

— J'ai son numéro dans le répertoire. Allô… (Il précisa aux deux autres :) Pas de bol, la boîte vocale. Madame Deward, agent spécial Mike Bard, FBI. Nous sommes en train d'étudier la liste à laquelle vous avez contribué et nous avons une question à vous poser. C'est très urgent. Merci de me rappeler au plus vite.

Il termina en lui laissant son numéro.

— Ce que je vous propose en attendant, c'est de critiquer mes ratures. Je me suis peut-être plantée, reprit Diane.

Elle leur tendit deux jeux de photocopies.

— Les listes vierges et celles que j'ai gribouillées. Pendant que vous vous arrachez les cheveux, je vais me chercher un café. Quelqu'un est intéressé ?

Deux hochements de tête de dénégation lui répondirent.

Mike Bard s'était levé et discutait au téléphone lorsqu'elle revint. Il eut un petit geste de la main accompagné d'une grimace pour signifier que son interlocuteur n'était pas content.

— Je… Tout à fait… Parfait… Vous avez…

Profitant sans doute de ce que son correspondant reprenait son souffle, Mike débita :

— Madame Deward, je suis en compagnie de l'agent spécial Mannschatz et du Dr Diane Silver, la profileuse chargée de cette affaire… Non, non, attendez… Me permettez-vous de mettre le haut-parleur ? Bien, bien. Pourriez-vous leur répéter ce que vous venez de me dire… Je vous en remercie.

Mike posa son appareil sur le bureau de Diane, lançant :

— Nous sommes prêts, madame Deward.

Aussitôt une voix aiguë et passablement énervée se déversa dans la pièce :

— Vous rendez-vous compte, après que je lui ai rendu la liste avec mes ajouts, son ex-mari m'a téléphoné pour me faire une scène et exiger que j'ôte cette mention d'une possible liaison de Christina. J'ai refusé tout net. Vous m'aviez recommandé de tout inscrire, tout !

— Vous avez bien fait.

— Et quel culot ! Il la quitte d'un coup pour une femme plus jeune, qu'il a mise enceinte, et monsieur est ulcéré à l'idée qu'elle aurait pu avoir une amourette APRÈS leur séparation ! Les bras vous en tombent ! Oh, je l'ai envoyé sur les roses, je peux vous le garantir, et je lui ai vivement déconseillé de changer quoi que ce soit à ce que j'avais écrit. Je l'ai menacé, en insistant sur le fait que ça s'apparenterait à un faux témoignage. Je ne sais pas si c'est exact, mais ça lui a cloué le bec. Non mais ! Sale type ! Si vous saviez dans quel état elle était. Je vous assure qu'à un moment, j'ai eu peur qu'elle ne commette une grosse bêtise. (La voix de Sally Deward se cassa. Elle murmura presque :) De toute façon, ça n'a pas changé grand-chose.

En effet, songea Diane : elle s'est quand même suicidée, à cause d'un homme, pas du même, et sans doute après bien d'autres douleurs.

— Madame Deward, je suis le Dr Silver. Vous avez réagi à la perfection et vous nous êtes d'une grande aide. La moindre chose au sujet de cette éventuelle liaison pourrait se révéler de la première importance.

Un silence accueillit cette sortie. Diane poursuivit d'un ton doux :

— Madame Deward, je comprends votre hésitation et elle est tout à votre honneur. Cependant, vous ne trahissez pas la mémoire d'une amie. Vous contribuez à l'arrestation de ses meurtriers, qui ont tué au moins sept autres femmes.

— Vous avez raison. Eh bien, encore une fois, je n'ai pas de certitudes. Disons que je crois qu'elle a été la maîtresse d'un professeur remplaçant de notre établissement. Un certain Arthur Copray. Il a remplacé Nicole, une prof de maths, durant les quelques semaines de son congé maternité. J'ai eu… le sentiment d'une… comment dire… soudaine complicité entre eux. Ce genre de choses se remarquent assez vite. Il avait au moins dix ans de moins qu'elle. D'un coup, elle n'était plus libre pour nos petites sorties. En fait, j'essayais de la distraire. Je suis divorcée… depuis longtemps.

— Et que s'est-il passé lorsque Nicole a retrouvé son poste ?

— Copray a bien sûr quitté le lycée. Je n'ai pas eu l'impression que cela changeait grand-chose, du moins au début. Christina avait l'air mieux, elle était toujours aussi peu disponible et je pense qu'ils continuaient à se voir.

— Au début ?

— Oh, j'ai vite senti qu'elle replongeait dans la déprime. Elle essayait de donner le change, mais le cœur n'y était pas.

— Pourquoi ne s'est-elle jamais confiée ?

— Vous savez, docteur… Il s'agit d'une institution catholique assez stricte. Déjà, un divorce n'était pas du goût de tous, mais une liaison, avec un homme plus jeune…

— Je vois. Comment était-il, cet Arthur Copray ?

Un court silence lui répondit, puis :

— Vous allez me trouver médisante…

— Pas du tout. On n'est pas médisant parce qu'on est objectif, la rassura Diane.

— J'avoue qu'il était bel homme, très bel homme, un grand brun aux yeux sombres, les cheveux un peu longs, ondulés. Bref le genre qui fait se pâmer ces demoiselles de la seconde à la terminale. Très enjoué, toujours une plaisanterie à faire. Cordial, proposant son aide…

— Jusque-là le portrait est plutôt flatteur, observa Diane.

— Trop. Un séducteur, et vous connaissez la règle avec ce type d'hommes… Une fois qu'ils ont séduit, eh bien… Ça les intéresse beaucoup moins.

À sa voix, Diane sentit qu'il s'agissait là d'un commentaire très personnel. Elle rétorqua, presque amicale :

— Ah, les femmes aiment tant les séducteurs.

— Oh, nous sommes bien d'accord qu'il s'agit le plus souvent de responsabilités partagées. Cela étant, Christina était particulièrement fragilisée. C'était une conquête aisée.

— Et que s'est-il produit après ce que vous supposez être une rupture ?

— Eh bien, j'ai d'abord cru qu'elle s'en remettait relativement aisément. Et puis… je ne sais pas ce qu'il s'est passé… c'était très peu de temps avant…

La voix se brisa et Mme Deward reprit d'un ton heurté :

— Avant… sa disparition.

Les deux flics s'étaient rapprochés du téléphone posé sur le bureau de Diane. Elle-même s'était tendue.

— Pourriez-vous être plus précise ? C'est très important.

— Je… je ne sais pas trop. J'ai tenté mille fois de rassembler tous les morceaux, de trouver une explication…

— Donnez-nous les morceaux, proposa Bard avec gentillesse.

— Eh bien… Ça n'a pas de sens, je vous préviens tout de suite. Donc, après leur probable rupture, et après un gros choc, Christina semblait reprendre du poil de la bête. Un peu. On se refaisait nos petites sorties au cinéma, un petit resto en fin de semaine, ce genre de choses. Ça me changeait les idées à moi aussi. À part mon vieux chat, je suis assez seule. On avait même évoqué la possibilité de partir en vacances toutes les deux, un voyage organisé. C'est quand même plus marrant que seule.

— En effet, intervint Mike.

En flic expérimenté, il savait qu'il ne faut jamais brusquer un témoin. Pour gagner quelques secondes, on perd parfois des mois. Laisser à la mémoire le temps de se déverser en empruntant les chemins qui la rassurent.

— Ça m'embête parce que j'ai peur de vous induire en erreur avec des anecdotes sans lien avec l'histoire. Je suis prof de sciences, physique et chimie. J'aime les faits.

— Ne vous inquiétez pas, madame Deward, l'aida Diane. Nous sommes… armés pour cerner ce qui nous intéresse. Poursuivez, je vous en prie.

— Un jour, nous prenions rendez-vous pour le lendemain après-midi, un samedi, afin d'aller voir un film. Elle a mentionné qu'elle ne pouvait pas avant seize heures parce qu'elle devait aller faire des analyses.

— Des analyses ?

— Oui, le genre cholestérol, diabète, enfin je n'ai pas demandé de détails. Nous sommes allées au cinéma, je serais incapable de vous dire quel film nous avons vu, et puis nous avons dîné d'une grosse salade au centre commercial, ensuite nous nous sommes séparées. Je me souviens que je l'ai trouvée d'humeur presque légère. Une première depuis pas mal de temps. C'était quelqu'un de gentil et de gai, Christina, vous savez. Enfin, avant de prendre cette gigantesque claque avec son mari. Elle n'aurait pas fait de mal à une mouche.

Malheureusement pour elle, songea Diane, en demandant :

— Madame Deward ? Comment se fait-il que vous vous souveniez avec tant de précision, après des mois, de la remarque de Christina au sujet de ses analyses et de ce que vous avez fait le samedi soir ?

— Parce que… c'est quelques jours plus tard que tout a basculé, et il ne s'est rien passé d'autre de marquant, du moins à ma connaissance. Or, à ce moment-là, nous étions devenues vraiment amies et elle se confiait plus volontiers, même si elle ne m'a jamais parlé de sa liaison avec le remplaçant. En revanche, elle me parlait de son ex-mari, de leur vie, du fait qu'il ne lui avait jamais reproché d'être stérile. Au contraire, il la consolait, mais il ne voulait pas entendre parler d'adoption. Il avait dit : « Dieu n'a pas jugé bon que nous ayons des enfants, c'est comme ça, c'est tout. » Chaque fois que je pense à Christina, et c'est fréquent, ce samedi-là me revient et j'ignore pourquoi.

— Tout a basculé dans quel sens ?

— C'était pire qu'après le départ de son mari. Elle était dans un état de nerfs épouvantable, elle fondait en larmes, même devant sa classe. J'ai d'abord pensé qu'il s'agissait d'une… rechute avec Arthur, mais ça ne collait pas. On avait passé presque tous nos moments libres ensemble. Quand aurait-elle pu le rencontrer ? Elle a obtenu un congé maladie. Elle n'avait jamais été absente auparavant.

— Qu'avez-vous fait ?

— J'ai téléphoné, téléphoné, sans succès, et puis j'ai pris mon courage à deux mains et je suis passée chez elle. Il a vraiment fallu que j'insiste pour qu'elle m'ouvre. Elle était défigurée par les larmes, pas dans un état normal, comme quelqu'un qui aurait abusé des neuroleptiques. Je n'ai rien pu tirer d'elle, d'ailleurs, elle ne m'a pas invitée dans le salon. Elle m'a pratiquement mise à la porte en disant qu'elle ne se sentait pas bien. La grippe, a-t-elle prétendu. Cinq jours plus tard… elle avait… disparu.

— Je suis désolée, madame Deward, vraiment.

— Docteur Silver, est-ce que ça vous sert ?

Diane sentit la supplique derrière la question. Sally Deward désespérait de pouvoir aider une amie morte.

Avec une sincérité qui étonna les deux flics, elle répondit :

— À un point que vous n'imaginez pas. Je ne peux encore rien vous dire. Toutefois, les fils se nouent. Madame Deward, si vous n'y voyez pas d'inconvénient, je vais demander votre numéro de téléphone à l'agent Bard et je me permettrai de vous appeler si j'ai une incertitude ou pour vous tenir informée.

— Tout à fait, n'hésitez pas ! (Elle conclut d'une voix que gagnaient les sanglots :) C'était une fille vraiment bien, vous savez. Un bel être.

— Je sais.

— Vous allez les coincer, n'est-ce pas ?

— Oh, oui ! Le. L'autre est mort, bon débarras.

Diane ne fit rien pour rompre le silence qui s'installa après qu'elle eut pris congé de la professeur de sciences.

— Les fils se nouent ? C'était pour lui mettre un peu de baume au cœur ?

— Allons, Mike, je ne suis pas une femme gentille, même si madame Deward était plutôt émouvante. On ne fait pas d'analyses pour le diabète et le taux de cholestérol à seize heures. Peut-être une formule sanguine, bref, un paramètre qui n'est pas influencé par la prise d'un repas.

— Une sérologie ! cria presque Mannschatz.

— Bravo. Sally a vu juste. Christina a très probablement couché avec Arthur Copray. Il n'a dû prendre aucune précaution. Il s'agissait d'une femme strictement monogame dont le mari venait d'engrosser et d'épouser une autre. Le plan sécurisant. Quand il l'a quittée, comprenant que son amant était un séducteur qui alignait les maîtresses, elle a eu un doute. Elle a demandé un test…

— Et elle a appris qu'elle avait le sida. D'où sa panique des derniers jours, renchérit Mike. Merde, quand le sort s'acharne sur vous…

— Oh, c'est plus compliqué que ça, déclara Diane en allumant une cigarette. Quant au sort, il n'a rien à voir là-dedans. Nous sommes juste confrontés à une remarquable planification.

— Alice et Cassandra ont subi des interventions chirurgicales, rappela Gary.

— Dans des cliniques qui pratiquent un test sérologique systématique. La raison en est simple : protéger les patients non atteints et le personnel médical. Protéger également les malades d'une autre pathologie. Ils établissent quatre groupes. Les non-porteurs, les porteurs du sida, ceux des hépatites, dont B, et les malchanceux qui ont récupéré les deux. Chaque groupe est opéré à des moments différents. Ça réduit considérablement le risque de contamination et ça permet de ne pas réaliser une stérilisation drastique et souvent dommageable de certains matériels très délicats, notamment ceux qui renferment de l'électronique, entre chaque patient. C'est précisé dans la décharge de quinze pages en lettres minuscules que vous signez sans jamais la lire. Chaque patient peut demander les résultats de ses tests sérologiques. En revanche, on ne peut pas les leur imposer.

— Donc Alice et Cassandra auraient demandé leurs résultats ? La première a appris que son bel amant intello, en plus de la virer comme une malpropre, avait omis de lui préciser qu'il avait le sida ? Mais Cassandra ? C'était pas le genre à s'envoyer en l'air juste après le décès de son mari qu'elle adorait, récapitula Mannschatz.

— Oh non ! Le bel intello n'était pas porteur, je vous le garantis. Quant à Cassandra, elle n'était pas contaminée, pas plus que son mari, dont elle a dû croire qu'il était à l'origine de son infection. Christina était également séronégative. Enfin… Ces mecs adorent ce qu'ils font. Les tueurs, je veux dire. Ils ne vont pas risquer leur peau. Ils ont envie de continuer très longtemps. En d'autres termes, ils n'auraient jamais violé sans préservatif – au point d'en mettre une enceinte – des femmes qui risquaient de leur transmettre une maladie. Et c'est là que le lien se noue.

— Elles pensaient qu'elles étaient malades ou porteuses de maladies très graves, or c'était faux. Quelqu'un leur a fait gober ça, résuma Gary.

— Du coup, elles étaient désespérées, paniquées, bref des proies encore plus faciles qu'après leur marasme sentimental, ajouta Mike. Quand vous avez l'impression que le monde s'effondre sous vos pieds, de partout.

— Voilà, messieurs, vous avez tout compris, approuva Diane dans un sourire. Et je vous parie que l'homme qui leur a fait avaler cette épouvantable fable est également celui qui leur a… proposé un truc, je ne sais pas quoi, de nature à les rassurer un peu, à endormir leur méfiance. C'est de ce côté qu'il faut creuser.

— En d'autres termes, le type devait être légitime à leurs yeux pour leur annoncer de faux résultats qu'elles n'avaient pas nécessairement demandés, remarqua Gary.

— En effet. Un médecin, un infirmier, un aumônier... Quelqu'un qui aurait pu avoir accès à leur dossier médical. Ce type doit avoir la possibilité de se balader sur trois sites : les deux cliniques et le centre d'analyses où s'est rendue Christina. Un biologiste ?

— On s'y colle, annonça Mike en se levant. On l'a !

— Ne jamais vendre la peau de l'ours avant de l'avoir criblé de balles. Je plaisante, bien sûr, ajouta-t-elle d'un ton mauvais. J'aime beaucoup les ours.

Weymouth et Holbrook, États-Unis, août 2008

Il était à peine neuf heures lorsque Mike Bard et Gary Mannschatz garèrent leur véhicule de location sur le parking visiteurs de la clinique Payne & Young, située à Weymouth, une ville de moyenne importance non loin d'Abington, où avait habité Cassandra Miltner. L'établissement avait jadis joui d'une prestigieuse réputation qui semblait avoir pas mal pâti. C'était du moins ce que leur avait confié le réceptionniste du motel dans lequel les deux agents avaient passé la nuit précédente.

Le bon gros gars s'ennuyait ferme à vingt et une heures – la majorité de ses clients étant des familles paisibles qui ne décollaient plus de devant leur poste de télévision passé le dîner. L'intérêt des deux super flics l'avait flatté et il leur aurait bien raconté sa vie dans la foulée, mais Gary avait canalisé avec tact ses confidences. Les deux agents du FBI avaient ainsi appris l'histoire de la clinique. À l'origine de la création de l'établissement se trouvait un certain Nelson Young, un chirurgien orthopédiste de génie, qui n'avait, de toute évidence, pas le sens des affaires. Au décès de celui-ci, une dizaine d'années auparavant, son fils, Philip Young, gynécologue obstétricien, excellent chirurgien lui aussi, mais tout autant dépourvu de qualités de manager que son père, avait été lessivé par les dettes astronomiques engagées pour garantir l'excellence des soins dispensés dans l'établissement créé par son père. Un providentiel chevalier blanc, détenteur de gros capitaux à investir, s'était fait connaître : Gilbert Payne. Payne n'avait pas grand-chose à faire de la médecine et encore moins des patients, et il aurait tout aussi bien renfloué une chaîne de laveries ou de bars à salades. En revanche, son intérêt pour les juteux dividendes s'était vite fait sentir. La pureté des chevaliers de la finance étant souvent sujette à caution, Payne avait littéralement évincé Philip Young qui, si l'on en croyait le réceptionniste du motel, n'était plus que le détenteur d'un nom connu et rassurant dans la région, et un salarié lambda de la clinique. Le bon gros gars avait conclu d'un air pénétré et douloureux :

— Oh, moi, je dis que ça a rudement baissé. Avant, j'y serais allé les yeux fermés, mais maintenant, je réfléchirais. On entend des trucs, vous savez.

— De quel ordre ? l'avait poussé Mike, cordial.

— Ben, j'peux pas affirmer, parce que c'est des rumeurs et qu'y a des gens qui en rajoutent toujours, mais quand même. Une fois, on doute, deux fois, on s'étonne, et au bout de quatre ou cinq fois, on se dit qu'y a pas de fumée sans feu !

— C'est bien vrai, avait approuvé Gary d'un ton de connivence destiné à rassurer leur involontaire témoin.

— Vous êtes d'accord, hein ?

— Quoi, comme rumeurs ? avait insisté Gary.

— Ben, y a eu ce jeune mec... même pas trente ans, un pompier, sportif, voyez, le genre en super bonne condition physique... Il est rentré pour une appendicite et il est jamais ressorti. Claqué d'une septicémie.

— Merde ! avait commenté Mike d'un ton qui avait conforté le réceptionniste dans sa petite importance.

— Si je vous l'dis ! Paraîtrait qu'ils lui auraient oublié une compresse dans le bide. Ça s'est infecté. Le gars est mort.

— Et il n'y a pas eu d'enquête ? s'était étonné Gary.

— Ben si. Même que le bloc opératoire a été fermé une semaine. Je vous raconte pas le bordel. Toutes les opérations prévues ont dû être annulées. Mais, d'après ce qu'on m'a confié, Payne aurait filé une jolie somme à la famille du gars. En compensation. L'histoire s'est arrêtée là. Et puis, y a eu d'autres trucs, avait ajouté le réceptionniste sur un ton de conspirateur, en jetant un regard prudent autour de lui.

— Quel genre ?

— Y paraît que Payne engage des médecins qui viennent tout juste d'obtenir leur diplôme, et même, y a une dame qui m'a raconté que la soi-disant technicienne chargée de la radiologie, en fait, c'est une ancienne aide-soignante qu'a aucune spécialisation. C'est sûr que ça coûte moins cher. Le Payne, il rogne sur tout. C'est pas du temps des Young, père et fils, qu'on aurait vu des machins pareils. C'est pour ça que je vous répète que même pour un cor au pied, j'hésiterais à me faire soigner là-bas !

Mannschatz et Bard détaillèrent les alentours. Quatre pavillons pimpants, de taille moyenne, flanquaient le bâtiment principal, haut de trois étages. À l'évidence, le crépi gris pâle et lumineux venait d'être refait, donnant à l'ensemble une allure à la fois cossue et chaleureuse. Des massifs de fleurs, une profusion de rosiers anglais, un saisissant dégradé de roses – du plus pâle au plus éclatant –, des arbustes aux feuilles rouges et vertes poussaient dans une insolence entretenue avec un soin maniaque. Une fontaine zen, assemblage méticuleux de blocs ronds de pierre, entourée d'une berge de larges dalles en châtaignier marron gris, glougloutait avec tact vingt mètres devant les marches qui conduisaient au bureau de réception du bâtiment principal. Un agréable silence régnait, rythmé par de discrets pépiements d'oiseaux qui semblaient avoir, eux aussi, reçu la consigne de ne pas troubler la paix des lieux.

— À première vue, c'est plutôt engageant, observa Mike.

— Ouais, le look, y a rien de mieux. Tout est dans l'emballage. Ma femme le dit toujours : tu présentes bien deux marguerites et trois branches d'eucalyptus et ça peut avoir l'air plus somptueux qu'une gerbe d'orchidées rares mal fagotées. C'est pour cela que c'est une artiste florale et pas une fleuriste. Je veux dire, elle ne se contente pas de te coller les fleurs dans du Cellophane avec juste un bout de ruban tire-bouchonné. Il y a de la recherche, de la réflexion artistique, insista à nouveau Mannschatz, débordant d'admiration pour sa Kim. Bon, on y va ?

Une réceptionniste charmante, très jolie fille de surcroît, les fit patienter dans le salon d'attente, le temps qu'elle prévienne de leur arrivée.

Ils s'installèrent dans les profonds canapés en cuir clair qui entouraient une large table basse d'inspiration asiatique, surchargée de magazines, décorée en son centre d'un vase retenant un étonnant bouquet foisonnant, éruption de mauves et de bleus. Gary l'étudia avec soin afin de pouvoir le décrire à Kim. Il était tout juste capable de différencier une rose d'une tulipe, un agacement permanent pour son épouse qui pestait : « Enfin, tu sais tellement de choses compliquées ! Pourquoi n'arrives-tu pas à retenir quelques noms de fleurs ? » Au fond, c'était sans doute parce qu'il adorait qu'elle les lui répète de son petit ton ulcéré d'institutrice confrontée à un élève récalcitrant. Mike contemplait d'un air distrait les photos encadrées suspendues aux murs. Cascade jaillissante, sans doute une métaphore de la vie qui bouillonne. Magnifique femme nue serrant un bébé entre ses bras. Diplomatiquement, le photographe s'était débrouillé pour qu'on n'aperçoive ni sein, ni arrondi de fesse et encore moins un sexe, afin de ne pas choquer certains puritains qui glorifient la maternité et l'accouchement, tout en s'offusquant d'apercevoir un corps, matrice qui les ramène à la femme. Une ourse endormie sur le dos, avec ses deux bébés, le museau enfoui dans son pelage. Un parterre de jonquilles, ployant doucement sous la brise. De jolies photos, convenues, en totale adéquation avec l'endroit.

— Messieurs ?

Bard et Mannschatz se retournèrent vers le Dr Philip Young. Il se tenait voûté, à l'instar de beaucoup d'hommes très grands que leur taille semble gêner. Maigre, le visage émacié, il avait l'air perdu dans sa blouse blanche trop large. Il ne devait pas avoir dépassé quarante ans. Pourtant, sa calvitie galopante lui dessinait une tonsure.

Les deux agents du FBI se présentèrent. Le regard très bleu du gynécologue les étudia. Gary se fit la réflexion qu'il avait des yeux d'oiseau, presque ronds, aux paupières sans cil. Un regard étrange, sans hostilité mais sans cordialité. Juste intrigué.

— Nous serons mieux dans mon bureau pour discuter, proposa d'un ton hésitant le chirurgien.

Mike et Gary lui emboîtèrent le pas. Ils progressèrent silencieusement le long d'un couloir sans croiser âme qui vive et pénétrèrent dans ce qui n'était qu'un petit local, relégué tout au bout, juste à côté de l'issue de secours.

Le Dr Young balaya l'espace plus que restreint d'un geste vague en annonçant :

— Asseyez-vous comme vous le pourrez. On a du mal à faire tenir les deux chaises côte à côte.

Il passa derrière son petit bureau métallique et se laissa choir sur un fauteuil recouvert de Skaï d'un bleu pénible. Mannschatz remarqua que l'ordinateur qui occupait presque tout le plateau datait d'une dizaine d'années. Mike lui tendit le mandat du juge qui relevait le médecin du secret médical en expliquant :

— Nous souhaiterions que vous nous parliez d'une de vos patientes, Cassandra Miltner.

— J'ai repris son dossier après que vous m'avez téléphoné. Je l'ai opérée à deux reprises : en août 2004 et en juin 1999. Toujours le même problème : des kystes ovariens. Sans extrême gravité, sauf rupture et hémorragie interne, mais c'est douloureux, sans compter les nausées et les migraines associées. C'est relativement fréquent.

— C'est dû à quoi ?

— Un déséquilibre hormonal, le plus souvent. D'ailleurs, après sa première intervention, je lui avais prescrit des progestatifs qui avaient réglé le problème. Mais avec le décès de son mari, sa dépression… elle a cessé de les prendre.

— Vous pratiquez une sérologie systématique sur vos patients, si je ne m'abuse, lança Mannschatz.

Le praticien se tendit et rétorqua :

— En effet, et ils en sont informés. C'est précisé dans le formulaire d'admission et de décharge. Cette pratique, décidée par mon père, a pour but de protéger les patients et le personnel soignant. Il est hors de question de prendre le risque d'infecter un sujet sain ou d'en surinfecter un qui est déjà atteint par une maladie potentiellement létale.

— Ce n'est pas un reproche, docteur. Personnellement, ce genre de procédure a plutôt tendance à me rassurer. La sérologie de Mme Miltner était normale ?

— Tout à fait. Elle était négative pour le sida et les hépatites. C'est surtout l'hépatite B qui nous inquiète. Je m'en souviens d'autant mieux que j'ai opéré la filleule de ma femme – un kyste ovarien, elle aussi – le même matin. Nous groupons les interventions par…

— On nous a expliqué cela, intervint Bard. Qui a réalisé la sérologie de Mme Miltner ?

— Le labo que nous employons.

— Vous voulez dire que les analyses ne sont pas faites à la clinique ? insista Mannschatz.

Le Dr Philip Young hésita. Il soupira et balaya à nouveau son minuscule bureau d'un geste du bras.

— Le maximum est externalisé, c'est moins cher. Pas de personnel spécialisé. (Il s'emporta soudain :) À part la trempette dans la pisse d'une bande de papier réactif qui vire au jaune, au bleu ou au rouge, on ne fait plus rien ici. Si vous avez une infection à dix-neuf heures, c'est pas de bol ! Il faudra attendre le lendemain la réouverture d'un labo extérieur de bactériologie pour connaître la bactérie à l'origine de votre septicémie. Ça s'appelle la « réduction des coûts », martela Young.

— Gilbert Payne ? s'enquit Bard.

— Gilbert Payne, confirma Young. Et encore, vous n'avez pas vu le bloc opératoire. Le matériel date d'il y a dix ans. Bref, les investissements – sans doute dispendieux, mais nécessaires – de mon père. On anesthésie les patients dans une petite salle attenante pour qu'ils ne voient surtout pas dans quel taudis ils vont être opérés.

Young se passa une main longue et maigre sur le visage et murmura, comme pour lui-même :

— J'en ai ma claque. Je suis resté parce que c'était l'œuvre de mon père, une belle œuvre, utile. C'était une clinique haut de gamme avant son décès, vous savez. Nos équipements pouvaient rivaliser avec ceux des hôpitaux. Il serait fou de rage et de chagrin s'il voyait ce qu'elle est devenue. Et je suis certain qu'il ne serait pas fier de moi. (Comme s'il avait été attaqué, il pointa l'index vers Gary et déclara d'une voix menaçante :) Nous sommes une famille de médecins, depuis trois générations, monsieur ! Ma mère était sage-femme. Je ne prétends pas que l'argent m'indiffère. Cependant, nous avons toujours soigné par amour de la médecine et des malades. Là… C'est de la merde ! Bordel, c'est de la merde !

Se rendant soudain compte qu'il s'épanchait auprès d'étrangers, flics de surcroît, il fit un effort pour se reprendre :

— Je suis confus. Ça fait des mois qu'il faut que ça sorte. Manque de chance pour vous, c'est arrivé aujourd'hui.

— Pourquoi ne pas démissionner, reprendre un cabinet ? suggéra Gary avec gentillesse.

— La clinique va sombrer, avec ce tocard inculte qui ne pense qu'au pognon.

— Ça vaut peut-être mieux que ce qu'elle est en train de devenir, et que, d'une certaine façon, vous cautionnez de votre nom, et de celui de votre père.

Philip Young le fixa de ses yeux sans cil et admit après un silence :

— Je crois que vous avez raison. Ça me fait du bien de l'entendre de quelqu'un… d'extérieur.

— Pour en revenir à la sérologie de Mme Miltner, reprit Mike, avait-elle souhaité qu'on la lui communique ?

— Pas à ma connaissance. Cassandra Miltner faisait partie des groupes « non à risque », enfin, tels qu'on les définit. Je ne suis même pas certain qu'elle ait prêté attention au fait que nous procédions à ce genre d'analyses. Pourquoi me posez-vous toutes ces questions ?

— Nous cherchons tous azimuts, biaisa Gary.

Le médecin ne fut pas dupe et sourit :

— C'est ce que j'appelle une non-réponse.

— Quel est le labo qui travaille pour vous ?

— Harp & Swanson, à Holbrook. C'est le nom des deux biologistes qui encadrent et certifient les analyses. Sans doute ont-ils également des parts dans l'affaire, mais je n'ai aucune certitude à ce sujet. Jusque-là, je trouve qu'ils font plutôt du travail correct.

— Vous les connaissez ?

— Pas même de vue. Payne a dû les rencontrer ne serait-ce que pour négocier leurs tarifs au plus serré. Moi, je croise parfois leurs techniciens dans les couloirs, lorsqu'ils viennent collecter les échantillons biologiques…

Une infinie tristesse passa sur le visage émacié et sans grâce. Il poursuivit :

— Je suis devenu une quantité négligeable. Sauf pour ceux qui ont connu mon père. Et même ceux-là, je crois qu'ils m'en veulent de ne pas avoir été à la hauteur de sa réputation… de ne pas avoir sauvé son œuvre. Je ne pouvais pas m'en sortir… il avait laissé un monceau de dettes. La clinique était hypothéquée jusqu'au dernier boulon.

Mike Bard eut l'air un peu affecté par l'étalage de cette débâcle auquel il ne s'était pas attendu. Il le savait par expérience, grâce ou à cause de son fils Simon. Parfois, il vaut mieux déballer ses tripes devant des inconnus. On les quitte ensuite pour ne jamais les revoir, et le moment de faiblesse s'efface avec eux. Quant à Gary Mannschatz, il se défendait de toute sentimentalité. Ce type et son échec n'étaient pas son problème. Et puis lui était médecin, fils de médecin. Mannschatz avait rencontré des gens bien plus à plaindre, auxquels il accordait une prudente compassion. Notamment ces femmes qui avaient fini ensevelies dans une cave. Au fond, il songea qu'il ressemblait à Diane Silver. Seules les véritables victimes, celles qui n'avaient eu aucune chance, aucun moyen de se défendre, l'émouvaient encore.

Le Dr Harp, codirecteur du laboratoire d'analyses Harp & Swanson, était un petit brun rondouillet et avenant. Son vaste bureau lui ressemblait : lumineux, les murs peints d'un rose très pâle et décorés d'une profusion d'aquarelles représentant des bateaux, des scènes de plage. Il était installé dans un grand fauteuil de cuir noir qui le faisait paraître de taille encore plus modeste. Comprenant que les deux agents du FBI enquêtaient sur le « charnier de Bel Vista », il avait aussitôt accepté de les recevoir, sans que Gary ait à le menacer d'un imminent mandat. Battant la mesure avec son stylo de prix, il expliqua :

— Payne, ah Payne ! La clinique est l'un de nos gros clients.

— Pourquoi ce « ah » devant le « Payne » ?

— Ça reste entre nous, ce que je vous dis ?

— Tout à fait, sauf si M. Gilbert Payne a un rapport direct avec les meurtres, et j'en doute fort. Dans ce cas, vous serez couvert par un mandat par lequel vous aurez été contraint d'obéir sous peine d'être accusé de complicité dans une affaire de meurtres multiples, en plus de rétention d'informations dans le cadre d'une enquête fédérale.

— Ça me va ! s'esclaffa le Dr Harp, réjoui. Si j'avais su qu'un jour je me retrouverais plongé dans une enquête du FBI ! Ça change des analyses de pipi et de caca ! C'est Veronica qui ne va pas être contente… le Dr Swanson, ma consœur et associée. Elle assiste à un congrès à Philadelphie. Elle n'avait déjà pas une folle envie d'y aller, mais c'était son tour, alors, en plus, rater un truc de ce genre… Je m'égare. Payne, donc. Une vraie peine au derrière, si vous me permettez ce lamentable jeu de mots. Bref un furoncle à la fesse. Douloureux et bien vilain d'aspect. (Il pouffa à nouveau, expliquant :) La description lui va à merveille !

— Il réside dans le coin ? s'informa Mannschatz.

— Vous plaisantez ? Il est à Saint-Martin, aux Antilles… ce genre d'endroit où il fait beau, où on ne trouve que des détenteurs de comptes bancaires dont le montant est supérieur à dix millions de dollars – si l'on exclut le personnel de maison, bien sûr – et où l'on peut amarrer son yacht aussi facilement que d'autres garent leur bicyclette.

Devant l'air surpris de Gary, il précisa, soudain grave :

— Ma mère m'a élevé, mon père ayant jugé à ma naissance qu'un rejeton représentait un empêchement majeur aux amusements. Elle était caissière dans un hypermarché le jour et serveuse dans un *diner* le soir. C'était une femme courageuse et volontaire, très intelligente, et il était hors de question que j'aie une vie « aussi merdique que la sienne », comme elle disait. Je m'efforce d'être le fils de ma mère. (Jugeant que le sérieux doit être réservé aux moments glissants, que l'on ne partage qu'avec ses très proches, il retrouva sa jovialité :) En réalité, nous…, Veronica et moi, n'avons rencontré Gilbert Payne que trois ou quatre fois, toujours pour des histoires de fric. Lâchement, j'ai laissé mon associée se débrouiller avec lui. Elle le méprise et elle est beaucoup plus teigneuse que moi avec ce genre d'individus, celui qui ne comprend que le rapport de force.

— Et donc, le laboratoire d'analyses vous appartient ? intervint Bard.

— Pas intégralement. Veronica et moi ne possédons chacun que trente pour cent des parts. Les quarante pour cent restants font partie du portefeuille du propriétaire initial. Un simple investissement pour lui. Mais très rentable. Il n'a rien à voir avec la médecine ou la biologie. C'est un homme charmant. Il aime bien passer, papoter un peu. Ce n'est pas un hystérique du pognon comme Payne.

— Son nom ?

— Fitzgerald Lockwood. Un monsieur très bien. Pas mal d'argent, du vieil argent. Des manières, quoi. Son fils, Roch, est à son image… même si…

— Même si ?

— Ah, la jeunesse ! Il a travaillé pour nous durant des années. Je crois surtout que le père ne supporte pas l'idée de l'oisiveté. Le genre « Ce n'est pas parce qu'on est riche qu'on ne travaille pas », vous voyez ? Ça faisait donc partie du marché lorsque nous avons repris le labo. On employait son fils.

— Quand cela ?

— Oh… il y a presque sept ans. De toute façon, c'est un parfait technicien de laboratoire, très scrupuleux, travaillant jusqu'à point d'heure lorsque nécessaire, ne renâclant pas lorsqu'il faut apporter les résultats à nos différents clients ou collecter les échantillons. Et puis, soudain, une grande passion pour une fille, une Hongroise, qui n'est sans doute pas de son milieu, et il l'a suivie. Volatilisé, du jour au lendemain. Son père fulminait. Ah, l'amour…

— Ça s'est produit il y a combien de temps ? demanda Gary d'une voix neutre.

— C'est tout récent, même pas un mois. À mon avis, il refera surface un jour. La passion, par définition, n'est pas éternelle.

Les deux agents échangèrent un regard discret.

— Vous pourriez nous en donner une description ? demanda Bard.

Le Dr Harp parut surpris mais s'exécuta :

— Il est grand… je dirais un mètre quatre-vingts, sans garantie. Blond, les yeux bleus, une carrure sportive… la même voix douce et plaisante que son père, même si elle surprend davantage chez un gaillard assez baraqué… C'est à peu près tout.

— Vous auriez un objet lui ayant appartenu ? demanda Gary du même ton anodin.

L'alarme figea le sourire du Dr Harp.

— Pardon ?

— Je ne sais pas… une blouse, un stylo, une brosse à dents…

— Attendez… Où on va, là ? Quel rapport avec Bel Vista ?

Le biologiste était maintenant sur ses gardes.

Bard et Mannschatz se consultèrent du regard. Gary eut un petit mouvement de tête en signe d'acquiescement. Mike Bard déclara :

— Docteur Harp, nous avons des raisons de penser que Roch Lockwood a été abattu. Un objet personnel nous permettrait une comparaison ADN, voire un relevé d'empreintes digitales.

— Mais... je ne sais pas si j'ai le droit, déontologiquement, se rétracta le biologiste.

— Vous ne violez en rien le secret médical puisqu'il s'agit d'un employé, pas d'un patient. De surcroît, nous ne vous demandons aucune précision sur sa santé ou sa vie privée, ni même au sujet de ce qu'il aurait pu vous confier, le rassura Gary en ajoutant : Bon, on peut obtenir un mandat, mais ça va nous faire perdre du temps.

Le Dr Harp soupesa le pour et le contre, les lèvres serrées. Il murmura :

— Oh, j'aurais préféré demander son avis à Veronica... Effectivement... je ne romps pas mon serment... C'est d'accord, si on trouve quelque chose appartenant au laboratoire, pas à Roch. Donc, pas de brosse à dents, par exemple.

— Ça marche, accepta Gary.

— Les blouses, inutile de vous acharner là-dessus. Une entreprise spécialisée vient les récupérer à la fin de chaque semaine et avec le traitement lavant et désinfectant qu'elles subissent, à mon avis, vous ne retrouverez rien. Ah, ça m'ennuie..., commenta le biologiste en se levant, bon... suivez-moi, je vais vous indiquer son poste de travail et son vestiaire, dans lequel vous ne trouverez pas grand-chose puisque son père est venu le vider... (Soudain, une idée lui traversa l'esprit et il s'exclama, retrouvant sa bonne humeur :) D'ailleurs, ce serait la meilleure solution : on téléphone à son père et on lui demande un objet personnel.

Gary contra aussitôt :

— Et lui annoncer du même coup que nous croyons que son fils a été abattu ? Et si nous nous trompions ?

— Suis-je bête ! Vous avez raison. Ah, mon Dieu, le pauvre homme… si jamais c'est bien Roch… Quel choc, quelle horreur ! Père et fils s'entendent très bien.

— Je n'en doute pas, observa Mike, le visage impavide.

Ils emboîtèrent le pas au Dr Harp et descendirent l'escalier métallique qui évoquait celui d'un navire. Ils débouchèrent dans l'immense salle qu'ils avaient traversée à leur arrivée. Une bonne dizaine de techniciens étaient installés devant de hautes paillasses en résine noire, encombrées par des appareils, des flacons de solutions, des pots en plastique blanc à gros bouchons rouges.

— J'avais dans l'idée que c'était toujours blanc, des paillasses de labo, remarqua Gary.

— Ça dépend. Avant, le noir était réservé à la bactériologie et le blanc à la biochimie. En réalité, la seule chose qui compte, c'est de voir les taches et de pouvoir les nettoyer au mieux. Vous n'avez pas envie de poser les coudes dans une suspension bactérienne particulièrement pathogène ou dans une goutte de produit radioactif. Je trouve que les souillures se distinguent mieux sur le noir, c'est pour cela que j'ai choisi cette option.

Mike s'étonna du silence qui régnait, seulement troublé par le ronronnement des appareils, le sifflement des becs Bunsen, le vrombissement des centrifugeuses de paillasse et des agitateurs vortex. Peu d'échanges entre les techniciens qui leur jetaient parfois des regards intrigués. Le Dr Harp expliqua en pouffant :

— Oh, on ne bat pas notre personnel pour qu'il se taise, ne vous inquiétez pas. Ils ont une salle de repos-salon à leur disposition. Si l'envie de bavarder un peu en dégustant un café les saisit, ils peuvent s'y rendre quand ils le souhaitent. Vous savez, on fait uniquement de la routine ici, mais de la routine dont dépendent des vies humaines. À force de répéter toujours les mêmes analyses, les mêmes gestes, la concentration s'émousse, on a tendance à passer en pilotage automatique. Alors si en plus les gens papotent… C'est de cette façon que de colossales erreurs peuvent survenir…

Il s'immobilisa et désigna un haut siège en Skaï gris, un coin de paillasse et le petit caisson poussé dessous. La jeune femme rousse qui travaillait juste à côté, raclant la gélatine nutritive d'une boîte de Petri à l'aide d'une sorte de petit râteau en verre, leva la tête. Harp lui adressa un clin d'œil cordial, sans toutefois lui expliquer la raison de sa présence, ni l'identité de leurs deux visiteurs.

— Voilà ! C'est là que Roch travaille… enfin travaillait.

Mike et Gary jetèrent un regard dépité vers le poste de travail. Tout y était d'une consternante netteté. Le Dr Harp comprit leur déception et déclara d'un petit ton navré en haussant les épaules :

— Tout est nettoyé, surnettoyé et surdésinfecté chaque soir.

— Et dans le caisson ? insista Bard.

Le Dr Harp se pencha et inspecta les deux tiroirs, vides. Il releva la tête, surpris, et demanda à la technicienne rousse :

— Julianne ? Comment se fait-il qu'il ne reste ni gants, ni stylo, pas même un trombone ?

Prudente, elle couvrit la boîte de Petri de son couvercle afin de ne pas la contaminer par d'inévitables postillons.

— Monsieur Lockwood père a tout nettoyé. Il n'avait pas l'air content. Il a précisé qu'en plus, Roch n'allait pas nous laisser son désordre. Il a remis la boîte de gants en nitrile sur une paillasse et a jeté le reste. De toute façon, Roch passe son temps à mâchouiller ses stylos… pas très engageant.

Profitant de son intervention, Mannschatz l'interrogea d'un ton détaché :

— Un collègue sympa, Roch ?

Julianne lança un regard à Harp qui l'autorisa à répondre d'un petit mouvement de tête.

— Hyper sympa, s'enthousiasma-t-elle. Serviable, toujours un mot gentil…

— C'est ce que j'appelle un nettoyage soigneux, commenta Gary en balayant l'intérieur des tiroirs du regard.

— Ce sont des gens très bien, les Lockwood, vous savez. Ils ne traitent pas les autres comme des domestiques, remarqua la jeune femme.

— Monsieur Lockwood père ne vous a rien dit ?

— Ben, il est arrivé au moment où j'allais prendre ma pause déjeuner. J'ai juste remarqué qu'il n'avait pas l'air content, tendu quoi. Faut dire que le départ soudain de Roch a sidéré tout le monde.

— Il n'avait jamais évoqué sa… passion pour une Hongroise ?

— Jamais.

Mannschatz la remercia d'un sourire et se tourna vers le biologiste.

— On peut jeter un œil à son vestiaire, si vous voulez, proposa celui-ci. Mais, là aussi, son père est passé.

Une rangée de hauts vestiaires métalliques couvrait l'un des murs du couloir menant à la salle de repos. Une porte était entrouverte, et le Dr Harp la désigna. Mike se baissa et tira d'un index prudent le battant en aluminium noir par le coin inférieur. Le casier avait été vidé avec une telle minutie que les soupçons des deux agents du FBI grimpèrent encore d'un cran.

Bard s'adressa au biologiste :

— Vous pourriez le fermer à clef ? Il est possible qu'on retrouve des empreintes digitales. Je voudrais éviter qu'elles soient abîmées… les gars des labos viendront avec un mandat, précisa-t-il.

— Pas de problème. Je suis désolé…

— Au contraire, merci de votre collaboration et de votre compréhension… rétorqua Mannschatz avec un sourire forcé.

— Je vous raccompagne ?

— Volontiers.

Sans échanger un mot, ils repassèrent devant la paillasse où travaillait Roch Lockwood. Soudain, le Dr Harp pila et s'écria :

— Le carnet de labo, dans le caisson !

La jeune femme rousse leva à nouveau le nez de l'empilement de ses boîtes de Petri et indiqua d'une voix douce :

— Euh… Mais vous l'avez repris, monsieur…

— Vous avez raison, Julianne. Il est dans mon bureau. (Se tournant vers Mike et Gary, il suggéra d'un ton excité :) Bon, on remonte ? C'est la propriété du labo !

Ils grimpèrent à la hâte l'escalier métallique. Harp fonça vers une armoire dont il ouvrit une des portes en disant :

— Il est là. Je dois le prendre de quelle façon ? Ce ne sont pas les gants en latex qui manquent, ici.

— Je peux ? s'enquit Bard en tirant un large mouchoir en coton de sa poche.

— Je vous en prie. Sauf que mes empreintes sont déjà dessus, puisque je l'ai remonté. Après deux jours d'absence non justifiée de Roch, j'ai appelé son père, qui était à la fois désolé et furieux. C'est là qu'il m'a expliqué pour la jeune Hongroise. Du coup, j'ai récupéré le carnet de labo. Celles de Veronica y sont aussi. Les empreintes, je veux dire. On passe tous les soirs vérifier les carnets de tous les techniciens.

— À quoi ça sert au juste ? interrogea Mannschatz pendant que son collègue extirpait avec délicatesse le gros cahier relié de cuir, à pages numérotées.

— C'est fondamental. Les techniciens ont obligation de noter là-dessus tout ce qui a pu se produire d'inhabituel au cours d'une analyse. Ils ont éternué au-dessus d'un tube à essai – ça, c'est à cause des particules de salive –, ils sont allés aux toilettes, leur téléphone a sonné, leurs lunettes sont tombées, le vortex s'est emballé, la flamme d'un bec Bunsen a brusquement diminué, ils ont obtenu un résultat aberrant sur un triplet, ils ont eu un doute sur la pureté d'un tampon, n'importe quoi. Bien sûr, ils ne peuvent, sous aucun prétexte, arracher une page, même s'ils ont fait une énorme tache dessus. C'est pour cette raison qu'elles sont numérotées. S'ils raturent quelque chose, la phrase biffée doit rester lisible. En cas de contestation au sujet d'une analyse, ça nous permettrait de savoir si la faute provient de chez nous et si elle est d'origine humaine.

— M. Lockwood père ne l'a pas réclamé ?

— Je doute qu'il sache que cela existe. Ce n'est pas un professionnel, je vous l'ai dit. De toute façon, je ne l'y aurais pas autorisé. C'est un outil de défense juridique pour nous.

— On peut l'embarquer ? demanda Bard.

— Il n'y a pas de résultats ni de noms de patients dedans, juste les codes d'analyses, donc… Si vous me promettez de me le rapporter, et en excellent état, c'est d'accord.

— Vous avez notre parole.

Le volume relié de cuir enveloppé dans un grand papier-filtre bleu-gris – le plastique risquant d'abîmer les empreintes sur la couverture –, le Dr Harp les raccompagna jusqu'à la porte principale. Mannschatz se fit la réflexion qu'il semblait satisfait. Il avait participé à une enquête fédérale sans trahir le secret médical. Il allait avoir des choses à raconter à son associée. Avant de prendre congé du médecin, il tenta le coup, tout en sachant qu'il allait se faire envoyer paître :

— Vous avez une cliente… patiente, je ne sais pas comment on dit, du nom de Christina Genovese. Elle est probablement venue pour un test de dépistage du sida et…

L'autre se redressa de toute sa petite taille et son visage chaleureux se ferma. Il déclara d'un ton sans appel :

— Je vous arrête tout de suite ! C'est hors de question tant que vous ne m'amenez pas un mandat en bonne et due forme me relevant du secret médical. Je n'ai jamais entendu parler de cette dame. D'ailleurs, en toute sincérité, je ne sais pas qui elle est. Nous avons des milliers de patients, d'autant que, en effet, nous sommes un centre de sérologie certifié. Il faudrait que je consulte notre listing informatique et je m'y refuse !

— D'accord. En tout cas, merci de votre aide. Vraiment !

— Docteur Harp… intervint Bard. Il serait souhaitable que M. Lockwood père ne soit pas informé de notre visite. Pour l'instant. Afin de l'épargner, vous comprenez.

Un sourire futé illumina le visage plaisant du biologiste.

— Vous n'avez pas remarqué qu'on a souvent tendance à prendre les petits ronds pour des godiches ? Une erreur de jugement assez fréquente. J'ai gobé votre histoire au début, mais ce n'est plus le cas. D'ailleurs, si Roch avait été abattu, comme vous le dites, la police aurait demandé à son père de l'identifier. Vous deviez quand même avoir pas mal d'éléments en mains pour atterrir au labo ! Donc, je crois que vous le soupçonnez de meurtre, même si je ne vois pas le rapport avec Bel Vista. Cette jeune Hongroise, c'est ça ? Ça expliquerait pourquoi il a disparu du jour au lendemain. Son père a des doutes aussi, s'il a embarqué tous les effets personnels de son fils pour le protéger. Ça ne servira à rien, surtout avec le cahier de labo. Mais bon, c'est la réaction d'un père aimant et affolé. Je me trompe ?

— Nous aussi avons nos secrets, docteur, répondit Mannschatz d'un ton amical. Quoi qu'il en soit…

— Je sais, bouche cousue, l'interrompit le biologiste. La discrétion est une obligation professionnelle. Toutefois, c'est devenu une seconde nature chez Veronica et moi. La meilleure façon de vivre en paix, c'est d'éviter de fourrer son nez où il n'a aucune raison d'être !

Gary songea que le gentil biologiste n'était pas au bout de ses peines s'ils avaient vu juste. Il préféra ne pas relever. Ce gars lui était assez sympathique. Qu'il profite de ses dernières nuits paisibles avant longtemps.

Base militaire de Quantico, États-Unis, août 2008

Diane Silver jouait depuis un moment avec une cigarette, la faisant rouler entre ses doigts tel un minuscule bâton de majorette.

Elle se décida enfin à l'allumer, exhala une longue bouffée. Son regard très pâle passa de Mannschatz à Bard, qui venaient de terminer le compte rendu scrupuleux de leurs visites de la veille.

Diane énonça :

— Donc, les empreintes digitales retrouvées sur et dans le carnet de labo, outre deux séries qui sont sans doute celles des docteurs Harp et Swanson – à vérifier –, appartiennent bien à notre trucidé de la cave, j'ai nommé Roch Lockwood ! Les résultats ADN devraient tomber ce soir, juste une confirmation.

— Comment on procède, maintenant ? s'enquit Mike. L'idée, c'est qu'il ne nous file pas entre les pattes.

— Tout juste. Vous êtes certain que ce type… le biologiste ne va pas prévenir Fitzgerald Lockwood ?

— Sûrs, affirma Mannschatz. Il a compris qu'il s'agissait d'une affaire dans le genre très sérieux, même s'il s'est planté sur sa nature, ce qui est aussi bien. À mon avis, il ne veut surtout pas d'emmerdements.

— Oh, le pauvre garçon, ironisa Diane. S'il savait ce qui va lui tomber dessus d'ici peu !

— Il ignore que son labo a servi à deux tueurs en série pour recruter leurs victimes.

— Je ne doute pas de sa totale innocence. Manque de bol, son labo est un des nœuds de l'histoire.

— À votre avis, comment procédaient-ils ? demanda Gary à la profileuse.

— Je n'ai pas de certitude. La stratégie la plus logique, d'après leurs profils, consistait sans doute à jouer sur la « sympathie » qu'ils inspiraient à tous. Hyper-sympas, serviables, des gens bien, le père et le fils, a dit cette technicienne. Dans le cas du fils, le genre avec lequel une infirmière ou un aide-soignant papotera volontiers dans les couloirs d'une clinique ou autour d'un café lorsqu'il vient récupérer les échantillons biologiques, livrant des informations a priori anodines, telles que « cette pauvre dame à qui on doit enlever un kyste n'a vraiment pas de chance puisqu'elle vient de perdre son mari »… Il leur suffisait ensuite de procéder à une enquête discrète au sujet de la femme.

— Et le rôle du père, là-dedans ? intervint Mike.

— Je ne le cerne pas encore. Tout comme je ne sais pas pourquoi il a tué son fils après une si fructueuse collaboration. Il devait avoir un impérieux motif. Est-ce en relation avec le fait que la plus jeune des victimes était enceinte de lui ?

— Peut-être que le fils ne voulait plus la tuer, à cause de ça, proposa Bard d'une voix hésitante.

— J'ignorais que vous étiez un grand sentimental, Mike, le rembarra Diane avec gentillesse. Nous parlons de psychopathes. À leurs yeux, ces femmes étaient des objets sexuels destinés à être remplacés par d'autres, un jour ou l'autre, c'est-à-dire exterminés. Ne me faites pas le plan de la rédemption. Elle n'existe pas chez ces types, même s'ils s'efforcent de faire croire le contraire pour obtenir une remise de peine. On ne peut pas concevoir l'envie de rédemption sans culpabilité et, à leurs yeux, leur seule faute, c'est d'avoir été arrêtés.

— J'en reviens à ma question : on procède comment ? insista Bard.

— On bétonne de tous les côtés. On veut une arrestation ferme. On déniche tout ce qu'on peut sur les Lockwood, sans approcher le père, mais sans le lâcher d'une semelle. À distance. On n'interroge aucune relation qui risquerait de commettre une indiscrétion et de lui permettre de filer. Dans le désordre : on fouille du côté de sa femme, de ses biens, de ses occupations, relations – ça inclut le fils –, bref, vous connaissez votre boulot mieux que moi. Évitez au maximum les contacts directs… avec qui que ce soit. On ne veut surtout pas de fuites.

— On fait quoi vis-à-vis de Pliskin et de Casney ? s'enquit Mannschatz.

— Je peux m'en charger, si vous le permettez, déclara Diane, presque guillerette.

— Oh, volontiers !

Il était hors de question qu'elle flatte l'ego de Bob la fouine en l'appelant directement, aussi composa-t-elle le numéro d'Edmond Casney Jr. La voix du directeur lui parut étrange, au point qu'elle s'informa, bien que n'en ayant rien à faire, de son état de santé :

— Vous semblez enrhumé, monsieur ?

— Ce n'est rien, un petit virus. Merci de votre sollicitude.

— Je vous appelais pour vous informer de nos avancées.

— Docteur Silver, c'est Bob qui suit les enquêtes, lui rappela-t-il, sans réelle animosité.

— Certes. Toutefois, vous êtes notre supérieur hiérarchique à tous.

Y verrait-il une basse flatterie ou un franc foutage de gueule, elle l'ignorait. La connaissant, il opterait sans doute pour la seconde solution. Avec raison. Elle attendit la verte remontrance, qui ne vint pas, ajoutant à son étonnement.

— Où en êtes-vous ?

— Nous avons enfin une piste qui semble intéressante. Mannschatz et Bard ont bien travaillé.

— Ce sont des bons.

— En effet, monsieur.

— Quelle piste ?

L'idée que cette conversation n'était pas normale traversa l'esprit de Diane. Casney mijotait-il quelque chose ou avait-il des ennuis, privés ou politiques ? Pour l'instant, une seule chose comptait pour elle : lui en dire assez pour ne pas être prise en défaut, mais ne pas fournir d'informations précises afin que Pliskin ne manigance pas un coup foireux. Diane était certaine que cher Bob ne reculerait devant rien pour lui faire la peau : pas même mener une enquête droit à l'échec, au risque de permettre à un tueur en série de s'en tirer. Au fond, elle aurait dû être flattée : elle était devenue la grande obsession d'un paranoïaque. Fort heureusement pour elle, Pliskin appartenait à la catégorie des tueurs virtuels, sans quoi il n'aurait pas hésité à la trucider. Elle retint un rire, et expliqua :

— Un laborantin qui travaille dans une clinique. Nous pensons qu'il pourrait avoir un lien avec les tueurs. Tout cela est encore hypothétique. Je vous tiendrai bien sûr au courant de nos progrès. Voilà… Au revoir monsieur, prenez soin de vous…

— Diane…

— Monsieur ?

Un silence, puis :

— Non, rien. Au revoir. J'attends de vos nouvelles.

Ce n'est que lorsqu'elle raccrocha qu'elle songea qu'il ne l'avait appelée que très rarement par son prénom. Bof, elle s'en foutait.

Plus important, elle soupesa chaque mot de son demi-mensonge. Très défendable. Roch Lockwood était technicien de laboratoire et avait travaillé pour la clinique Payne & Young. De fait, il avait un lien avec les tueurs : lui et son père. Pliskin ne serait certes pas dupe, comprenant immédiatement qu'elle s'était débrouillée pour ne leur révéler que le minimum et piétiner son autorité. Il en suffoquerait de rage.

Un soupir de contentement échappa à la profileuse qui alluma une cigarette : enfin une cigarette de célébration.

Fredericksburg, États-Unis, août 2008

Assise dans son lit, Diane Silver regardait un épisode de *Battlestar Galactica*, une des rares séries télé qu'elle appréciait. Elle n'aimait pas les séries policières, si mignonnes, si édulcorées, sans grand rapport avec la réalité du crime. D'un autre côté, qui aurait envie de visionner des horreurs véritables pour se détendre après une journée de travail ? *Galactica* possédait, selon elle, toutes les qualités : c'était plutôt bien fichu, on ne s'ennuyait pas une seconde, les personnages étaient exaspérants et à descendre sans sommation comme ce Dr Baltar – qui s'en tirait toujours en dépit de ses trahisons meurtrières à répétition – ou héroïques à souhait, tel le commandant Adama. Surtout, ça n'existait pas. Selon Diane, rien n'était plus apaisant que ce qui n'avait aucune réalité humaine. Au fond, *Galactica* glorifiait ce que nous avons perdu : le sens de l'honneur, la dignité, le juste combat, l'héroïsme, l'acceptation de la souffrance et le goût du sacrifice. Bref, ce que l'humain rêverait d'être, alors que la nullité est plus simple et confortable. Sans doute était-elle injuste. Les deux dernières guerres mondiales, ne seraient-ce qu'elles, avaient prouvé que l'Homme peut se dépasser, redevenir un héros anonyme. Des milliers d'hommes, parfois âgés, s'étaient engagés, avaient rejoint la Résistance, alors qu'ils auraient pu rester peinards derrière les lignes. Leur but ? Défendre une idée de la liberté et de l'Homme. D'accord, elle l'admettait, elle était injuste. Là n'était pas son problème ce soir. Une épineuse question mobilisait son attention : la saga du *Galactica* se déroulait-elle, avant ou bien après la présence des humains sur Terre ? Ces survivants errants étaient-ils le premier peuple de la planète bleue ou le dernier ? Un tel fatras mythologique avait été parsemé par les scénaristes – qui avaient dû s'amuser comme des petits fous – qu'elle n'en avait pas la moindre idée. Les personnages, lancés à la recherche de la Terre, étaient souvent affublés de noms de dieux ou de déesses antiques. Ils étaient polythéistes mais se répartissaient en douze tribus, comme celles d'Israël. Elle en était là de ses cogitations, alors que l'on apprenait que le fidèle second d'Adama était un cylon – un robot humanoïde ennemi –, lorsque la sonnerie du téléphone de sa table de chevet retentit. Elle enfonça le bouton pause de la télécommande du lecteur DVD et la posa à côté de son portable à carte. Le commandant Adama était au sol et pleurait de désespoir.

— Je suis désolé, là… je sais qu'il est plus de minuit…

— Pas de problème, Mike, je regardais *Battlestar Galactica*.

— Ah ouais ? Vous aimez ce genre de trucs ? Moi, la SF… pas ma tasse de thé.

— Parce que vous aimez le thé ?

— Je me comprends, pouffa le grand flic. (Redevenant sérieux, il expliqua :) Bon, ça ne pouvait pas attendre demain, alors on s'est dit avec Gary qu'on prenait le risque de vous tirer du sommeil.

— Vous avez eu raison. Alors ?

— On s'est surtout livrés à des recherches informatiques, sauf une vérification auprès du banquier qui ne va pas la ramener parce que Gary lui a brandi sous le nez l'éventualité d'une faute professionnelle lourde. Défaut de vigilance, complicité dans une captation d'héritage, etc.

— Il sait parler aux gens, ironisa la profileuse.

— Pêle-mêle : le père et le fils disposent de pas mal de fric. Dans les six-sept millions de dollars de patrimoine. Des investissements pépères dans le labo Harp & Swanson, bien sûr, et puis dans des restaurants, dans une boutique bio, sans compter trois appartements à Boston, en location, et pas mal d'actions, de fonds divers et variés… Et…

— Et ?

— Un cabinet d'architectes à Boston. Assez important, à ce que j'ai compris. Là où le bât blesse et où le banquier a fait dans son froc, c'est que les quatre cinquièmes de cet argent appartiennent à une Mme Katherine Lockwood, architecte de profession, née dans une famille huppée du Connecticut. La femme de l'un et la mère de l'autre.

— Et c'est pour cette raison qu'ils l'ont tuée et ont dissimulé son décès. Pour pouvoir se servir librement de son argent. Il faudra vérifier avec un éventuel testament. À mon avis, le père et le fils n'héritaient pas de la grosse part.

— Ouais. Fitzgerald Lockwood a des procurations partout.

— Comment se fait-il que le banquier n'ait pas eu de doute en ne voyant plus Mme Lockwood ?

— Il a peut-être des excuses, concéda Bard. Enfin, de toute façon, il va avoir de gros emmerdements… Mme Lockwood a eu un cancer du sein, sévère, avancé, quoi. Ça, le banquier le tenait d'elle. Mammectomie, radiothérapie… bref, l'artillerie lourde. Elle a abandonné ses activités professionnelles, et a cédé trente pour cent des parts de son cabinet d'archi à son successeur. Elle s'en est tirée de justesse, visiblement. Et puis, selon les confidences de M. Lockwood, après une rémission de quelques années, elle a fait une rechute. Elle aurait alors choisi de partir dans sa famille, au calme, à la campagne.

— Enterrée dans une cave, à la campagne, en effet. Elle est partie en douce, mais personne n'a trouvé cela bizarre ?

— Ce sont des notables d'excellente réputation, docteur. Pas le genre qu'on soupçonne de trucider des femmes après les avoir enfermées dans des cages, vous voyez ? En plus, le banquier affirme que sa maladie l'avait beaucoup changée. Elle ne voyait plus grand monde. Il prétend avoir reçu d'elle une petite lettre, du Connecticut, dans laquelle elle lui expliquait son besoin de retraite, de paix, tout en lui précisant que son mari s'occuperait dorénavant de leurs affaires. Il a promis de me la retrouver. C'est Lockwood père qui l'a écrite, selon vous ?

Elle jeta un regard au commandant Adama, roulé en boule dans un coin, en pleine crise de nerfs, songeant qu'elle avait perdu le fil et qu'il lui faudrait remonter un peu dans l'histoire pour s'y retrouver.

— Pas sûr. Elle a pu s'y résoudre, sous la menace. On fait des choses insensées lorsqu'on a peur pour sa vie, des choses qui, précisément, signent notre arrêt de mort.

Elle entendit Mannschatz parler d'un bar.

— Ouais, j'y viens, approuva Bard à l'adresse de son partenaire. Roch Lockwood a été, on va dire un peu inquiété, il y a huit ans. Une fille a porté plainte contre lui pour viol. Non-lieu. Plein de témoins les avaient vus rigoler et boire ensemble dans un bar de la périphérie de Danvers. Ils ont quitté l'établissement ensemble. Ensuite, la fille a certifié qu'il avait proposé de la raccompagner et qu'il avait bifurqué soudainement dans une allée forestière où il l'avait tirée de la voiture, tabassée et violée. Un certificat médical atteste qu'elle portait des marques de coups et même de strangulation.

— Et bien sûr, lui a contré en jurant que la fille était plus que consentante et qu'elle s'était ensuite infligé des blessures dans le but de le faire raquer, compléta Diane.

— Tout juste. C'était l'excellente réputation des Lockwood contre celle, moins élogieuse, d'une fille habituée des bars et pas vraiment farouche, si vous voyez ce que je veux dire.

— Ne nous leurrons pas, ce genre d'accusation fallacieuse existe. Cependant, dans le cas de Roch Lockwood, je ne serais pas surprise que la fille ait dit vrai. Ces types commencent très souvent par des viols avec violences mais sans meurtre. Et puis, au bout d'un moment, ça ne parvient plus à les satisfaire… Plus assez de pouvoir. Le pouvoir ultime de vie ou de mort est largement plus bandant. Bon, il ne manque qu'un mandat d'arrêt et vous tombez sur le père.

— Il est dans ma poche, s'esclaffa le flic. Nous sommes devant la résidence Lockwood à Danvers, justement.

— C'est à combien de Bel Vista ?

— Une bonne soixantaine de kilomètres. Très belle maison de ville, entourée d'un chouette jardin, protégé de hauts murs. Il y a une bonne quinzaine de flics qui garantissent le périmètre.

— Oh, les gentils petits ! s'exclama Diane en jetant un regard à la silhouette figée du commandant Adama. Euh… Mike, surtout prenez soin de vous. Si M. Lockwood se montrait menaçant…

Un autre rire puis :

— S'il me donne la moindre raison légitime de tirer, comptez sur moi pour ne pas le rater. Toutefois, ce genre de tordu tient terriblement à sa peau. Ils sont doux, de vrais agneaux, lorsqu'ils n'ont plus le dessus, d'autant qu'ils savent que les flics n'hésiteront pas dans leur cas.

— Je sais. Dommage !

Diane se laissa aller contre ses oreillers. Une sorte de langueur bienvenue détendait ses muscles. Dégustant ce relâchement, elle inspira profondément. Elle se leva et s'étira comme si elle venait de passer une longue nuit réparatrice.

Elle pénétra dans son bureau, embrassa le sourire de l'enfant à la marguerite, murmurant contre la fleur :

« Maman a bien travaillé, mon ange. » Elle caressa le ravissant visage. Elle se laissa glisser au sol et fondit en larmes.

Quelques minutes plus tard, à moins qu'il ne se fût écoulé une heure, deux peut-être – Diane aurait été incapable de le préciser tant elle ignorait où son esprit s'était égaré durant ce temps –, elle se releva.

Elle s'approcha du meuble à casiers et en tira la bouteille de Glenmorangie dont elle savoura trois longues gorgées en récompense.

Deux tordus de moins dans la nature. Une bonne fin de soirée.

Elle embrassa à nouveau l'immense poster et cadenassa la porte de son bureau derrière elle.

Diane réintégra sa chambre, recula de quelques chapitres sur le DVD et s'absorba à nouveau dans la multitude de catastrophes qui tombaient sur le vaillant commandant Adama.

La sonnerie de son téléphone à carte la tira de son difficile assoupissement.

En bruit de fond, l'écho de la circulation, un coup de Klaxon hargneux, des rires, des bribes de conversations qui s'approchaient puis s'éloignaient :

— Nathan ?

— Je vous réveille ? Pardon, Diane.

— À peine.

— Je suis si content !

— De quoi ? demanda-t-elle, maintenant tout à fait lucide.

— Je viens de passer la soirée en compagnie d'une dame qui vous intéresse beaucoup.

— Brooks !

— Elle-même.

— Vous êtes parfait ! Comment l'avez-vous retrouvée ?

D'un ton un peu dépité, il avoua :

— Ben, ce n'était pas très compliqué. Elle possède un petit appartement à Las Vegas dans East Charleston Boulevard, à mon avis, un pied-à-terre lorsqu'elle vient jouer. Je n'ai pas trop fouiné. Je n'avais pas envie de l'alerter. Son nom est dans l'annuaire. Il y a trois Susan Brooks en ville. L'une a une bonne soixantaine d'années, l'autre est une blonde élancée.

— Racontez, le supplia presque Diane.

— Je suis sur un parking, juste en face du Luxor, non loin d'un étonnant sphinx. J'ai passé plus d'une heure à jouer aux machines à sous. Je trouve ça barbant. Ce n'est pas mon truc, les jeux de hasard. Il n'en demeure pas moins que ça crée des liens, surtout quand on perd, et elle a pris une vraie dégelée. Du coup, je l'ai invitée à boire un verre au bar pour lui remonter le moral. Comme je suis un très gentil garçon inoffensif, elle a accepté. D'autant que j'avais perdu moi aussi. Je me suis dit que le fait qu'elle puisse me reconnaître n'aurait bientôt plus d'importance. Toutefois, de cette façon, je peux à nouveau l'aborder, en cas de besoin.

— Pertinent. Comment est-elle ?

— Charmante. Souriante, posée, bien élevée, le genre auquel on confie ses enfants les yeux fermés. Un physique assez ingrat. Le visage rond et mou, de petits yeux rapprochés. Un vilain nez, très mince, en lame, aux narines pincées.

— Où séjournez-vous, Nathan ?

— Dans un hôtel très sympa, pas loin de neuf cents chambres, de quoi passer inaperçu, le Motel 6 Tropicana. Pas la peine d'attirer l'attention. Je vous réserve une chambre ?

Lockwood serait bientôt sous les verrous. Elle pouvait prendre quelques jours de congés en prétextant la fatigue nerveuse due à l'enquête.

— Oui, au nom de Leonor York. J'arrive demain… enfin, ce soir. Je vous préciserai l'heure de mon vol. Je ne connais pas du tout Las Vegas.

— Ne vous inquiétez pas, je viens vous chercher à l'aéroport international McCarran. Il n'est jamais qu'à six kilomètres du centre-ville. J'ai un cadeau pour vous.

— Quoi ?

— Chut… c'est une surprise. Au fait, je m'appelle Justin McAlpine, ici.

— Une raison ?

— Aucune, si ce n'est que les faux papiers pouvaient être disponibles très vite.

— C'est une excellente raison.

— Et puis, préparez-vous à un choc : je suis châtain aux yeux noisette. Je vous préviens pour que vous ne passiez pas devant moi sans me reconnaître à l'aéroport. Ça me va pas mal, je trouve. Si ça ne vous plaisait pas, ce n'est pas grave. Il s'agit d'une teinture temporaire et de lentilles.

— Vous êtes irremplaçable, Nathan, plaisanta-t-elle.

— C'est exact.

Lorsqu'elle raccrocha, elle eut la nette impression que quelque chose venait de se déchirer en elle. Une longue coupure, indolore mais irréparable. Une lourde tenture fendue de haut en bas. Derrière, une sorte de brouillard, une ombre plus pâle.

Elle fixait le téléphone à carte serré entre ses mains, le détaillant tel un objet étrange, tentant d'organiser le flou de son esprit. Sans trop d'insistance.

Las Vegas, États-Unis, août 2008

Il n'était pas loin de vingt-deux heures lorsqu'ils longèrent le Strip dans la voiture de location de Rupert, cette dizaine de kilomètres de Las Vegas Boulevard où se pressent les casinos ouverts vingt-quatre heures sur vingt-quatre, qui abritent aussi certains des plus grands hôtels de la ville. Plus loin, des champs de fast-foods, de stations-service, de chapelles pour mariages express à quelques dizaines de dollars le certificat, avec possibilité d'unions « drive-in » en cas de grosse urgence. Celle où s'était mariée Demi Moore, celle où s'était remariée Joan Collins, celle où un pseudo-bouddhiste, un grand petit homme vert à antennes – qui devait ruisseler de sueur sous son costume en acétate – ou un vrai sosie d'Elvis servaient de témoins.

Diane songea à la boutade qu'elle avait destinée à Erika Lu. Pas une boutade. Elle était indiscutablement une extraterrestre. Il ne s'agissait pas d'un jugement de valeur de sa part, juste d'une sensation de plus en plus flagrante de vertige, de désorientation. Elle regardait les flots de lumière clignotante par la vitre de sa portière, les flots de touristes heureux d'être là, braillant, riant, et se demandait si elle possédait encore des gènes en commun avec eux. D'une certaine façon, elle le déplorait. Eux étaient capables d'apprécier cette bizarrerie parfaitement réussie. De s'en réjouir. La ville-champignon née du désert, un siècle plus tôt, centrée sur l'argent, l'amusement, le jeu, qui avait poussé le mauvais goût ou l'inventivité, selon les avis, jusqu'au grand art. Un art extrêmement lucratif.

Diane avait demandé à Rupert – Justin – de lui accorder une petite demi-heure pour se rafraîchir, changer de chemise, bref avoir l'air un peu moins épuisée et négligée, en dépit de la chaleur nocturne, encore étouffante dès que l'on sortait des établissements climatisés. Si les casinos du Strip n'étaient pas trop exigeants en ce qui concernait les accoutrements parfois déroutants des gens qui perdaient de l'argent chez eux, ils étaient, en revanche, très pointilleux sur leur bonne tenue, à l'instar de tous leurs « collègues » du monde entier. On ne faisait pas de scandale ni de crise de nerfs, même lorsque l'on venait de perdre une fortune. On n'était pas saoul, ou alors très dignement. On était propre, du moins en apparence, et si on levait un pigeon plein aux as, on le faisait avec tact et discrétion au risque de se retrouver propulsé sur le trottoir par deux malabars du service de sécurité. Un univers d'artifices et de faux-semblants, la plupart très convaincants, dont la seule réalité était l'argent. Toutefois, Diane le reconnaissait, il s'agissait d'un univers d'une bouleversante sincérité puisque, ici, les règles étaient claires, tout le monde les connaissait, à l'inverse de ce qui se passait le plus souvent dans la vraie vie.

Assise sur le lit recouvert d'un dessus-de-lit à motifs bleu et rouge un peu heurtés, elle attendait, la tête vide. Nathan/Rupert n'avait pas mentionné une fois Susan Brooks depuis sa descente d'avion et, d'une certaine façon, il avait eu raison. La décision de Diane était prise, depuis fort longtemps, et il était inutile d'y revenir.

Un choc léger contre la porte de sa chambre. Elle lutta contre son inertie, la fatigue, contre l'envie de demeurer là, sans bouger, durant des heures. La vitalité de Nathan, son énergie débordante la déprimèrent un peu plus lorsqu'il pénétra dans la pièce, un sourire heureux aux lèvres, une boîte enrubannée entre les mains, en annonçant, heureux :

— Cadeau.

Elle ouvrit le paquet et découvrit un pistolet court, joliment couché dans des couches de papier de soie pourpre.

— J'ai pensé qu'une arme blanche n'était pas idéale pour une dame. Trop… sauvage, trop physique, pas assez… raffiné et distancé, en quelque sorte. J'ai opté pour un Glock 22, qualité autrichienne, polymères légers mais ultra-résistants, assez petit et léger – environ 700 grammes – pour être fourré dans une poche ou un sac à main, visée laser. Il faut vraiment s'appliquer pour rater sa cible ! Non enregistré, jamais utilisé, bien sûr, à l'exception du tir d'essai que j'ai fait avant-hier au milieu du désert. À balles perdues.

Elle récupéra son revolver dans le petit coffre-fort scellé dans le mur du fond de la penderie, le lui montra en précisant :

— J'avais apporté ce Smith & Wesson. Le cadeau d'un flic de Los Angeles. Je ne sais pas au juste d'où il sort.

— Hum, belle arme, M & P compact, 40 S & W, 9 mm. Toutefois, si ça ne vous ennuie pas, je préfère le mien. Je sais d'où il vient : de nulle part.

— D'accord. En plus, une visée laser… je ne suis pas une tireuse d'élite, loin s'en faut.

— Génial ! Vous voulez qu'on dîne à l'hôtel ou dans un casino, à l'exclusion du Luxor ? Le Bellagio ? Très jolis jardins botaniques. Je meurs de faim.

Tout devenait si étrange, si décalé. Elle savait qu'elle se trouvait en plein réel et, pourtant, elle avait perdu tous ses repères. Elle avait l'impression d'avoir mâchonné un buvard de LSD.

— Ça m'est égal. Nathan, je… C'est ahurissant, mais je n'ai pas du tout réfléchi… à la façon dont…

Il caressa sa joue du revers de la main en fermant les yeux. Il était décidément très beau, même en châtain soyeux. Elle ne recula pas le visage. Le contact tiède de sa peau la détendait. Elle songea fugacement qu'Yves ne l'avait jamais touchée, à l'exclusion de l'inévitable bise française d'anniversaire ou de nouvelle année. Ne pas penser à Yves. Surtout pas maintenant.

— Diane, vous n'êtes pas là pour cela, murmura-t-il, en serrant ses mains entre les siennes. Vous êtes le glaive chargé de clore l'histoire de Leonor et des autres petites filles. Celui qui va trancher le fil qui retient les jolis ballons roses.

— Les jolis ballons ?

— C'est ainsi que je les imagine. Toutes. Elles ne peuvent pas s'élever, flotter librement, soulagées, parce qu'un horrible fil les retient. Celui que vous allez rompre. Laissez-moi m'occuper du reste.

Sans doute était-il fou. Quelle importance ?

Il déposa un long baiser sur la paume de sa main et se redressa, son visage se métamorphosant. En un instant, il était redevenu terriblement séduisant. Terriblement dangereux, aussi.

— D'accord.

— Dînons à l'hôtel. Le restaurant est plus que satisfaisant et ils ont quelques whiskies qui ne devraient pas vous déplaire. Ensuite… eh bien, je vais vous expliquer tout cela autour d'un repas réconfortant et d'un bon verre.

Il était presque une heure du matin lorsque Justin McAlpine gara sa voiture sur le parking du Luxor, en dépit du fait que le Strip n'était qu'à dix minutes de marche du Motel 6 Tropicana. Il leva les yeux vers la pointe de la pyramide de verre de plus de cent mètres de hauteur, dont l'entrée principale était protégée par un gigantesque sphinx doré, regrettant les commentaires goguenards qu'aurait sans doute proférés Diane. Peut-être pas, après tout. Diane le fascinait. Cependant, il admettait qu'elle lui échappait souvent. En plus d'un luxueux casino, la pyramide hébergeait six restaurants, une piscine olympique, et la réplique de la chambre funéraire du roi Tut, le petit nom de Toutankhamon, dont peu de visiteurs ou de joueurs devaient connaître l'histoire. Mais qui se préoccupait de ce garçonnet monté sur le trône à neuf ans, mort avant vingt ans, dont on savait relativement peu de choses si ce n'est que sa sépulture était l'une des plus belles, l'une des plus riches jamais découvertes ? On était là pour gagner une fortune en quelques cartes, quelques tours de roulette, non ?

Il échangea cinq cents dollars contre un seau de jetons et remonta sans enthousiasme les interminables allées de machines à sous. Enfin, il l'aperçut, coincée entre un grand type obèse coiffé d'un Stetson et une vieille femme noire au regard halluciné, qui espérait toujours qu'une machine allait lui procurer une fin de vie décente. Du moins était-ce la raison pour laquelle elle se ruinait encore davantage.

Nathan/Justin s'approcha, se programmant un grand sourire chaleureux et ami :

— Susan ! Oh, je suis ravie de vous voir. Bonsoir, bonne nuit, je ne sais plus. Cette ville chamboule tout.

Elle tourna vers lui son visage ingrat et répondit, tendue :

— Non, pas bonne nuit. Je me fais lessiver en ce moment. Il faudrait vraiment que j'aie la sagesse d'arrêter, mais… j'ai besoin d'argent.

Il faillit lui répondre qu'un casino n'était pas nécessairement le meilleur endroit pour en gagner. Diane aurait disserté sur ce toxique de l'esprit : l'espoir. S'y ajoutait la légende des joueurs. Parce qu'un type, un jour, avait raflé le gros lot, tous oubliaient le nombre de ceux qui y avaient perdu leurs économies. L'espoir, l'exemple battaient, écrasaient les statistiques, et elles ne sont pas en faveur des joueurs. Au lieu de cela, il déclara d'un ton réjoui :

— Bon, j'ai eu plus de chance. J'ai gagné cinq cents dollars et en ai perdu cent. Reste quatre cents dollars. On partage. Deux cents chacun. Si vous gagnez le cocotier, vous m'en offrez la moitié. Marché conclu ?

D'abord un grand sourire, vite remplacé par la méfiance. Une succession qui donna envie de pouffer à Nathan. Pauvre fille ! Elle était vraiment moche, dépourvue de tout charme, comme l'aurait dit Diane sans prendre de gants. Comment pouvait-elle penser une seconde qu'il avait envie de la sauter ? Il plaisanta :

— Oh là ! Je vois la femme méfiante pointer son nez derrière la copine de malchance. Il s'agit juste d'une générosité de joueur et vous savez qu'elle a ses limites. Vous m'avez dit, quand on a bu un verre, que vous aviez touché le jackpot à deux reprises. Moi, jamais. J'ai songé que des vibrations féminines pourraient faire frémir la machine dans le bon sens. Bref, je suis une sorte de banquier, désireux de maximiser son investissement, tout en sachant qu'il peut le perdre.

Ni l'obèse en Stetson, ni la femme noire n'avaient tourné le regard vers eux, hypnotisés qu'ils étaient par les fraises, les cerises et autres symboles qui défilaient devant leurs yeux. Nathan s'interrogea fugacement. Diane éprouverait-elle une sorte de compassion diffuse pour eux, incapables de sortir de cette toxicomanie du fol espoir, ou les balaierait-elle d'un : « Rien à foutre, ils ont choisi. Les victimes dont j'ai la charge n'ont pas eu cette chance. »

Le sourire revint sur le visage disgracieux de Susan Brooks. Elle était ferrée et Nathan s'amusait comme un fou. Diane allait être contente de lui. Elle perdit les deux cents dollars en un peu plus d'une heure. Durant tout ce temps, il ne la lâcha pas des yeux, un sourire conquis flottant sur ses lèvres. C'est important de regarder les choses qui vont disparaître à jamais. Il étudia chacun de ses gestes nerveux lorsqu'elle introduisait un nouveau jeton dans la fente, les crispations de ses lèvres lorsqu'elle perdait, ses traits tendus par une bourrasque d'adrénaline lorsque deux symboles identiques s'alignaient côte à côte, le désespoir qui se lisait dans son regard lorsqu'elle tournait la tête vers lui, et puis parfois, rarement, cette joie sauvage qui la redressait d'un bond lorsque la machine lui restituait quelques jetons, la permission, le plaisir de jouer encore un peu plus longtemps.

Ainsi qu'il fallait s'y attendre, la machine eut raison du seau de jetons. Elle se leva, baissant la tête, dévastée, et annonça en fixant la moquette épaisse :

— Je suis désolée, Justin. J'ai perdu tout votre argent, sans compter le mien.

Il lui adressa l'un de ses sourires gamins et la rassura, s'amusant de sous-entendus :

— Écoutez, Susan, on n'a pas de la chance tous les jours ! C'est une soirée de déveine pour vous. Quant à moi, j'ai gagné deux cents dollars net. Je vous invite à boire un verre ? Ça vous remontera le moral.

— Vous êtes vraiment adorable. J'ai bien besoin d'un remontant.

Il était presque quatre heures du matin. Ils avaient longuement discuté, Nathan s'inventant une vie rythmée par le jeu, les angoisses des dettes, les euphories des gains, un passé gâché par l'alcool expliquant qu'il n'en avalait plus une goutte. Susan Brooks s'était à son tour fendue d'une fable : une tragique histoire d'amour qui l'avait contrainte à quitter l'Angleterre. Nathan avait compati avec talent.

Elle venait de terminer son troisième whisky qui, ajouté au flot d'adrénaline qui s'était déversé dans ses veines pour la livrer ensuite à l'épuisement, la faisait papilloter des paupières. Il régla les consommations et proposa :

— Vous avez l'air crevée, Susan. Je vous raccompagne. Ma voiture est sur le parking.

Il l'escorta par le bras jusqu'à la citadine de location, un geste fraternel, dans lequel elle ne perçut aucun désir, aucune attente. Il lui ouvrit la portière et attendit qu'elle s'installe. Il enfila le léger blouson de daim qu'il avait abandonné sur la banquette arrière. Le contact plaisant de la crosse de son arme, la même que celle qu'il avait offerte à Diane, lui tira un soupir. Au tout début de leur association, Diane Silver lui avait demandé de se substituer à elle si elle se trouvait dans l'incapacité de mener sa tâche à bien. Il était prêt. Il refusa d'imaginer la cuisante déception qu'il ressentirait si elle reculait au dernier moment.

Il démarra, se dirigeant au nord, vers East Charleston Boulevard.

D'une voix lasse et un peu molle, Susan Brooks répéta :

— Vraiment, on fait parfois de jolies rencontres inattendues. Vous êtes un cœur. (Hésitant, elle précisa :) Euh… Justin… je ne vous inviterai pas à monter chez moi pour un dernier verre. Je vous prie de m'excuser… je suis fatiguée, maladroite…

— Pas du tout, et je suis content qu'on évoque ça. Je vous trouve super sympa et, franchement, je préfère une amie à une brève liaison.

Il la sentit se détendre tout à fait, au point qu'il lui fallut de longues secondes pour se rendre compte qu'il n'avait pas bifurqué à droite, dans la rue où elle habitait.

— Je crois que vous avez raté East Charleston.

Il éclata d'un rire gamin et confessa :

— Pas vraiment. Je quitte Vegas demain et j'ai envie d'un truc un peu idiot. Voir le lever du soleil sur le désert. (Il ralentit, mit son clignotant et s'excusa :) Mais je suis égoïste, vous êtes crevée. Je fais demi-tour.

Elle ne réfléchit qu'un instant et accepta, sans doute un peu à contrecœur. Cependant, elle ne le craignait pas et, après tout, il lui avait offert deux cents dollars qu'elle avait perdus.

— Non, c'est une bonne idée. Ça va me vider un peu la tête. On passe d'un casino à l'autre et, finalement, il fait toujours nuit lorsqu'on en sort.

— Super ! Ça doit être beau, ce soleil qui s'élève au-dessus d'une terre rouge.

— Je vous avouerai que ce sera ma première expérience.

Nathan se fit la réflexion qu'elle était une lamentable prédatrice. Diane aurait rétorqué d'un ton mauvais : « Normal, elle ne s'attaquait qu'à de très jeunes enfants confiants. Inutile de faire preuve de beaucoup de vigilance. Ça s'entretient, la vigilance. »

La température commençait déjà à monter. Dans quelques heures à peine, une véritable fournaise prendrait d'assaut le désert.

Assise sur le sol, les jambes étendues devant elle, Diane se tendit et s'accroupit, prête à bondir, lorsqu'elle entendit le moteur de la voiture. Elle avala la dernière gorgée d'eau au goulot de la bouteille que lui avait tendue Nathan lorsqu'il l'avait conduite ici, après leur dîner tardif à l'hôtel, et récupéra le Glock 22 posé à côté d'elle.

Nathan avait repéré ce parfait endroit l'avant-veille, à cinq cents mètres de la route, protégé des regards par un monticule au sommet duquel des buissons d'épineux achevaient de se dessécher.

Diane entendit le claquement des portières, le rire gai de Nathan alors qu'il contournait la butte en compagnie de Susan.

Lorsqu'elle aperçut la femme très mince aux cheveux roux-blond, un revolver à la main, il fallut un instant à Susan Brooks pour comprendre qu'elle venait de se faire piéger. Affolée, elle tenta de fuir. Un coup de pied de Nathan la fit s'affaler au sol dans un cri. Il la souleva par les aisselles et passa un bras brutal autour de son cou pour l'immobiliser, tout en se plaçant de côté.

— Diane ? s'enquit-il d'un ton doux.

Diane Silver avança et s'immobilisa à trois mètres de la fille, la fixant de cet immense regard gelé, presque blanc, dont Nathan se demanda ce qu'il voyait à cet instant précis.

Le point rouge de la visée laser se posa d'abord sur la poitrine de Susan Brooks. Diane releva le canon, jusqu'à obtenir une étoile entre ses yeux. Brooks gémissait, se tordant pour échapper au bras de Nathan, tentant de donner des coups de coude, de pied, essayant de le griffer. Il raffermit sa prise au point de la faire haleter. Il plaisanta :

— Je vous en supplie, Diane, ne ratez pas votre coup. Je détesterais mourir de votre main, dans le désert du Nevada.

Le regard rivé au visage de Brooks, Diane hocha la tête en signe de dénégation. Élevant un peu la voix, elle déclara :

— Pour ma fille, Leonor Silver, onze ans, la neuvième des fillettes martyrisées par Ford. Pour toutes les autres petites filles.

Susan Brooks hurla, se débattant avec l'énergie du désespoir.

— Il m'a forcée à le faire. Il m'aurait tuée, comme les autres. Un dingue. Un dingue terriblement dangereux, plaida-t-elle en sanglotant.

D'un ton calme, grave et paisible, Diane rétorqua :

— Témoin la petite Elizabeth Barclay que vous avez noyée bien avant de rencontrer Ford ? Vous et moi savons pourquoi vous l'avez aidé, avec tant de zèle. Les explications sont superflues.

— Je vous en supplie ! cria-t-elle à travers ses larmes de terreur, tentant de se dégager de l'étreinte de l'homme qu'elle avait cru inoffensif. Vous… Vous ne pouvez pas m'abattre comme un chien.

Une détonation, sèche. La tête de Susan Brooks partit vers l'arrière sous la violence de l'impact, heurtant l'épaule de Nathan.

Son corps s'affaissa, retenu par Nathan. Un filet très rouge dévala entre les sourcils de Brooks, suivant l'arête de son nez.

— Je lâche ? À mon avis, elle est morte. Joli carton !

Diane acquiesça d'un signe de tête. Susan Brooks s'écroula au sol, sur le dos, bras étendus sur les côtés. Diane se rapprocha du cadavre. Le rouge du point laser se mêla à celui du sang. Calmement, elle tira une seconde fois.

Une invraisemblable fatigue l'envahit. Elle tituba et ferma les paupières. Nathan la rejoignit en deux pas, la serrant contre lui en murmurant :

— Je vous aime tant.

— Parce que je suis une tueuse ? bafouilla-t-elle, exténuée.

— Non… parce que vous allez jusqu'au bout. Rentrons, Diane. Vous êtes épuisée. Douze ans viennent enfin de trouver leur conclusion, ou du moins l'une d'entre elles. Les jolis ballons roses s'envolent, libres.

Trébuchant, elle se laissa mener jusqu'à la voiture et s'affala sur le siège passager. Il démarra, demandant d'un ton tendre :

— Vous savez quoi faire de l'arme, je suppose ? Elle ne doit jamais refaire surface.

— Oui.

Elle ferma les yeux et feignit de s'assoupir contre l'appui-tête. Leonor était dans sa tête. Comment une athée convaincue pouvait-elle percevoir dans ses artères le pouls de son enfant morte ? Et pourtant, le cœur de Leonor battait dans son ventre, elle en était certaine. Elle le sentait avec autant de netteté que lorsqu'elle l'avait portée. Et puis l'adorable ballon rose s'éleva.

Pour une fois, elle le laissa partir sans désolation, sans intenable douleur.

Un immense soulagement noya ses questions sans réponse. Elle s'endormit.

La nuit achevait de se diluer au-dessus de l'élégante arrogance du désert lorsque Nathan referma la porte de sa chambre. Il était apaisé. Une dernière promesse à tenir avant de s'écrouler et de sombrer dans un sommeil sans rêve. Il composa un numéro sur son portable sécurisé. De longues sonneries. Enfin, une voix ensommeillée répondit d'un incertain « Allô ? ».

— Madame Kaplan ? Debra ? Nathan Hunter. J'avais promis. Elle a payé. C'est fini pour elle. Barbara n'a plus rien à craindre d'eux. Elle peut revenir sous une autre forme. Prenez soin de vous, pour elle, je vous en prie.

Il coupa la communication, interrompant l'écho des sanglots qui lui provenaient de l'autre bout du pays.

Massachusetts Corrections Department,
Cambridge, États-Unis, août 2008

Diane avait réfléchi la veille à sa stratégie. Face à un psychopathe de faible intelligence, désorganisé, elle aurait joué la compréhension, la compassion, même. Pas avec le profil de Lockwood. Se sentant génétiquement supérieur aux femmes, étant intellectuellement capable de le justifier à ses propres yeux, il s'était arrogé le droit de les chosifier. Il était le maître absolu disposant d'esclaves interchangeables au gré de ses envies. La psychiatre avait donc opté pour une attaque frontale, dans laquelle alterneraient vague mépris et léger ennui face à un sujet qu'elle considérait comme assez banal. Éroder sa supériorité.

Escorté de deux gardes, il était entré dans la petite pièce aveugle – réservée aux entretiens des détenus avec leurs avocats ou les experts – de cette prison de Cambridge, ville mitoyenne de Boston, où il attendait son jugement. Il s'était avancé de cette étrange démarche, à la fois traînante et sautillante, la seule concevable avec la chaîne qui retenait ses chevilles. Fitzgerald Lockwood.

Diane Silver l'avait à peine regardé. Elle le connaissait maintenant si bien. Mesurant guère plus d'un mètre soixante-dix, blond, les yeux bleus, le teint pâle, des manières douces et affables, l'allure paisible, pour ne pas dire soumise. Un redoutable leurre.

Il avait été poussé par l'un des gardes vers la chaise inoccupée qui flanquait la table rivetée au sol, et s'était installé face à Diane. Le gardien avait passé la chaîne de ses menottes dans l'anneau d'acier scellé à la table. Elle avait remercié le garde d'un sourire. Les deux hommes étaient sortis.

Elle s'était présentée et avait posé deux questions : « Que racontiez-vous à ces femmes pour endormir leur méfiance ? », « Pourquoi avez-vous abattu votre fils ? ». Lockwood était resté muet, un léger sourire narquois flottant sur ses lèvres. Toutefois, il avait évité avec soin le regard bleu glace qui ne le lâchait pas. Après quelques minutes de silence, elle avait réitéré ses questions, en vain. Fitzgerald Lockwood détaillait le plafond, inclinait la tête de droite et de gauche, semblant fasciné par sa contemplation. Ses mains jointes en prière étaient posées sur le bord de la table. Il se tenait droit sur sa chaise en plastique noir. Rien dans sa gestuelle n'indiquait qu'il était sur la défensive. Depuis six minutes qu'il s'était installé dans la salle aveugle, il n'avait pas prononcé un mot.

Mettant un terme à leur mutisme, elle lança d'une voix légère :

— Monsieur Lockwood, vous ne croyez quand même pas que j'ai besoin de vos confidences pour bâtir un dossier qui vous garantira la peine la plus lourde ? Grâce aux tests scientifiques, aux cadavres de vos victimes, à tout le reste, vous n'avez aucune chance de vous en tirer. La seule petite incertitude, c'est combien vous allez prendre. La perpétuité ou…

Il fixait un coin du plafond bas, sans daigner répondre.

Elle baissa la voix à en murmurer et plaisanta :

— Puisque nous sommes tranquilles tous les deux pour papoter, c'est moi qui vais vous offrir une révélation. Vous savez ce que je suis en train de faire en ce moment ? Je cherche un meurtre ancien, ayant quelques petites similitudes avec les vôtres, commis dans l'un des trente-sept États qui pratiquent toujours la peine de mort. Pour vous le coller sur le dos, bien sûr. Le Connecticut me plaît bien : votre femme en était native et ce n'est pas très loin du Massachusetts. C'est une chouette idée, non ? déclara-t-elle d'un ton ravi.

Le regard de Lockwood se posa brièvement sur elle. Elle y lut la stupéfaction mais également l'inquiétude.

Elle se vautra sur la table, le menton appuyé sur une main.

— Convaincre le jury que vous êtes l'auteur de ce meurtre encore indéterminé ne devrait pas poser de problème : je peux mentir comme une arracheuse de dents, une vraie bonimenteuse, et ça me fera un énorme plaisir que vous soyez exécuté. Même si ce meurtre n'avait pas grand-chose en commun avec les vôtres, je prétendrai que votre *modus operandi* a évolué. C'est fréquent. Je vais trouver une foule d'explications psychologiques pour le justifier, faites-moi confiance. La difficulté consistera à vous faire juger là-bas. Je devrais pourtant m'en sortir : après tout, vous avez tué votre femme, native du Connecticut donc, et il y aura cette victime, la première chronologiquement, que je vais dénicher dans un fichier quelconque. Ce ne sont pas les meurtres non élucidés qui font défaut. De surcroît, l'État du Massachusetts ne devrait pas être mécontent de leur refiler la patate chaude. Si sa décision d'abolir la peine de mort se conçoit dans le cas des crimes… disons classiques, la majorité des citoyens, donc des votants, n'aime pas que les violeurs, tortureurs, tueurs en série y échappent.

Le sourire suffisant de Lockwood s'était évanoui et ses lèvres serrées ne formaient plus qu'une mince ligne.

— Tordue, feula-t-il.

Diane pouffa :

— Oui, et c'est sans doute pour cela que nous allons si bien nous entendre ! Au fait, si l'envie de répéter notre conversation à votre avocat ou autre vous venait, surtout n'hésitez pas. D'ignobles calomnies au sujet de la profileuse star chargée de vous évaluer psychologiquement rajouteraient une petite touche, je trouve. Je sais aussi jouer les victimes à merveille. J'en ai assez croisé. De véritables. Dont les vôtres.

— C'est un marché ? demanda Fitzgerald Lockwood d'un ton mauvais.

— Tout à fait. Le Connecticut ou une réponse à mes questions. Je suis une femme curieuse. Surtout, ne vous avisez pas de me mentir. Je sais toujours quand j'ai affaire à un menteur et ça ne me met pas de bonne humeur.

Lockwood se laissa aller vers l'arrière, contre le dossier de la chaise, augmentant l'écart entre eux. Elle feignit ne pas l'avoir remarqué. Il était enfin sur la défensive. Elle venait d'inverser le rapport de force en sa faveur à elle.

— Première question : comment avez-vous annihilé la méfiance de ces femmes ?

— Ça vous bluffe, hein ? répondit-il, satisfait.

— Je ne le formulerais pas de cette façon. Pour ce que nous en savons, toutes les victimes identifiées étaient fragilisées, mais ça ne suffit pas. Fragile ne veut pas dire idiote.

La repartie cingla :

— Oh si, elles étaient idiotes !

— Admettons, opina Diane. Vous leur avez donc fait croire qu'elles avaient été contaminées par le sida. Alice a accusé son bel amant-patron, Christina son tout aussi bel amant professeur remplaçant, et Cassandra… ? Le mari qu'elle aimait tant. Dévastateur, en plus du reste. Elles avaient de fortes chances de mourir et, de surcroît, elles avaient été trahies par ceux qu'elles aimaient et qui n'avaient pas hésité à leur filer une maladie létale. Pas mal.

— Vous trouvez ?

— Hum. Selon moi, après une petite enquête sur la… faisabilité des victimes, Roch était chargé de leur annoncer la terrible, mais fausse nouvelle, avec beaucoup de tendresse, en leur recommandant de ne pas en parler à leurs proches, de reprendre d'abord des forces, de consulter un psy spécialisé, blablabla. Car il vous fallait des femmes saines pour vos jeux, n'est-ce pas ? Le préservatif atténue un peu les sensations, surtout pour les fellations, m'a-t-on dit. Pas le pied, hein ? Or, vous vous donniez beaucoup de mal. Autant que ce soit parfait. C'est à partir de là que j'ai des doutes. Quel était votre rôle ?

Il se passa la langue sur les lèvres et tourna la tête.

— Pensez au Connecticut, monsieur Lockwood. Très joli État. Ses pommiers, son magnifique automne, ses charmantes auberges, sa peine de mort.

Évitant toujours son regard, il déclara, suave :

— Vous ne trouvez pas que j'ai l'air d'un pédé ? Une vieille tante ? Beaucoup de gens m'ont pris pour un pédé, depuis que je suis jeune. Ça m'a exaspéré durant des années. Mais tout sert. Vous savez pourquoi tant de femmes se sentent bien en compagnie des pédés ?

— Parce que ce sont des hommes mais que la question du sexe est résolue. Plus d'arrière-pensées, de doutes, d'appréhension. Plus de désir. Ça repose.

— Tout juste. Ça les met en confiance. J'allais donc leur rendre visite, dans les établissements de soins ou chez elles. Je me présentais comme une pauvre tarlouze qui avait perdu son amant chéri du sida, qui avait veillé ses derniers instants. Des larmes dans la voix, très convaincant. J'expliquais que j'étais devenu l'organisateur d'un groupe de soutien. On tenait nos réunions, en toute discrétion, chez moi, le temps que les pauvres séropositifs reprennent du poil de la bête et puissent affronter leurs proches, déballer la vérité. Roch les attendait à la maison. Il était baraqué. Une fois passé le pas de la porte, tout était terminé. Enfin, tout commençait.

— Simple et efficace, le congratula Diane.

— N'est-ce pas ?

— Votre femme ?

Il se tendit et asséna :

— Ça ne faisait pas partie des questions !

— Ah, parce qu'on avait une liste ?

Elle se coucha presque sur la table. Il se recula encore. Elle se redressa et poursuivit d'un ton vipérin :

— Sans doute n'ai-je pas été assez claire, monsieur Lockwood. Vous me faites plaisir et je respecte notre marché. Vous m'exaspérez, comme maintenant, et je deviens une très méchante fille. J'aime beaucoup être méchante. Votre femme ?

— Quoi, ma femme ?

— Parlez-moi de Katherine. Votre première victime… Enfin, ce n'est pas ce que je ferai gober aux jurés du Connecticut si vous n'êtes pas gentil.

Il haussa les épaules, hargneux.

— Vous ne savez pas ce que c'est que de vivre avec ce genre de… harpie. Elle savait tout mieux que tout le monde… Elle avait toujours raison… Et puis, c'était son fric. Ça, elle ne ratait pas une occasion de le rappeler…

— Si la vie avec elle était si épouvantable, il y a un truc qui marche bien. Ça s'appelle le divorce, ironisa Diane.

Le regard de Lockwood frôla le sien. Elle y déchiffra un certain amusement. Il rétorqua d'un petit ton supérieur :

— Non, parce que, justement, c'était son fric. Je ne l'avais pas supportée autant d'années pour tout perdre. Je l'ai gagné, cet argent !

Diane attendit. Il soupira d'agacement et reprit :

— Et puis, il y a eu cette histoire de cancer et, là, c'était le pompon ! En plus, il fallait s'occuper d'elle, écouter ses jérémiades, ses plaintes continuelles, lui apporter son thé, passer une crème sur les irritations dues aux rayons… sur ses cicatrices répugnantes, bref jouer pour la galerie les maris attentionnés et paniqués. Au début, j'ai pris mon mal en patience parce que le médecin m'avait laissé entendre qu'elle n'avait pas grande chance de s'en sortir. Et puis elle a changé. Il est devenu clair qu'elle se méfiait de nous. Roch s'est rendu compte qu'elle avait pris rendez-vous avec son notaire. Le but était évident : modifier son testament. Je ne sais pas ce que cette sale conne a pu sentir ou comprendre. Est-ce qu'elle a appris que son fils avait vraiment violé cette fille ? Est-ce que cette pouffiasse du bar l'a contactée ? Du coup, il ne fallait plus qu'elle meure. Du moins de façon officielle.

— Et de fait, elle s'en est tirée. Vous l'avez baladée un peu partout afin qu'elle parle de sa convalescence, des traitements qu'elle suivait, et vous l'avez tuée.

— Elle allait demander le divorce. C'était exclu, pesta Lockwood.

— Comment ? Comment l'avez-vous tuée ?

Il haussa à nouveau les épaules et lâcha :

— Comme les autres, les suivantes.

— Vous l'avez laissée mourir de faim et de soif, traduisit Diane. En fait, on meurt de déshydratation. C'est long, très pénible…

Le regard bleu dévia vers le plafond.

— Dans le sous-sol de votre maison de Danvers. Sans doute bâillonnée en raison de la proximité d'autres habitations. (D'un ton léger, elle s'enquit :) Vous les avez regardées mourir ou pas ?

— Je suis, de temps en temps, allé vérifier… où elles en étaient. Bien obligé !

— Je vois. Votre nid douillet de Bel Vista était-il déjà… opérationnel lorsque vous avez tué Katherine ?

— Elle n'arrêtait pas de me rabaisser ! Ce sont des salopes, des vampires, elles vous transforment en paillasson dès qu'elles en ont la possibilité ! s'emporta-t-il.

— Ah, nous y revoilà ! se moqua Diane. Le couplet des odieuses femelles castratrices. J'admets que ce genre de rapports délétères existe entre une mère et son jeune fils. Entre deux adultes mariés, il va être plus difficile de me convaincre. Encore une fois, le divorce n'est pas fait pour les chiens ! N'est-il pas étonnant que dans des sociétés où les hommes ont encore tant de pouvoir, les femmes soient… créditées d'une telle puissance ? De surcroît, si vous cherchez la circonstance atténuante, ça ne va pas marcher. En toute logique, l'offense, le traumatisme que vous auriez subi, selon vous, cessait avec sa mort. Vous n'avez pas tué des femmes comme « substitut » de Katherine, puisque ces victimes sont postérieures.

Diane marqua une pause. Il demeura silencieux. Elle reprit, cordiale :

— Voulez-vous savoir ce qui s'est vraiment passé, monsieur Lockwood ? Vous avez laissé crever Katherine d'horrible façon. Pour récupérer son fric. Et vous vous êtes aperçu que vous adoriez cela. Ça n'est pas plus compliqué.

Il la fixa pour la première fois. Elle lut une telle haine dans son regard qu'elle fut soulagée que des entraves le maintiennent. Elle s'efforça de garder un ton léger, détaché, et asséna :

— Ne manquait plus que l'aspect sexuel puisque Katherine ne vous tentait vraiment pas, et qu'en plus, elle n'aurait sans doute pas toléré vos… pratiques, n'est-ce pas ? Qui donc est le « rabaisseur » ? Avouez que vous avez pris votre pied à traiter des femmes à la manière de choses soumises à votre bon plaisir à tous deux.

Les maxillaires de Lockwood se crispèrent et elle sentit qu'il retenait une bordée d'injures à défaut de pouvoir la frapper. Elle décida de le pousser à bout :

— Vous avez des problèmes de zizi, n'est-ce pas, monsieur Lockwood ? Décidément, Katherine avait tiré le gros lot, le jour où elle vous a épousé.

— Connasse ! rugit-il.

— Enfin, nous y sommes, se moqua la profileuse.

Un raclement de verrou. Un des gardiens passa la tête par l'entrebâillement de la lourde porte d'acier et lança :

— Ça va, docteur ?

— Très bien, merci. M. Lockwood me complimentait avec effusion.

Diane attendit que le battant se referme pour reprendre dans un franc sourire :

— Pour l'écrasante majorité des hommes, l'acte sexuel est un plaisir, le plus souvent partagé et aimant, ou du moins amical, voire cordial. Chez des sujets tels que vous, le sexe n'est plus qu'un outil de pouvoir. Imposer le sexe à sa victime, qu'il fasse mal, qu'il avilisse, qu'elle sache à quel point elle n'est plus rien. (Primesautière, elle expliqua :) C'est assez souvent corrélé au fait qu'ils n'arrivent à la lever qu'en situation de violence et de contrôle. Le viol n'est pas une recherche de sexe, c'est une recherche de totale domination. (Telle une institutrice joviale expliquant la règle de trois à un mignon bambin, elle conclut :) Et puis, il est clair qu'une femme qui est en train de se faire violer, tabasser, qui craint pour sa vie, ne va pas vous faire une réflexion – même gentille – sur le fait que vous baisez aussi bien qu'une savate, non ?

Elle sut, sans ambiguïté, qu'il l'aurait tuée sur l'instant s'il l'avait pu. Il affirma d'une voix sifflante :

— C'est Roch. Au moment de son procès, il a fini par m'avouer qu'il avait, en effet, violé cette sale pute de Danvers. Ça n'était pas la première. Il était affolé, surtout par la réaction qu'aurait sa mère s'il était reconnu coupable, ou même si l'accusation tenait la route.

— Mais il a quand même insisté sur le fait qu'il avait pris un pied terrible et cela a éveillé… disons, une envie en vous.

— Oui.

— Vous avez donc monté votre… petit business, de sorte à ne plus rien risquer. Pourquoi l'avez-vous tué ?

Le regard rivé sur ses mains, il lâcha :

— Ça ne vous regarde pas !

— Tout me regarde, et surtout le Connecticut. De toute façon, je le sais.

Il s'essaya, sans succès, au mépris :

— Vous vous croyez très forte, hein ?

— Non, je le suis. Vous l'avez abattu parce qu'il avait engrossé Alice McKern et qu'il voulait l'enfant, du moins si c'était un garçon. Rien à voir avec un débordement d'amour paternel, nous sommes bien d'accord. Je me trompe ?

À la crispation soudaine de son visage, elle sut que l'hypothèse qu'elle avait émise était juste.

— Il se cherchait un successeur, un apprenti, pour prendre enfin le leadership du couple père-fils. Il ne peut pas y avoir deux leaders dans un couple de tueurs. En d'autres termes, il aurait fini par vous évincer et par vous tuer. Vous le saviez.

Il la regarda, une ombre liquide dans les yeux.

— Ne me faites pas le coup du chagrin, ça ne prend pas, monsieur Lockwood. Votre unique regret, votre seule hésitation avant de régler le problème – outre le fait que vous aviez peur de votre fils –, a été que vous alliez vous retrouver seul. Toute une organisation à rebâtir. Plus personne avec qui partager les bons souvenirs de viols et de tortures, puis d'agonies. De surcroît, vous n'avez pas la force physique pour maîtriser bon nombre de femmes, à l'exception de celles tétanisées par la terreur.

— C'est sa faute, à cette salope ! hurla Lockwood. Quand elle a su qu'elle était enceinte, elle a cru qu'il l'épargnerait. Elle lui a monté la tête. Pauvre conne ! Il avait la ferme intention de s'en débarrasser quand l'enfant serait sevré.

— Le garçon. Une fille, vous l'auriez étouffée à la naissance, non ?

Lockwood ne sembla pas l'entendre. Éructant, il martela :

— Il a changé ! Ce n'était plus le même…

— Non, il a juste grandi. Le jeune psychopathe est devenu un psychopathe adulte qui n'avait plus besoin d'un mentor. Encore une histoire de pouvoir et de domination. (Reprenant son ton d'institutrice guillerette, elle proposa :) Résumons. En fait, vous n'êtes parvenu à dominer que de pauvres victimes que n'importe qui aurait pu contrôler tant leur délabrement psychologique était profond. Il a fallu que vous rusiez toute votre vie pour ne pas perdre l'argent de votre femme, que vous rusiez pour abattre votre fils, parce que vous faisiez de trouille dans votre froc. Bref, vous avez été et restez une pauvre larve !

Il tenta de reprendre un peu de pouvoir sur cette femme à l'insupportable regard, qu'il exécrait plus qu'il n'avait jamais détesté personne, pas même Katherine. Il demanda d'un ton malin :

— Vous voulez que je vous raconte ce qu'on leur faisait ? À elles ? Dans la cave ? demanda-t-il, presque coquet.

Elle prétendit l'hésitation, jeta un regard à sa montre en haussant les sourcils, afin de lui indiquer qu'il était une quantité assez négligeable, puis affirma d'une voix vaguement méprisante et surtout lasse :

— Oh non… Inutile. Je suis un peu pressée. D'autant que je le sais, mentit-elle. Vous êtes si prévisibles. Quoi ? Des incisions, des morsures, des brûlures mais avec le flacon d'antiseptique à portée de main pour que leurs blessures ne s'infectent pas ? Des tabassages en règle, pas sur le visage pour préserver le plaisir des yeux ? Peu ragoûtant, un visage défoncé à coups de poing. Des injections de produits abrasifs dans le vagin ? Les contraindre à avaler une nourriture frelatée, comme des bêtes ? Non, peut-être pas cela. Elles sont malades, ça pue, et il faut nettoyer derrière. Je connais l'intégralité des… techniques des tordus de votre espèce depuis si longtemps… Vous n'êtes pas un sujet très intéressant, soupira-t-elle.

Il serra la bouche de rage. Elle n'allait certainement pas lui donner le plaisir d'expliquer à une femme – un objet potentiel, même s'il la redoutait maintenant – ce qu'il avait réservé à ses autres objets.

— Bien, je crois que nous en avons terminé.

Elle se leva et récupéra son sac à dos à ses pieds.

— J'ai rempli ma part du marché, dit Lockwood.

— En effet.

— Vous avez donné votre parole pour le Connecticut, rappela-t-il, tentant de gommer l'urgence et la peur de sa voix.

Un immense sourire étira les lèvres de Diane, découvrant ses dents :

— Je vous avais pourtant prévenu : je peux mentir avec autant d'aisance que je respire !

Elle cogna du poing contre le panneau d'acier. Aussitôt, un bruit de verrou. Elle tourna la tête pour un bref regard. Lockwood était décomposé et la sueur assombrissait la racine claire de ses cheveux. Diane n'avait pas encore décidé de ce qu'elle ferait au sujet du Connecticut. Toutefois, l'idée qu'il crève de trouille à la perspective de son agonie, lui qui avait dispensé les tortures et la mort, la réjouissait. Et puis elle devait bien cela à Christina et aux autres.

Lorsqu'elle sortit du pénitencier et alluma une cigarette sur le trottoir en attendant le taxi commandé par le gardien du poste de surveillance, ses mains tremblaient légèrement : elle avait eu une folle envie qu'il crève sous ses yeux.

Au fond, ça lui plaisait bien, cette histoire de Connecticut. Un meurtre non résolu de femme, possédant quelques similarités avec ceux des Lockwood, ne serait pas difficile à dénicher. En effet, une bonne idée !

Fredericksburg, États-Unis, août 2008

Il était à peine six heures du matin. Les yeux fermés, engourdie par les somnifères, affalée sur le comptoir en bois brut de la cuisine, Diane Silver ingurgitait son deuxième café très fort, attendant que son cerveau accepte enfin de sortir de son inertie chimique.

La sonnerie de son portable professionnel la fit sursauter. Elle tâtonna à sa recherche.

— Oui ?

La voix sèche et rapide de Gary Mannschatz se déversa :

— Casney vient de mourir. Il a bouffé son pot d'échappement. A priori, pas de doute, il se serait suicidé.

Deux, trois mots à peine parvinrent à se frayer un chemin dans l'esprit embrumé de Diane : Casney, suicide, mort.

— Pardon ?

— Ouais. C'est son fils aîné qui partait pour le centre d'équitation qui l'a trouvé. Mauvais début de journée.

— Il a laissé un mot d'adieu ?

— Non. On n'en trouve pas toujours. Notamment dans les cas masculins de méga ras-le-bol. Le mec se dit que, de toute façon, tout le monde se fout qu'il claque ou pas.

— C'était son cas, à votre avis ?

— Ça ne m'étonnerait pas, répondit Gary. Quoi qu'il en soit, Casney a, de toute évidence, relié le pot d'échappement de sa bagnole à une mince ouverture de la vitre côté conducteur par l'intermédiaire d'un bout de tuyau d'arrosage. Bon, y aura une enquête, mais franchement, c'est inutile.

Diane explosa en assénant une gifle violente au comptoir de sa cuisine :

— Et merde !

— Vous le regrettez ? s'étonna Mannschatz.

— Pourquoi, je devrais ? Cela étant, si Pliskin prend sa suite, on est mal. Entre deux furoncles à la fesse, toujours choisir le moindre. Et cher Bob est un énorme et très douloureux furoncle !

Un soupir, un bref silence, puis :

— Je sais que je peux avoir confiance en vous, ce qui, pour moi, revient à vous offrir mon flingue chargé. Je veux dire, c'est pas rien, vous comprenez ?

— Très bien.

— Je crois que j'ai de quoi dissuader cher Bob.

— À moins de lui appliquer ledit flingue chargé sur la tempe, en ayant la ferme intention de presser la détente, je ne vois pas très bien ce que…

— Oh non. Je suis un homme paisible… surtout grâce à ma femme. Enfin, en général. Kim, c'est mon épouse, est artiste florale à Fredericksburg. Elle a une boutique. Ça veut dire que c'est un genre de super fleuriste, mais une créative, quoi…

Diane ne l'interrompit pas. Mannschatz n'était pas le genre à faire dans la conversation de salon.

— Un jour, elle m'a raconté l'anecdote d'un type qui s'était fendu d'un magnifique et très cher arrangement floral pour Linda Casney, la femme de notre directeur. Vous connaissez les flics. Il faut qu'on fouine. C'est génétique chez nous. Le chèque était signé de Pliskin. Pas malin de sa part, mais, ma femme ayant gardé son nom de jeune fille, il ne pouvait pas savoir qu'elle avait un lien quelconque avec moi. Ça m'a mis la puce à l'oreille, j'ai cherché.

— Et ?

— Faut que vous sachiez que je l'ai pas fait par malveillance, ni même par esprit de revanche. Je me suis dit que si je pouvais lui épingler un truc au cul, ce serait une bonne monnaie de négociation s'il nous emmerdait, Mike ou moi. C'était mon unique but, vous avez ma parole.

— Prudent et judicieux, commenta Diane, qui ne doutait pas de sa sincérité.

— Vous auriez fait la même chose ? s'enquit Mannschatz en cherchant une approbation.

— Ne m'en parlez pas. Je ne regrette qu'une chose : ne pas y avoir pensé avant vous. Sauf que Pliskin est tellement timbré, sous des dehors à peu près normaux, que je me suis dit que les dysfonctionnements de son mental étaient sa seule stimulation.

— Ben non. Il saute la femme de Casney depuis plusieurs années. À mon avis, et même si c'est une jolie femme, élégante et tout, c'est pas le cul et encore moins la passion qui le motive.

— Bon diagnostic. Pliskin est un paranoïaque bien intégré. Il n'y a que lui-même qui le motive, renchérit Diane.

— Selon moi, il couche avec elle parce que c'est la femme du chef et la fille du sénateur, bref le super-chef, celui qui peut lever la patte sur tous les autres. C'est un escabeau vers ce qu'il croit être le pouvoir. Après tout, Casney l'a grimpé – sans jeu de mots obscène, je parle de l'escabeau – avant lui et il n'a pas eu à s'en plaindre, du moins en apparence.

— Vous me bluffez, Gary. Vous n'auriez pas l'intention de prendre ma place, des fois ?

Il pouffa, sans doute parce qu'il avait senti la spontanéité du compliment. Elle reprit :

— Pliskin veut ce que les plus puissants que lui possèdent. Il s'imagine que ce sont les attributs qui font le pouvoir. Vous savez pourquoi ? Parce qu'il ne pourra jamais admettre que ce sont ses failles qui l'ont empêché de monter plus haut. Dans le cas contraire, il devrait se remettre en question et il en est incapable. C'est un paranoïaque, je me répète. Donc, il a toujours raison. Que comptez-vous faire ?

— Le dissuader, ainsi que je vous l'ai dit. De façon très ferme. Je possède un volumineux dossier sur sa liaison avec Linda. Si cher Bob ne comprenait pas la mise en demeure, ça partirait aux médias. Le sénateur Murray ne serait pas content. Il a toujours su faire ses coups en douce, au point qu'on n'a jamais pu l'épingler, et c'est pas faute d'avoir essayé. Votre précieux stagiaire avocat de Boston l'a défendu dans un délit d'initiés. Comment il s'appelle déjà ?

— Charles Devernois-Klyne. Aucune nouvelle depuis son départ. Ça me repose. Vous pensez que ça va marcher, votre dossier, je veux dire ?

— Allons, docteur ! Nous sommes un pays puritain. On a moins de problèmes lorsqu'on fourgue des subprimes, dont on sait qu'elles vont lessiver les familles les plus démunies, que lorsqu'on tringle la femme de son chef. Ou autre. Témoin l'affaire Clinton, un de nos plus grands présidents. Tout ce qu'il a fait pour ce pays a été oublié à cause d'une vague coucherie avec une stagiaire bavarde. Avouez que cette histoire ne concernait que deux autres personnes en dehors de lui : sa femme et sa fille. Attention, je ne cautionne pas l'adultère. Je suis un homme archifidèle, j'adore ma femme et je suis peut-être moi-même un peu plombé par le puritanisme. Mais bon, faut savoir s'arrêter. Vous croyez pas ?

— Cent pour cent d'accord. On ne s'immisce pas dans le plumard des autres… sauf dans celui de cher Bob, parce que là, c'est une œuvre de salubrité publique et qu'on le déteste.

— Tout juste. Et puis, comme ça, Bob et Linda pourront filer le parfait amour loin de Quantico. Ils se marieront, auront beaucoup d'enfants et vivront très heureux pour toujours et toujours.

Ce fut au tour de Diane de glousser :

— Oh, ce n'est pas du tout le profil psychologique de cher Bob.

— J'emmerde son profil ! Bon, ben, je vous laisse…

— Attendez… Vous croyez que Casney a appris la liaison de sa femme avec son secrétaire et que ça a pu servir de catalyseur à son geste ?

— J'en sais rien. Ce que je sais, c'est que Casney n'était pas une ordure contrairement à Bob la fouine. D'ailleurs, c'est rare qu'une vraie ordure se suicide. Très rare. Je crois que Casney Jr. n'était pas à sa place, il n'avait pas l'envergure requise et il ne l'ignorait pas. Un jour, il n'a plus été capable de le supporter. Rideau.

— Bon, eh bien… on se voit plus tard à la base.

— Ouais. À plus.

Lui, Edmond Casney Jr., avait léché les pompes de son beau-père, redouté Pliskin dont il se méfiait comme de la peste. N'importe quel autre mec raisonnablement intelligent allait le remplacer à son poste et faire bien mieux. Il avait été à peu près transparent pour sa femme et pour ses enfants. Aucun de ses subordonnés n'allait conserver le moindre souvenir de lui. Enfin, il n'avait jamais eu de véritable ami. Bilan d'une vie qui aurait pu ne jamais survenir sans que quiconque s'en aperçoive. Sans que cela fasse la moindre différence. Quel naufrage. Avant même la dissolution dans l'humus, il ne restait déjà plus rien de lui.

C'était ce qu'avait pensé Edmond avant de coincer le bout de tuyau d'arrosage en haut de la vitre de sa portière. Étrangement, la dernière personne à qui il avait songé avant de sombrer dans une inconscience bienvenue, dans l'agonie, avait été Diane Silver.

Base militaire de Quantico, États-Unis, août 2008

Gommer l'épiphénomène, il ne s'agissait de rien d'autre. Ce n'était pas une femme qui était morte. Pas une femme qu'elle avait tuée. Juste une sorte de chose très dangereuse et malfaisante. Selon la définition de Diane, Brooks n'avait aucune humanité. En d'autres termes, elle ne méritait aucun regret, aucun remords. Brooks avait vécu beaucoup plus longtemps que toutes les petites victimes qu'elle avait livrées au tortionnaire, sans même évoquer celles qu'elle avait tuées de ses propres mains. Point final. Qu'elle pourrisse en enfer. Malheureusement, Diane n'y croyait pas. Elle aurait adoré l'enfer pour Brooks.

Diane Silver se cramponna au distributeur de café, dans un état de demi-sommeil. Une escroquerie, les somnifères qu'elle avalait chaque soir. Elle dormait à peine, se tournant, se retournant, se réveillant en sursaut pour replonger dans un sommeil hanté par les monstres et leurs œuvres. En revanche, le matin, elle ne parvenait à se tirer de son coma chimique qu'avec la plus grande difficulté. Elle allait demander à Folston de lui prescrire une autre molécule.

Elle sursauta presque lorsqu'elle sentit la lourde présence de Mike Bard derrière elle. Elle ne l'avait pas entendu arriver.

— Je vous offre un café, Mike ?

— Non. Je peux vous parler ?

— Je vous en prie, concéda Diane, sans enthousiasme.

— Dans votre bureau.

Un peu surprise, Diane obtempéra et se dirigea vers sa porte.

— Asseyez-vous, Mike, proposa-t-elle en se laissant choir sans élégance dans son fauteuil.

— Non, je préfère rester debout et je vais être bref. Elle est morte.

Sur le moment, Diane ne comprit pas de quoi il parlait :

— Pardon ?

— Susan Brooks. Elle a été retrouvée aux abords du désert, à Las Vegas, abattue de deux balles en plein front.

Interloquée, un peu inquiète, Diane feinta :

— Une nouvelle enquête fédérale ?

— Vous foutez pas de ma gueule. Ce serait une grave erreur, lui balança Bard d'un ton dangereusement calme.

Cet échange, pour le moins désagréable, avait permis à Diane de se recomposer. Elle était prête à l'affrontement.

— Et si on en venait aux faits, au lieu de tourner autour du pot ? suggéra-t-elle d'un ton sec.

— Ça me va. Avant tout, n'oubliez pas que je suis un flic. Je suis pas un épais beauf, enfin, je ne crois pas, mais pour moi, y a le bien et le mal, et y a pas à sortir de là.

— On devrait s'entendre. Votre question ?

— J'ai besoin d'argent pour Simon. Beaucoup plus que ce que je gagne ici. Ça coûte la peau des fesses son institution, mais ça lui fait du bien. Je bosse pour mon frère aîné, Thomas, de façon discrète. Très. De la main à la main. Ma plaque du FBI facilite pas mal de choses, notamment auprès des témoins. Ça les met en confiance, ou ça leur fout les jetons, selon les cas, vous voyez ?

— En tout cas, pas où vous voulez en venir, déclara Diane.

— Thomas possède et dirige une des plus jolies agences de détectives du pays. On va dire le genre très haut de gamme. Des clients triés sur le volet, très exigeants, mais qui payent bien. Dont Rupert Teelaney.

Diane croisa les bras sous sa poitrine :

— Et ?

— À la demande de Teelaney, j'ai retrouvé pour Thomas une certaine Debra Kaplan, dont la gamine a été massacrée après la vôtre.

— Je sais cela.

— Kaplan a orienté Teelaney vers une famille, les Simmons, qui louait les services d'une nanny diplômée, une Anglaise qui s'occupait de leurs trois garçons à l'époque où sévissait Rick Ford… Rupert Teelaney a de nouveau contacté mon frère. C'est moi qui suis allé rencontrer les Simmons à Washington. Le mari est en poste là-bas. C'est de cette façon que j'ai obtenu le nom de la fameuse Susan Brooks, une joueuse. Celle qu'on a retrouvée trouée à Las Vegas. Tout tourne autour du meurtre de votre fille, on est bien d'accord ?

— C'est très intéressant. Toutefois, je ne vois toujours pas…

— Non ? C'est étrange… Vous savez que les vrais tueurs professionnels ne réservent jamais une chambre sous un nom qui ait un lien avec eux. Ils ouvrent un annuaire au pif. C'est la meilleure façon de ne pas commettre une association inconsciente.

— Encore une fois, je…

— Leonor York, au Motel 6 Tropicana, un bon hôtel. Juste pour une nuit, qui correspond à vos courtes vacances de la base, après l'arrestation de Fitzgerald Lockwood. Votre fille, Leonor, tuée à New York. Vous aviez impérativement besoin du symbole, hein ? Là où je veux en venir, docteur Silver, c'est que, pour l'instant, je n'ai aucune preuve. Mais faites-moi confiance, s'il le faut, avec quelques mandats que Pliskin se fera une joie de m'offrir, j'en trouverai.

Diane comprit qu'il était inutile de noyer le poisson. Elle se mordit les lèvres et demanda d'un ton neutre :

— Qu'est-ce que vous voulez ?

— La vérité. Vous avez tué cette fille ?

Elle se donna le temps d'une cigarette qu'elle alluma et harponnant son regard, déclara très calme :

— Oui, et sans hésitation. Et oui, si c'était à refaire, je recommencerais. Vous souhaitez entendre les circonstances exactes ? Vous savez, Las Vegas, c'est surtout une rue principale, avec les hôtels, les casinos, tout… on arrive très vite à la frontière du désert.

— Pas tout de suite. Pourquoi ? Pourquoi l'avez-vous tuée ? Faites gaffe, je vais vérifier.

Diane pouffa :

— Oh, vous pouvez vérifier tout ce que vous voulez, Mike. Susan Brooks a été la rabatteuse zélée de Rick Ford.

— Et Teelaney, dans l'histoire ?

— Rupert Teelaney m'a aidée, sans savoir quel but je poursuivais. Comme vous le savez, Teelaney, même s'il m'agace, a décidé de consacrer une fraction de ses énormes moyens à la lutte contre le crime. Les tueurs en série. Sans compensation. Voilà, j'en ai bénéficié et je n'ai pas le sentiment d'être coupable, même si j'ai été privilégiée par rapport à d'autres parce qu'il tente de me séduire et que j'ai sauté sur l'occasion.

— Susan Brooks ? insista Bard.

— Un véritable interrogatoire de police ! C'est Brooks qui a attiré les gamines vers Rick Ford, et elle savait exactement ce qu'il allait leur faire subir. En dédommagement, elle a reçu un magnifique solitaire. (Elle compléta :) C'est chouette, non, en échange de quinze gamines torturées, violées durant des heures, puis achevées. Elle est morte. Ça fait des années qu'elle devrait être morte. Elle n'aurait jamais dû vivre. Ford aurait été beaucoup moins efficace sans elle. De surcroît, Susan Brooks a probablement noyé une fillette anglaise avant ses exploits sur le sol américain. Manque de bol, elle est passée entre les filets de la justice. Il n'est pas exclu qu'elle ait récidivé, en solo, après la mort de Ford. Nous ne le saurons sans doute jamais. Avouez que ça fait beaucoup de martyres d'enfants pour une seule tordue.

— Je sais, pour la petite Barclay. Je peux vous prendre une clope ?

Il se pencha et tendit la main vers son paquet posé sur la plaque en Plexiglas du bureau.

— Non ! Vous avez arrêté de fumer. Continuez dans cette bonne voie. Pensez à Simon.

Elle récupéra le paquet d'un geste vif et le fourra dans le casier de son bureau. Elle ignorait encore le choix que ferait Mike Bard. Toutefois, il était hors de question que Rupert plonge à cause d'elle. Afin de déjouer la perspicacité du flic, sa capacité à flairer les mensonges, elle adopta une tactique classique : formuler un mensonge bref, sans détails, aussitôt suivi d'une vérité puis d'un autre mensonge.

— Je me répète, parce que je crains que vos neurones de flic n'entrent en ébullition : Rupert Teelaney n'a rien à voir là-dedans. Je veux dire qu'il a juste payé des honoraires à votre frère. Pas de chance : j'ignorais votre lien de parenté ! Teelaney ne m'a jamais communiqué le nom de son informateur, je ne savais même pas qu'il s'agissait d'une agence de détectives. Il ignorait ce que je comptais faire et je ne suis même pas certaine qu'il sache que cette ordure est morte.

— Vous avez pris la décision de faire justice vous-même, reprocha Bard.

— Tout à fait. Il n'y avait aucune preuve contre Brooks. Juste des circonstances, très lointaines. On n'aurait jamais rouvert l'enquête, et vous le savez. Je ne regrette absolument rien. Maintenant, faites ce que vous pensez adéquat.

— C'était une exécution ?

— Oui. La mort, simplement.

— Ça change quelque chose ?

— Oh oui… Parce qu'elle a su pourquoi. Parce que je suis enfin certaine qu'elle ne pourra jamais tuer à nouveau une fillette ou s'associer à un autre dégénéré qui lui offrira un beau solitaire contre ses précieux services. Et puis… c'est sans doute idiot… toutefois, j'ai cette étrange impression que Leonor est vraiment en paix. Peut-être aussi les autres petites filles, je ne sais pas. (Diane hésita et termina dans un murmure las :) Vous savez, Mike, il faut que justice soit rendue aux victimes et à leurs proches. Mais en plus, ça console des gens tels que nous de songer que tous nos efforts n'ont pas été vains. Parfois, on fait une petite différence. C'est ce qui s'est passé à Las Vegas. J'ai fait une différence.

— Faut que je réfléchisse.

— Réfléchissez. Au regard de la loi, si vous ne révélez rien, vous devenez mon complice dans un meurtre avec préméditation, une longue préméditation.

— Ouais, au regard de la loi… Mais la loi n'a pas encore intégré le fait que certains hommes n'avaient rien d'humain. Enfin, je me comprends… Donc, c'est pas un meurtre, puisque ce n'était pas une humaine. Merde, je peux même pas en discuter avec Gary… il sait pas que je bosse au noir pour mon frangin. C'est pas que je me méfie de lui, vraiment pas, mais si je crache le morceau maintenant, il va m'en vouloir de pas lui avoir fait confiance. Sauf que j'ai commencé à travailler pour Thomas, quand j'ai fait équipe avec Gary. Je ne le connaissais pas assez à ce moment-là pour tout déballer.

Silver lui adressa un sourire amical et observa :

— Tous les grands arbitrages, toutes les décisions majeures se prennent le plus souvent seul, et c'est très angoissant.

— Ça vous fout pas un peu la trouille de penser que vous pourriez être arrêtée ?

Elle n'eut pas besoin de réfléchir. Elle avait résolu cet aspect de l'équation Brooks bien longtemps auparavant :

— Non. Ça n'a pas la moindre importance. J'ai fait ce que je devais faire pour ma fille et les autres gamines. C'est tout. L'affaire est enfin close.

Bard se rapprocha de la porte du bureau d'un pas lourd et lança avant de sortir :

— Je suis presque certain que Gary vous donnerait raison. Thomas, mon frère, c'est sûr. Bon, ben me voilà complice de meurtre avec préméditation. Bravo ! En tout cas, grâce à vous, j'ai pas replongé dans la clope. L'un dans l'autre, c'est plutôt une bonne journée. Une sale tordue en moins et des poumons sains !

Paris, France, août 2008

La journée avait été si agaçante qu'elle en était devenue épuisante. De séances de formation en consultations, Yves Guéguen avait passé son temps à dispenser une théorie dont il se demandait parfois combien de flics la mettraient en pratique, en auraient les moyens. La France, notamment avec le procès Fourniret, découvrait les violeurs et les tueurs en série alors qu'elle s'en était, à tort, crue presque exempte jusque-là. Les précédents n'avaient pourtant pas manqué. Les jeunes femmes un peu handicapées mentales de l'Yonne, par exemple, dont le violeur-meurtrier aurait fini ses jours impuni et tranquille sans l'acharnement constant d'un gendarme retraité et d'une profileuse française. Dans l'un de ses e-mails, Diane avait commenté, venimeuse : « Des handicapés, des gosses : le rêve ! C'est tellement plus aisé que des adultes en pleine possession de leurs moyens. »

Combien d'autres dont on ignorait tout ? L'épouvantable réalité explosait au grand jour. Non, il ne s'agissait pas d'un mythe. Non, ce n'était pas une plaie *made in America*. Sans doute ces tordus œuvraient-ils encore en relative tranquillité sur le territoire français, justement parce qu'on avait ignoré leurs amusements. Guéguen songea qu'il devenait injuste parce qu'il était fatigué. Il n'avait presque pas fermé l'œil la nuit précédente, songeant à Sara, puis à Victor, et puis à Sara. Les flics et les gendarmes avaient tant évolué. On était passé à une nouvelle vague d'enquêteurs formés à la psychologie, à l'informatique, aux sciences médico-légales.

Guéguen s'arrêta au kiosque, acheta *Le Monde*, échangea quelques aimables banalités avec le vendeur et repartit à pas lents vers son immeuble. Un homme se tenait devant le porche, une bouteille de vin coincée sous une aisselle, sa veste pincée sous l'autre, accroché à son téléphone portable, semblant exaspéré, tapant du pied. En dépit de la tiédeur du soir, il portait l'un de ces bonnets andins revenus à la mode. Yves remarqua ses lunettes, son jean aussi fatigué que ses baskets.

Yves entendit l'homme geindre :

— Mais elle va jamais raccrocher !

Guéguen, un peu amusé, saisit son code. Un claquement, et la porte s'entrouvrit. L'homme, assez jeune, demanda avec courtoisie :

— Je peux profiter de l'ouverture ? Je suis invité à dîner chez Stéphanie… Stéphanie Levasseur, une de vos voisines, sans doute. (D'un ton énervé, il ajouta :) J'ai oublié le code, elle est pendue au téléphone…

— Je vous en prie.

Yves entra, suivi de l'homme. Soudain, un signal d'alerte beaucoup trop tardif s'alluma dans son esprit. En dépit de son parfait français, l'homme avait un très léger accent. Américain.

Une douleur fulgurante, en étoile, explosa dans la poitrine d'Yves Guéguen. Il se retourna avec peine, aperçut la veste que l'homme avait jetée au sol près de la porte, et toussa. Une jolie bruine très rouge éclaboussa le marbre du hall. Yves sentit ses genoux céder sous son poids. Il tenta d'agripper son agresseur. Nathan Hunter. Il vit nettement la lame déjà rougie par son sang se lever et fondre vers sa poitrine. La souffrance lui fit monter les larmes aux yeux. Il tomba assis. Il inspira avec effort, expira. Un flot de sang dévala de sa bouche grande ouverte. Il sentit la vie s'enfuir.

— Vous ne m'avez pas laissé le choix, protesta Nathan d'un ton navré, mécontent de lui, de cette exécution lamentable, par surprise, indigne.

Comment ce flic avait-il pu penser qu'il voulait du mal à Sara et à Victor ? Pour quelle raison aurait-il abattu Louise, si ce n'était pour les protéger ?

— Stupide ! souffla Yves en tentant de disperser les bulles rouges qui lui obstruaient la gorge.

Un voile noir s'abattit sur le cerveau d'Yves Guéguen. Il sut que la fin était ici et maintenant. Un rire un peu fou résonna dans sa tête, celui de sa mère. Il sourit et s'effondra vers l'arrière. Mort.

Nathan ne réfléchit qu'un instant. Précis, rapide, il délesta Yves Guéguen de sa montre, de sa bague de famille passée à l'auriculaire, de son portefeuille, sans oublier le médaillon de la Vierge pendu autour de son cou par une épaisse chaîne en or. Avec un peu de chance, la police conclurait à un meurtre crapuleux et Diane ne s'en mêlerait pas. Car il était hors de question qu'il l'informe de son geste. Elle risquait de lui en vouloir. Nathan avait perçu la tendresse et l'estime qu'elle éprouvait pour son ancien élève.

Il ramassa la veste qu'il avait jetée en entrant afin qu'elle ne soit pas souillée et la boutonna pour dissimuler les éclaboussures de sang qui constellaient son tee-shirt.

La règle d'or : savoir improviser en toutes circonstances.

Le lendemain matin, Nathan sortit du délicieux hôtel de la rue Christine dans lequel il séjournait, ragaillardi par une excellente nuit de sommeil. Il aimait Paris, une ville sans doute plus aussi joyeusement folle qu'elle avait pu l'être, mais où l'on pouvait encore flâner, boire un café en toute impunité, sans passer pour un affreux tire-au-flanc. En dépit de leurs défauts, les Français avaient su préserver une sorte de douceur de vivre, qui ne résisterait sans doute plus longtemps.

Étrange cet amalgame qui voudrait que l'on ne soit rentable et efficace que lorsque l'on est stressé, bourré de somnifères puis d'excitants, incapable de voir, de renifler, de profiter des gerbes d'écume d'une fontaine, ou d'un roucoulement de pigeon. Étrange et très stupide. L'esprit humain ne fonctionne pas à la façon d'un ordinateur que l'on branche. Normal, il est infiniment plus puissant. Il picore, saute d'une idée à l'autre. Il revient en arrière, puis fait un bond vers le futur. Il s'égare, puis retrouve son chemin. Il semble perdre son temps, il rêve. Il fait et défait. Au bout du compte, il débusque une idée de génie. Le concept d'intelligence artificielle laissait Rupert Teelaney Jr. sceptique. Reproduire l'intelligence de l'homme, ses facultés d'apprentissage, de conceptualisation, de sens critique lesquelles sont étroitement liées à ses émotions, à son vécu. Encore faudrait-il savoir ce qu'est l'intelligence humaine.

Il traîna une bonne heure entre les rayonnages lourds de merveilles d'une librairie d'occasion de la rue Monsieur-le-Prince, s'offrit un autre croissant-café au lait, et remonta sans hâte vers la place de l'Odéon.

Il n'avait aucun espoir particulier. La meilleure façon de ne pas être déçu. Juste une attente, pas déplaisante. Une autre forme de chasse, lente, sans urgence. Il s'extasia quelques instants devant la devanture d'une épicerie traiteur, puis devant l'étalage multicolore et conquérant d'un fleuriste, regrettant de n'avoir personne à qui envoyer un énorme bouquet, et déboucha rue Dauphine. Il la parcourut dans un sens puis dans l'autre, s'interdisant l'impatience. Plus tard, il rejoindrait l'hôtel par le chemin des écoliers, puis Roissy, puis la campagne bostonienne. Il s'accorda encore quelques instants de flânerie, remonta à pas lents la rue de Buci, un peu désorienté par la valse continuelle des magasins qui disparaissaient, qui apparaissaient. Il s'immobilisa, incertain, tentant de se souvenir de ce qui avait précédé cette boutique de vêtements. Perdu dans ses pensées, il lui fallut une fraction de seconde avant de comprendre que ce léger frôlement contre son avant-bras nu était celui d'une main d'enfant, que ce son murmuré était un « merci ». Il se tourna d'un bloc. Victor sautillait pour rejoindre sa mère qui réglait ses achats à un primeur, tout en scrutant autour d'elle d'un air inquiet. Dès qu'elle aperçut le garçonnet, elle l'accueillit d'un geste de main et d'un sourire soulagé.

Une vague suffocante de tendresse, d'infinie gratitude déséquilibra Nathan. L'enfant avait compris qu'il ne leur ferait jamais de mal. Du moins pas sans une impérieuse raison. Et il ne le souhaitait pas. Du tout.

La traque de Diane Silver et de Rupert Teelaney
se poursuit.
Vous retrouverez les personnages
dans le prochain volet de la série,
La Mort, simplement.

Du même auteur :

aux Éditions du Masque

La Femelle de l'espèce, 1996
(Masque de l'année 1996)
La Parabole du tueur, 1996
Le Sacrifice du papillon, 1997
Dans l'œil de l'ange, 1998
La Raison des femmes, 1999
Le Silence des survivants, 2000
De l'autre, le chasseur, 2001
Un violent désir de paix, 2003

aux Éditions Flammarion

Et le désert…, 2000
Le Ventre des lucioles, 2001
Le Denier de chair, 2002
Enfin un long voyage paisible, 2005
Les Mystères de Druon de Brévaux,
t. I, Aesculapius, 2010
t. II, Lacrimae, 2010
t. III, Templa mentis, 2011

aux Éditions Calmann-Lévy

La Dame sans terre
t. I : *Les Chemins de la bête*, 2006

t. II : *Le Souffle de la rose*, 2006
t. III : *Le Sang de grâce*, 2006
t. IV : *Le Combat des ombres*, 2007

MONESTARIUM, 2007
LA CROIX DE PERDITION, 2008
SANG PREMIER, 2005
UN JOUR, JE VOUS AI CROISÉS, 2007
DANS LA TÊTE, LE VENIN, 2009
LA MORT, SIMPLEMENT, 2010

Composition réalisée par FACOMPO (Lisieux)

Achevé d'imprimer en janvier 2011, en France sur Presse Offset par
Maury-Imprimeur - 45330 Malesherbes
N° d'imprimeur : 161186
Dépôt légal 1re publication : février 2011
LIBRAIRIE GÉNÉRALE FRANÇAISE - 31, rue de Fleurus - 75278 Paris Cedex 06

31/5827/6